KB034227

소설 광개토호태왕

7인의 결의

소설 광개토호태왕 1 7인의 결의

초 판 1쇄 발행 2005년 9월 5일
개정판 1쇄 발행 2023년 3월 27일

지 은 이 정호일
펴 낸 이 정연호
편 집 인 정연호
디 자 인 이가민

펴 낸 곳 도서출판 우리겨레
주 소 서울시 은평구 통일로 71길 2-1 대조빌딩 5층 507호
문의전화 02.356.8417
F A X 02.356.8410
출판등록 2002년 12월 3일 제 2020-000037호
전자우편 urikor@hanmail.net
블 로 그 http://blog.naver.com/j5s5h5
인스타그램 instagram.com.urikor0927
페이스북 facebook.com/urigyeorye

Copyright ⓒ 정호일 2023

ISBN 978-89-89888-31-4 04810
ISBN 978-89-89888-30-7 (세트)

이 책은 저작권법에 따라 보호받는 저작물이므로 무단전재와 무단복제를 금합니다.
이 책의 전부 또는 일부를 이용하려면 반드시 저작권자와 도서출판 우리겨레의 동의
를 받아야 합니다.

소설 광개토호태왕

7인의 결의

정호일 지음

도서
출판 우리겨레

개정판 출간에 부쳐

『광개토호태왕(전3권)』을 쓴 지 꽤 오랜 시간이 흘렀는데, 다시 『소설 광개토호태왕(전3권)』으로 제목을 바꾸고 내용을 일부 수정·보충하여 출간한다고 하니 감회가 새롭습니다.

그럴 수밖에 없는 게 광개토호태왕은 나름대로 역사를 공부해온 저에게 우리 민족의 뿌리와 역사적 맥락에 대해 새롭게 고민하며 연구하게 한 전환적 계기가 되었기 때문입니다.

처음 접근할 때만 해도 광개토호태왕은 싸움을 잘해 우리 민족을 대륙의 강자로 우뚝 세운 분 정도로만 알고 있었습니다. 하지만 연구를 거듭할수록 그것이 얼마나 피상적인 이해에 머물렀는가를 절실히 깨우치게 되었습니다.

광개토호태왕은 우리 민족의 뿌리가 천손민족인 단군조선에 있기에, 단군조선의 영토를 되찾는 것은 물론이고, 모든 단군족을 하나로 통합하여, 어떤 경우에도 외세의 침입을 받지 아니하고, 모두가 복되고 행복한 삶을 누리는 천손의 나라를 세우려고 자신의 생을 깡그리 다 바쳤습니다.

천손민족, 천손의 나라!

다른 나라를 침략하여 지배하는 데서가 아니라, 자기 자신으로부터 긍지와 자부심을 찾았기에, 우리의 영토를 되찾는 것 이상의 패권을 추구하지 않았으며, 단군족의 단합을 위해 형제국에 힘으로 강박하기보다는 우선적으로 서로 상생하고 협력하는 방식을 찾아가려고 노력하였습니다.

광개토호태왕이 이룩하려던 꿈!

홍익인간의 정신으로 모든 단군족이 복된 삶을 누리고 사는 '천손의 나라'의 건설!

이 꿈이 어찌 광개토호태왕의 시기에만 유효하겠습니까? 21세기 한국 사회에서도 여전히 유효하다고 말하지 않을 수 없습니다. 도리어 분단된 조국을 통일하고 고토를 회복하며 외세의 침입을 받지 않는 천손의 나라, 애민의 나라를 건설하는 것은 더욱 절박하기만 합니다.

1600여 년 전, 광개토호태왕은 이를 어떻게 풀어야 할지 그 해답을 보여주었습니다.

흔히 광개토호태왕은 매우 유리한 여건에서 강성한 나라를 세운 것처럼 생각하지만 실상은 그렇지 않습니다. 광개토호태왕 시기의 고구려는 거란, 전연, 후연, 백제 등 사방팔방으로부터 외적의 침입에 시달렸으며, 국정 또한 문란했습니다. 바로 여기에서 광개토호태왕은 청년장수들과 손을 맞잡고 헤쳐 나갔던 것입니다.

청년은 시대의 흐름에 민감하고 혈기 왕성한 활동력을 갖춤으로써 항상 사회와 역사에서 시대의 개척자적 역할을 다해 왔습니다.

지금 한국의 청년들은 삼포세대, 헬조선, 흙수저 등으로 통칭하듯 좌절과 절망감에 휩싸여 있는 것처럼 비치고 있습니다. 하지만 이건 일시적인 현상에 불과합니다.

항상 시대의 조류에 민감하기에 불의와 거짓을 보면 참지 못하고 혈기 왕성한 활동력으로 항거하여, 끝내 극복해내는 과정이야말로 청년들의 참모습입니다.

이제 청년들이 일떠서야 합니다. 더는 분단으로 고통받고 외세의 간섭에 신음하며 국정을 농단하는 전횡 세력에 의해 핍박받는 삶을 끝장내야 합니다.

광개토호태왕이 청년장수들과 손을 맞잡고 천손의 나라를 세우려고 했던 것처럼, 이제 청년들이 중심이 되어 천손의 나라, 애민의 나라를 세워가야 합니다.

아무쪼록 이 소설이 한국 사회의 실질적인 개혁과 우리 민족의 융성 번영한 나라의 건설에 조금이나마 도움이 되었으면 하는 바람입니다.

2022년 10월
정호일

작가의 말

세상은 꿈꾸는 자의 것이고 도전하는 자에 의해 개척된다고 하였던가.

광개토호태왕!

이분만큼 이런 진리를 느끼게 하는 사람이 세상에 또 있을까? 이분의 이야기를 내가 감히 손댈 수 있을지?

흔히 영웅의 척도를 얼마나 넓은 땅을 지배하고 패권을 행사했는가에 따라 갈라보는 경향이 있습니다. 하지만 광개토호태왕은 이것을 과감하게 깨버립니다. 자기 위엄을 자신의 뿌리에서 찾고, 그것을 최상의 경지로 끌어올려 그 존엄을 만방에 떨쳤던 것입니다. 이런 위인이 과연 이 세상에서 있어 본 적이 있었던가요?

자신에게서 존엄을 찾고 천손(하늘)으로서 세상을 직접 다스린다는 고구려만의 독자적인 천하관을 확고히 구축하고, 홍익인간의 이념에 걸맞게 천손의 나라를 우뚝 세우는 그 배포!

1600년의 시공간을 뚫고서도 광개토호태왕릉비문은 그 위용과 웅장함을 자랑하며 역사와 시대 앞에 부활하고 있습니다.

이 얼마나 자랑스럽고 웅혼한 기개의 표현입니까?

외세의 간섭에 굴복하거나 눈치를 보지 않고 오직 자기 뿌리를 다지고 자기 힘으로 존엄을 세우고자 하는 것, 자신의 위상을 다른 나라에 대한 침략과 지배를 통한 패권적 지위에서 찾지 않는 것, 이것이야말로 다른 여타 영웅과는 구별되는 진정한 영웅의 징표라고 할 수 있지 않을까요?

만약 자기 겨레에 대한 자부심과 사랑이 없다면 과연 이런 입장이 나올 수 있었겠습니까?

지금 우리나라는 외국 것이라고 하면 물불을 가리지 않고 받아들이는 현상이 팽배해 있습니다. 외국의 사상과 이론을 신줏단지처럼 모시고 직수입해 앵무새처럼 떠벌리고 있는 현상을 보면 참으로 한심하기 짝이 없습니다. 자기식의 언어와 입장이 없고서 그 무슨 존엄이 생기겠습니까?

이 소설을 쓰면서 참으로 고심하지 않을 수 없었습니다. 참으로 존경하는 이분의 진면목을 온전히 그려낼 수 있을지…….

하지만 광개토호태왕의 위대성에 흠뻑 빠져 있는 저로서는 더이상 머뭇거릴 수만은 없었습니다. 더욱이 21세기를 맞이한 이 시점에서도 한반도는 열강의 틈바구니에서 환란을 겪고 있습니다. 전쟁위기, 주한미군의 주둔, 중국의 동북공정, 일본의 독도 영유권 주장 등등.

아무쪼록 이 글이 우리 겨레에 무한한 자부심을 심어주고 지금의 현실 문제를 푸는 데 조금이나마 일조했으면 하는 바람입니다.

2005년 8월 서울에서
정호일

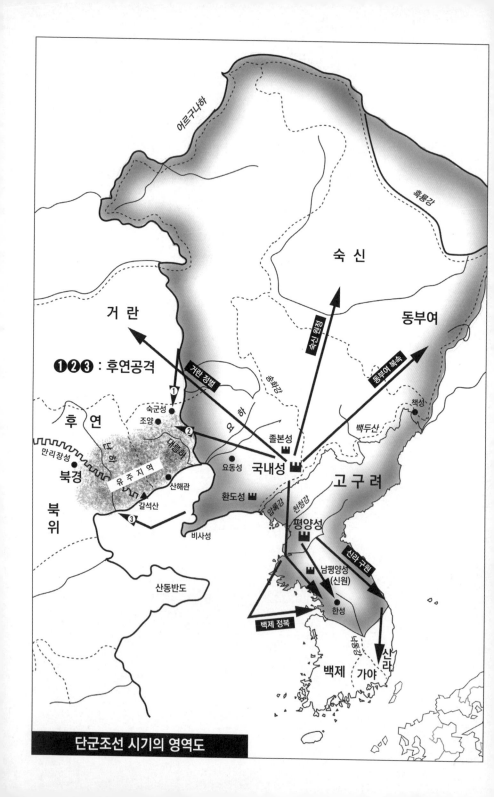

단군조선 시기의 영역도

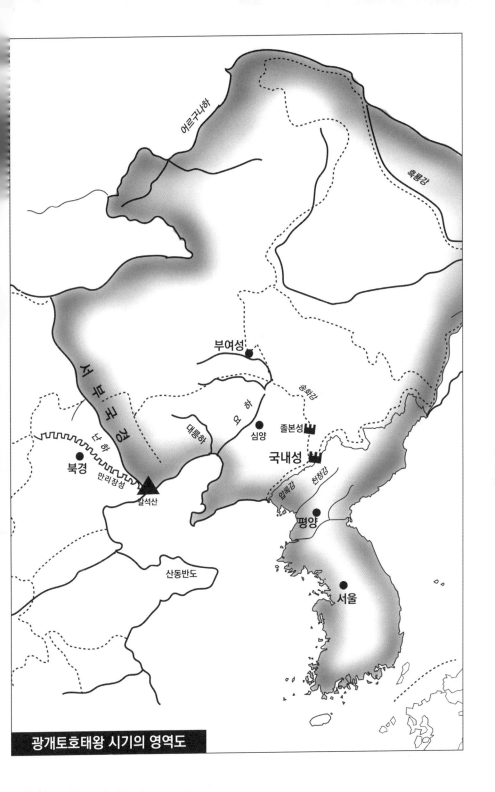

광개토호태왕 시기의 영역도

차례

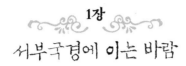

1장
서부국경에 이는 바람

1

고구려의 안위를 위협하는 세력은 주로 서쪽에 있었다.

원래 단군족의 첫 국가인 단군조선(고조선)은 한반도에서부터 만주, 난하, 요하 유역에 걸친 넓은 지역을 자신의 영토로 삼고 다스려 왔다. 그러나 단군조선의 zxx국 중의 하나였던 위만조선이 한나라에 망한 이후 난하, 요하 유역은 한족의 지배하에 놓이게 되었다.

단군족의 나라 중에서 최전선의 위치에 있었던 고구려는, 다물

多勿(고토회복)의 기치를 내걸고 단군조선의 유민들과 협력해 한족 세력과 투쟁하였는데, 이것은 한족의 침략과 지배를 반대하는 싸움이자 단군족의 강토를 되찾기 위한 싸움이었다. 고구려는 투쟁을 통해 점차 단군족의 영지에서 한족을 몰아내어 나갔다.

중국이 5호 16국 시기로 접어들면서 한족의 지배력이 약해지자, 선비족이 그 지역을 차지하면서 고구려를 위협하는 신흥 세력으로 등장하였다.

고구려는 342년 모용선비족의 한 부족이 세운 전연과의 싸움에서 큰 타격을 입었다. 당시 국성이었던 환도성이 함락당하고 태후가 납치당했으며, 선대왕인 미천왕(광개토호태왕의 증조할아버지)의 무덤까지 도굴당했을 뿐만 아니라 시신까지 빼앗겼다.

가히 나라의 토대마저 흔들리는 대타격이 아닐 수 없었다. 고구려는 이에 절치부심 복수를 다짐했으나, 미천왕의 시신이 전연에 있고 태후가 사로잡혀 있는 상황에서, 분하지만 인고의 세월을 기다릴 수밖에 없었다.

마침내 굴욕의 세월을 감내하고 미천왕의 시신과 태후를 돌려받은 후, 고구려는 전연에 대한 복수를 370년에 단행하였다. 그당시 전연이 전진과의 전쟁을 위해 요동, 요서 지방의 병력까지 동원하면서 방비가 약화되자, 그해 10월 고구려는 전진과의 양동작전을 구사하며 총공격을 개시하였다.

협공 작전 속에 고구려는 공격 개시 한 달도 채 되지 않아 요동과 요서 지역을 차지하고, 만리장성을 넘어 유주의 중심지 연군

(북경부근), 범양국(북경 남쪽), 대국(하북성과 산서성 일대) 지역까지 진출했다.

한편, 남쪽에서는 전진이 전연의 수도 업성(화북성 임장현)에 돌입하였고, 전연왕 모용위는 용성(조양 부근)을 향해 달아나다가 고양(하북성 보정시)에서 전진의 장수 곽경의 부하에게 붙들려 업성으로 압송되었다.

고구려의 맹장 진은 유주를 장악한 기회를 이용하여, 그동안 고구려를 위협하고 침략한 전연의 잔여 세력을 철저히 소탕했다. 이 전투를 통해 고구려는 서부 변경의 안전을 확보하고, 단군조선의 영지를 대부분 회복했으며, 전진과는 화평관계를 맺고 376년 초에 유주에서 자진 철수했다.

그러나 지리적 여건상, 고구려는 여러 국가와 경계를 이루고 있는 관계로 편안한 나날을 보낼 수 없었다. 고구려가 서부전선에 힘을 기울이는 동안에도, 남부와 서북부 방면에서의 외환은 끊이지 않았다. 371년에 남쪽 국경을 접한 백제와의 전투에서, 고국원왕이 날아오는 유시流矢를 맞고 전사하는 등 일진일퇴를 거듭하고 있었고, 서북쪽 경계에서는 378년 거란이 고구려의 8개 부락을 유린하고, 1만여 명의 백성을 포로로 납치해 가는 수모와 환난을 당하고 있었다.

이런 상황에서 383~4년에 들어, 대륙의 정세에 커다란 지각변동이 일어났다. 전진이 동진에 참패한 틈을 이용해, 모용수가 전진을 배반하고 옛 전연 땅으로 돌아와 후연을 세웠기 때문이다.

모용수는 원래 전연 모용황의 서자였지만, 박해를 받고 전진으로 망명한 자였다.

원수지국인 전연을 이은 후연이 등장한 것은 고구려의 큰 위협이었으며, 이것은 단지 서쪽만이 아니라 거란, 백제 등 사방의 적을 상대로 싸워야만 하는 형국으로, 고구려를 더욱 사면초가의 어려운 궁지로 내몰았다.

"대신들도 알다시피 후연의 건국은 나라의 큰 후환거리라 아니 할 수 없소. 어찌하면 좋을지 경들의 고견을 듣고 싶소이다."

고국양왕이 후연의 등장에 대한 대책을 세우기 위해 조정 대신들을 모아 놓고 의견을 물었다.

"신臣 진 아뢰옵니다."

"오오! 진 장군. 어서 말씀해 보시오."

고국양왕의 밝은 목소리였다. 밝은 목소리 가운데는 각별한 친근감이 묻어 있었다. 그만큼 진에 대한 신뢰의 표시이기도 했다. 하긴 그럴 만했다. 진은 고구려의 숙원인 전연에 대한 복수전에서 왕의 믿음을 저버리지 않았을 뿐 아니라, 서부 변경의 방비를 튼튼히 한 사람으로서, 충신의 자세로 몸과 마음을 가지런히 동여맨 신하 중의 신하라는 믿음을 보여주고 있었다.

덕흥리벽화무덤에 의하면 진은 밀운군(영변) 신도현(가산) 도향 중 감리에서 태어나 건위장군建威將軍, 국소대형國小大兄, 좌장군左將軍,

용양장군龍驤將軍, 요동태수遼東太守, 사지절使指節, 동이교위東夷校尉, 유주자사幽州刺史 등의 주요 관직을 지낸 인물이다.

"폐하! 후연이 어떤 나라이옵니까? 지난날 우리 고구려를 침략하여 선대 왕릉을 파헤치고, 태후마마를 납치해 간 철천지원수였던 전연을 잇고자 한 나라가 아니옵니까? 그런 자들과는 한 하늘을 이고 살 수는 없사옵니다. 그러니 기선을 제압해 다시는 고구려를 엿보지 못하도록 응징해야 한다고 사료되옵니다."

"그렇지 않사옵니다. 폐하! 후연왕, 모용수가 비록 옛 전연의 황족 혈통이라고는 하나, 아직 우리를 적대하려는 기미는 보이지 않았사옵니다. 우리가 먼저 후연을 자극할 필요가 없을 것이옵니다."

두우 국상이 진의 말에 반박하고 나섰다. 두우는 후연에 적극적으로 대응해, 현 조정의 권력체제에 변화가 일어나기보다는, 그대로 현상 유지되기를 바랐다. 그래서 내심 후연에 빌미를 주어 두 나라의 관계가 악화되지 않기를 바란 것이다.

진이 다시 나섰다.

"아니옵니다. 나라의 이름을 후연으로 정한 것부터가 벌써 불순한 의도가 다분하며, 우리 고구려에 대한 구원舊怨을 근간으로, 민심을 추스른 다음에 반드시 칼끝을 우리에게 돌릴 것이 분명하옵니다."

"어찌 나라 이름만으로 그들의 의도를 속단할 수 있단 말입니까? 선수를 쳐서 제압해야 한다고 주장하지만, 후연이 그리 쉽게 당할 상대가 아닙니다."

"후연은 건국된 지 얼마 안 되는지라 아직 국가체계가 제대로 정비돼 있지 못하오. 또한 내부의 반대세력이 유주의 서쪽 지역을 장악하고 있지 않소? 그러니 이 기회를 잘 활용하면 승산이 있소이다."

"그리된다면 얼마나 좋겠습니까만, 만에 하나라도 잘못된다면 후연과 피할 수 없는 일전을 각오해야 할 것이오. 백제와 거란과의 싸움도 벅찬 마당에, 또 다른 숙적을 만든다면 나라를 위기에 빠뜨릴 수 있소이다. 폐하! 심사숙고하셔야 하옵니다."

진과 두우는 서로 물러서지 않았다. 의견이 서로 팽팽하게 맞서자, 고국양왕은 이를 안타깝게 바라보았다. 아무리 진에 대한 신뢰가 지극할지라도, 일인지하 만인지상인 국상의 의견을 무시할 수만은 없는 처지였다.

"서로 의견이 대립되니 어찌 결정해야 할지……."

"폐하! 신臣 장협! 아뢰옵니다."

장협은 고구려에서 인재를 양성하는 국립대학 격인 태학을 책임지고 있는 수장으로서, 황실과 두우와의 세력 관계에서 중립적이지만 황실에 더 가까운 사람이었다.

"두 분의 의견에는 일장일단이 있다고 사료되오니, 두 의견을 취합하는 것이 좋을 듯하옵니다."

"취합한다? 으—음. 계속 말씀해 보시오."

"그들의 태도가 아직 확실치는 않지만, 그렇다고 가만히 앉아서 동태를 지켜본다는 것 또한 안일한 대처일 듯합니다. 일단 서부의 국경 쪽에 군사를 보내되, 후연의 동태를 지켜본 후 최종적으로 결정하면 되지 않을까 사료되옵니다."

진과 두우의 체면을 살려주는 절충안이었다. 두 사람의 의견이 팽팽한 가운데, 그의 절충안에 다른 대신들도 별다른 이견을 달지 않았다.

"과연 듣고 보니 훌륭한 의견이구려. 그렇게 하도록 합시다. 진장군은 들으시오. 후연 원정군의 총사령관으로 임명하노니, 서부국경으로 출정하도록 하시오."

"황은이 망극하옵니다."

원정 자체가 애매모호했으나 논란 끝에 서부국경으로 군사를 보내기로 하였다. 더욱이 진의 용맹과 품성을 익히 알고 있는 터라, 일단 그가 출전하면 어떻게 하든 그 우려를 말끔히 씻어줄 것이라고 믿었다.

고국양왕 2년(385년) 6월, 고구려와 후연의 군대가 대치하는 가운데, 국경선은 팽팽한 긴장감이 흘렀다.

고구려 4만 대군은 이미 5월경에 요동성에 도착한 상태였다. 진은 조정의 뜻에 따라 정세를 파악한 다음, 후연의 기선을 제압해야 한다는 최종 입장을 이미 국성에 보고해 놓았다. 그리고 인근 성주들에게 출병을 요청해 만반의 준비를 갖추어 놓고, 공격의 시점을 가늠하고 있었다. 두우 국상의 의견이 어떠하든, 이미 수많은 군사가 출정한 만큼, 후연을 미리 제압해 두려는 진의 결심은 확고했다.

"장군님!"

후연의 복장을 한 자가 진을 다급하게 부르는 소리였다. 그는 후연의 동태를 파악하라는 진의 밀명을 받고 떠난 자였다.

"지금 후연의 동태는 어떠하더냐?"

"그 경계망이 삼엄하기 그지없었사오며, 군사들의 기세 또한 대단해 보였사옵니다. 거기에다 수만의 대군이 수개월 동안 먹을 수 있는 군량미도 비축되어 있었사옵니다."

"으ー음, 적장은 어찌 대비하고 있는 걸로 보이더냐?"

적장 사마학겸은 후연의 이름 있는 장수로서 이번 전투를 지휘하고 있는 자였다.

"여기저기를 시찰하며 직접 병사들을 독려하고 있었사옵니다."

"그래. 그 밖의 다른 특이한 상황은 없더냐?"

"그 밖의 별다른 움직임은…… 적들의 대비 태세가 워낙 철통 같은지라……."

진은 곧장 막사 회의실로 향했다. 후연 공략을 위한 작전회의를 소집시켜 놓은 상태였다.

회의실 안에는 벌써 요동성 성주 능기 장군을 비롯해 도수리 부장, 담덕 왕자 등이 도착해 있었다. 모두 예를 갖추고 자리에 앉았으나, 진은 누군가를 기다리는 듯, 잠시 아무 말도 하지 않았다. 이윽고 밖에서 아뢰는 소리가 들려왔다.

"진 장군님, 모두루이옵니다."

"어서 들어오게."

철갑옷을 입고 당당하게 들어오는 모두루의 모습에 모두들 놀라워했다. 20대 초반의 젊은 나이에, 장대한 기골과 뭉툭한 콧망울, 제멋대로 치솟는 수염은 그의 호방한 성격을 그대로 드러내었고, 유난히 크고 억세 보이는 손은 그가 국성의 무술대회 우승자로서의 면모를 보여주는 듯했다. 더욱이 집안 또한 충신의 가문 출신이었다. 이렇듯 가문과 인물됨이 출중하였지만, 사리사욕에 눈먼 조정 관료들에게 실망하며, 아직껏 출사조차 하지 않고 있었는데, 이번 원정에 자원 출정해 전장에 나타난 것이다.

모두루牟頭婁무덤 묘지명에 의하면 모두루는 광개토호태왕과 장수왕 때 대사자, 북부여수사 등으로 활동했으며, 그의 먼 조상은 시조 추모왕과 함께 북부여에서 왔고, 그의 조상 염모는 반역 사건의 진압과 모용선비의 침공을 격퇴하는 데 공을 세웠다고 기록하고 있다.

잠시 웅성거리는 속에 모두루가 자리를 잡자, 진이 눈짓을 보냈고, 이에 도수리 부장이 전황을 보고하였다.

그것은 후연이 수만의 대군을 국경선에 대기시켜 놓고, 전투태세까지 갖춰놓으며 고구려와의 일전을 각오하고 있다는 개략적인 내용이었다. 우려했던 대로 저들의 의도만큼은 확실해 보였다.

보고가 끝난 후, 진이 먼저 일어나 담덕 왕자에게 가볍게 예를 갖춘 후 입을 열었다. 비록 왕자라곤 하지만 12세의 어린애에 불과했다. 하지만 황실에 대한 사심 없는 그의 충정은 이렇게 항상 엄정하였다.

"모두 짐작했겠지만, 후연은 우리 고구려를 침략하고자 노골적으로 그 속내를 드러내 보이고 있소. 이런 상황에서 후연에 대한 공략을 더는 늦출 수가 없게 되었소. 시간을 끌 필요 없이 속전속결로 쓸어버려야 할 것이오."

"그렇다면 지금 공격하자는 것입니까?"

능기가 물었다. 능기는 요동성을 책임지고 있는 성주로, 이곳 정세에 대해서는 누구보다 밝은 편이었다.

"그렇소. 늦출수록 적들의 전열은 다듬어지고 사기마저 크게 오를 것이오. 만약 그렇게 된다면 이번 전투는 힘든 싸움이 될게요. 그러기 전에 우리가 먼저 공략해 그 예봉을 꺾어 버리는 것이 상책일 듯싶소."

모두가 찬성 조로 고개를 끄덕였다. 이런 분위기 탓인지 능기가 조심스럽게 입을 열었다.

"지당한 말씀이라 생각하오나, 폐하의 직접적인 명이 없는지라…… 그리해도 괜찮을는지……."

"그럼 적이 쳐들어올 때까지 손놓고 앉아서 기다리자는 말이오? 그럴 수는 없소. 아시다시피 후연의 군사는 수만에 이르고 있소. 그것도 국경 근처에……. 적대하지 않고 침략하지 않겠다면 그리할 이유가 없을 것이오. 나는 이런 내 뜻을 이미 폐하께 상세히 전해 올렸소.”

“그렇더라도 폐하의 명이 아직…….”

능기가 다시 반문했다. 진에 대한 믿음과 존경심은 변함이 없지만, 아무래도 고국양왕의 직접적인 언명을 받지 못한 것이 여전히 마음 한구석에 걸린 것이었다.

“아직 황명이 하달되지는 않았으나 폐하께서 왜 나를 이곳에 보냈겠소? 그것은 후연 측에서 침략할 기미가 보인다면 그 후환을 제거하라는 뜻이 아니겠소? 그러니 이곳의 정세 보고를 유념해서 받아들이실 것이오. 걱정하지 않으셔도 되오.”

후연의 기세를 이번 기회에 확실히 꺾어두려는 진의 태도는 확고부동했다. 장차 다가올 환난도 환난이지만, 저들의 존재 자체가 고구려에 전혀 이롭지 않았다.

“그렇다면 장군의 뜻에 따르겠소이다.”

능기가 진의 뜻을 받아들이자 다른 의견은 없었다. 진이 다시 입을 열었다.

“그렇다면 이번 전투에서 그 후환을 완전히 제거하려면 기선을 제압하는 차원에서 멈출 것이 아니라, 요동군과 현도군을 완전, 장악하는 것을 목표로 삼아야 할 것이오.”

진의 말에 모두가 짐짓 놀라지 않을 수 없었다. 그곳에 있던 사람들은 후연 공격에 찬동은 했지만, 여전히 단행할 것인가 말 것인가의 생각에서 빠져나오지 못하고 있었다. 그런데 진은 아예 처음부터 사실상 점령하려는 대담한 목표를 설정한 셈이었다.

다시 진의 말이 이어졌다.

"그들이 우리 고구려를 침략하려 한다면 요동군과 현도군을 전초기지로 삼을 것이 분명하오. 현도군(부신 부근)이 육로의 전초기지가 된다면, 요동군(산해관 부근)은 해로의 전초기지가 될 것이오. 그러니 그곳을 우리 손에 넣느냐, 못 넣느냐는 우리 고구려의 안위와 직결된다고 할 수 있소. 이번 기회에 그곳을 장악해 두면 후연은 결코 우리 고구려를 넘보지 못하게 될 것이오."

고대사를 이해하는데 있어서 지리적 고증은 중요한 문제라 할 수 있다. 왜냐하면 그 위치가 어디냐에 따라 역사에 대한 이해가 달라지기 때문이다. 더욱이 고대 시기에 있어서는 같은 이름이라고 하더라도, 시대적 상황에 따라 위치가 달라지는 경우가 많은데, 특히 요동군과 현도군은 고구려가 단군조선의 옛 땅을 되찾기 위한 서진정책을 펼침에 따라 계속 서쪽으로 자리를 옮겼다. 그래서 여기의 요동군과 현도군의 위치도 그 어떤 고정된 지역은 아니고, 요동성이 있는 곳과도 다르다.

자치통감에 따르면 진기 태원 10년(385년) 11월에 모용농이 먼저 요동, 현도 2개 군을 회복하고 도로 용성으로 돌아갔고, 또 대방왕 모용좌를 평주자사에 주둔시켰다고 했으며, 그 전인 6월에 고구려가 2개 군을 함락했다는 기사 아래에는 이로부터 연(후연) 나라가 이기지 못했다고 전했다. 그런데 이미 고구려는 370년 이후 대릉하 하류—의무려산 일대를 자기 내지로 했으므로 385년에 점령하였다가 철수한 요동 현도 2개 군의 위치는 다 그 서쪽에 있던 고을들이고, 후연은 당시 그 동쪽에 나오지 못한 것으로 보아야 할 것이다.(『고구려사(1)』, 민족문화, 손영종)

"옳사옵니다. 이번 기회에 아예 침략의 싹을 잘라 놓아야 하옵니다."

이내 진의 말뜻을 알아듣고 기꺼이 환영하는 목소리가 이구동성으로 울려 나왔다.

모두루는 들뜬 분위기 속에서 담덕의 얼굴을 쳐다보았다. 그러나 이렇다 할 특이한 표정을 보이지 않아 도무지 가늠하기 어려웠다.

다시금 진의 말이 이어졌다.

"후연의 방어진을 돌파한 다음 지체 없이 능기 장군은 현도군을, 모두루 장수는 요동군을 향해 말을 달려 일거에 점령토록 하시오."

"명을 받들겠사옵니다."

능기와 모두루가 힘 있게 대답했다.

모두루의 가슴속에서는 용암이 끓듯 피가 끓어올랐다. 진의 전략과 자신의 웅지가 상생한 가운데, 영광스럽게도 요동군 공격을 지휘하는 자리가 자신에게로 돌아올 줄이야, 더할 나위 없는 감격 그 자체였다. 새로운 결의가 또다시 새롭게 솟구치는 것 같았다.

진이 주도한 작전회의는 순조롭게 진행되면서 거의 막바지에 이르고 있었다. 그런데 지금까지 아무 말 없이 지켜보기만 하던 담덕이 입을 열었다.

"주제넘습니다만, 제 의견을 얘기해도 괜찮겠습니까?"

"물론이옵니다. 어서 말씀하시옵소서."

진이 공손하게 대답했다. 왕자라는 이유도 있지만, 원정을 나올 때부터 그의 행동거지를 눈여겨 보아온 터였다.

"그리하시옵소서. 소장은 이미 담덕 왕자님에 대한 칭송이 원정길 내내 끊이지 않았다는 소문을 들었사옵니다. 지금 이곳 병사들의 사기가 하늘을 찌를 듯한데, 그게 담덕 왕자님의 공이 아니면 그 무엇이겠사옵니까? 그러니 주저하지 마시고 말씀하시옵소서."

능기가 벌써 담덕에 관한 소문을 들었다는 듯 반색하며 덧붙였다.

사실 원정군을 보낸다는 결정이 내려졌을 때만 해도 군사들의 사기는 그리 높지 않았다. 결정 자체가 모호한 데다가, 그것도 겨우 나이 12세의 왕자가 출전한다는 소리를 들었기 때문이다. 처음엔 병사들 내에서 원정을 위한 군대인지, 화평을 맺기 위한 사절단인지, 도무지 분간이 안 된다는 볼멘소리가 터져 나왔다. 그러나 힘든 원정길에서 12세의 어린 나이답지 않은 의연함에 다들 놀라고 말았다. 왕자라고는 하지만, 자기 몸 하나 건사하지 못할 것이라고 여긴 담덕 왕자가, 도리어 힘들어하는 병사들까지 독려하니 그저 놀랍고 신기할 따름이었다.

"과찬이십니다."

담덕이 손사래를 치며 겸연쩍어했다. 그리고 다시 말을 이었다.

"이번 원정의 목표는 어느 정도 세워진 듯한데, 그렇다면 그것을 어떻게 달성하려고 하십니까?"

"그 방법이야, 철기부대 같은 무적의 군대가 있으니 일사천리로 밀어붙이면 되지 않겠사옵니까?"

능기가 왕자 앞에서 장수로서의 늠름한 기백을 보여주고자 하는 듯 즉각 나서서 대꾸했다.

"그리해도 후연군을 이길 수 있을 것입니다만, 우리 아군의 피해 또한 만만치 않을 것입니다. 그렇다면 그 전력으로 어떻게 현도군과 요동군까지 밀고 나가 점령할 수 있을지 우려가 됩니다."

"그럼 왕자님께서는 무슨 복안이라도 가지고 계시옵니까?"

진이 되물었다.

"이번 전쟁의 승패는 적의 첫 방어진을 어떻게 빨리 돌파하느냐에 달려 있다고 봅니다. 그렇지 못하면 진퇴양난에 빠질 수 있습니다. 그렇게 되면……."

담덕은 여기서 말을 끊고 좌중을 둘러보았다. 모두 숨을 죽이고 다음 말을 기다렸지만, 그는 쉽사리 입을 열지 않았다. 대신 뭔가를 암시하듯 모두루를 바라보았다.

모두루는 담덕이 이번 원정의 성공 여부를 거론하다가 왜 갑자기 자신을 쳐다보는 것인지 쉽게 이해되지 않았다. '내가 왕자의 맘에 들지 않는 처신을 했던가?' 하고 떠올려 보았지만 그런 것은 없어 보였다.

모두루의 심리상태를 아는지 모르는지, 담덕이 침묵을 깨고 다시 말을 이었다.

"첫 싸움에 승패가 좌우된다는 점에서 누가 선봉에 나서서 싸우느냐가 중요합니다. 후연은 국가체계도 정비되지 않고 폭동이 일어나고 있는지라, 완강하게 수성전을 펼치려 할 것입니다. 그러다가 허점이 보이면 역습을 가할 것이고……. 이것을 염두에 두고 대담한 유인전과 매복 전술을 구사하여 첫 전투를 치러 낸다면, 이번 전쟁의 승리는 우리 고구려군의 것이 될 것입니다."

모두는 아연실색할 수밖에 없었다. 싸늘한 침묵이 군막 안을 휩쓸었다. 상황을 꿰뚫어 보는 예리한 안목과 사리 분명하게 군 전법을 밝힌 담덕의 태도는, 앳된 소년이 아니라 노련한 군 전략가의 모습이었다.

모두루는 담덕의 말을 다 듣고서야 왜 그가 조금 전 유독 자신을 지목해서 바라보았는가를 다시 생각해보았다. 비록 국성 무술 대회에서 자신이 선보인 그 담대한 기량이, 뭇사람들의 입에 오르내리긴 했으나, 아직은 검증되지 않은 재목일 뿐이었다. 모두루는 딱히 무엇인지 모르겠으나, 알 수 없는 운명이 자신에게로 다가오는 것을 느꼈다.

모두루는 진을 향해 부복하며 절도 있는 목소리로 요청했다.

"진 장군님! 소청이 있사옵니다."

"말해 보시오."

"소장을 이번 공성전의 선봉장으로 삼아주시옵소서. 그리만 해주신다면 소장 기필코 적군을 격파하고, 요동군으로 달려가 폐하의 성은에 보답하겠사옵니다."

모두가 놀라는 가운데 진의 결단을 기다렸다. 진은 여러 사람의 시선을 의식하며 담덕의 얼굴을 바라보았다. 참으로 담덕 왕자가 대단하게 느껴진 것이었다.

진의 표정이 진지해졌다. 이번 전쟁의 승부가 첫 전투에서 가려질 것이기에 신중히 처리하지 않을 수 없었다. 그러나 담덕의 늠름한 모습을 보면서 분명 고구려의 미래가 밝아올 것이라는 확신이 들었다. 진의 얼굴에 어떤 결의가 스쳤다.

'누가 저 왕자를 열두 살 먹은 소년이라고 믿겠는가? 군 전법은 물론, 모두루의 마음을 움직이고, 그 기개까지 살려 선봉에 스스로 나서게 하다니…….'

진은 담덕를 바라보다가 모두루를 내려다보았다. 용기백배한 그의 모습에서 꼭 지난날 자신의 젊은 시절을 보는 것만 같았다.

'고구려의 장래가 암담하진 않군. 저렇게 총명한 왕자가 버티고 있고, 모두루 같은 청년장수가 왕자의 뜻을 받들어 주고 있으

니…….'

"좋소. 선봉장으로 나서서 고구려 남아로서의 기개를 후연에 똑똑히 보여 주도록 하오. 후연이 다시는 우리를 넘보지 못하도록 말이오."

"소장 신명을 다 바쳐 장군님의 명을 꼭 이행하겠사옵니다. 소장을 믿어주시옵소서."

모두루의 대답엔 무량한 기백이 담겨 있었다. 그리고 그 기백엔 갓 피어난 꽃봉오리처럼 청초한 아름다움마저 깃들어 있었다.

모두루는 막사에서 나온 후, 진의 지시에 따라 군사들의 출동을 준비시켜 놓았다. 명령만 내리면 곧장 달려갈 태세였다.

공격 명령을 기다리며, 요동군의 현군 소재지가 있는 서쪽 하늘을 바라보는 모두루의 입은 다물어져 있었지만, 눈은 뜨겁게 불타올랐고, 불끈 쥔 두 주먹은 부르르 떨렸다.

마침내 총진군의 명이 내려왔다.

"공격하라!"

모두루는 선봉에서 칼을 뽑아 들었다. 무지갯빛을 뿜는 칼날의 호령에 고구려 병사는 후연 군대를 향해 달려 나갔다.

2

후연의 사마학겸 장군은 두 차례에 걸친 고구려의 공세를 잘 막아내고 있었다. 고구려군은 1차의 공격 실패에도 아랑곳하지 않고 또다시 밀고 들어왔다. 2차에는 노수부대(기계활로 무장한 부대)와 포병부대(돌을 날리는 부대), 부월수부대(도끼로 무장한 부대)까지 내세워 공격해 왔다. 그런데 어찌 된 일인지, 고구려군의 기세는 명성만큼 그리 높지 못했고, 맥마저 빠져 있었다.

사마학겸은 직접 소리치며 군사들을 격려했다. 고구려군의 용맹을 익히 아는 터라, 처음엔 두려웠지만 직접 전투를 치러보니 자신감마저 생겼다. 그의 투혼에 힘입어 후연군은 물러서지 않고 싸웠고, 고구려군을 격퇴할 수 있었다. 고구려군은 성을 함락하지 못하자, 패잔병처럼 대열을 흩트린 채 퇴각했다.

후연군 진영에서 승리에 고무된 함성이 크게 울렸다. 이때 사마학겸의 부관이 승리에 도취해 상기된 얼굴로 여쭈었다.

"장군, 고구려군도 별것 아니지 않사옵니까? 그동안 장군의 지휘 아래 훈련한 성과가 드디어 빛을 보는 것 같습니다. 고구려군의 기세가 완전히 꺾였사옵니다."

"그렇구나. 으-하-하-하! 쥐새끼같이 도망치는 꼴이라니……."

사마학겸의 기분은 이루 말할 수 없이 들떠 있었다. 장수의 삶이란 전장을 떠나 존재할 수 없는 것, 새삼 호기가 솟았다.

"이 여세를 몰아 고구려 놈들을 완전, 격멸하는 것이 좋을 것 같사옵니다."

"나도 그리 생각한다만 성을 고수하라는 폐하의 명이 있는지라⋯⋯."

"하오나 전세가 불을 보듯 뻔하오니, 이번 기회에 대승을 거두다면 폐하께서도 크게 기뻐하시지 않겠사옵니까?"

"당연하다마다. 하늘이 내게 준 기회를 놓친다면 내 어찌 장수라 할 수 있겠느냐? 전군에 공격 명령을 내리도록 하라. 한 놈도 살려두어서는 안 될 것이다. 알겠느냐?"

"알겠사옵니다. ⋯⋯ 전군은 성문을 열고 공격하라!"

부관의 명령에 후연군은 고구려군을 향해 물밀 듯이 달려들었다. 후연군의 역습에 고구려군은 대열도 정비하지 못하고 혼비백산 달아나기에 여념이 없었다.

너무나 싱거운 싸움이었다. 고구려군의 후미를 강타하자 대열은 손쉽게 무너져 갔다. 조금만 더 몰아치면 일거에 본영은 물론 단숨에 고구려 심장부라도 접수할 수 있을 것 같았다.

분명 그랬다. 그런데 후퇴하던 고구려군의 후미가 갈라지면서 대열을 정비한 일단의 부대가 나타났다. 뿌연 흙먼지를 뚫고 드러난 중기병은 사람은 물론이고, 말까지도 철갑으로 무장하고 있었는데, 햇빛에 반사된 그 광채는 사람과 말을 휘감아 창으로까지 뻗쳐나가고 있었다. 고구려의 최강부대인 철기鐵騎부대였다.

삼국사기에 의하면, 동천왕 20년(246년) 8월 가을에 위나라 유주자사 관구검이 침략해 오자, 동천왕이 기병을 데리고 공격하여 2차례에 걸쳐 승리한 후 "위나라의 대병력이 오히려 우리의 적은 군사만 도 못하다. 관구검이라는 자는 위나라의 명장인데, 오늘날에는 그 의 목숨이 나의 손에 달려있구나." 하면서 철기 5천 명을 거느리고 진격했다고 기록되어 있다. 이로 볼 때 고구려는 이미 3세기 중반 이전에 철기부대가 구축되어 있었음을 알 수 있다. 철기부대는 말 까지도 갑옷을 입힌 중기병 부대다.

철기부대는 15척이 더 되는 장창을 들고, 후연군을 향해 거침 없이 달려들어 대열을 단숨에 흩트려 버리며 짓밟고 나아갔다. 창에 꿰뚫어지고 철갑 말에 짓밟히고 쇠못이 달린 발길에 치여 널브러진 후연의 병사가 즐비했다. 삽시간에 일어난 일이었다. 그와 동시에 퇴각하던 고구려 군사들도 몸을 돌이켜 합세해 공격 하기 시작했다.

사마학겸이 놀라 부관에게 물었다. 뭔가 크게 잘못되었다는 생 각이 들었다.

"어찌 된 일이냐?"

"큰일 났사옵니다. 고구려군의 철기부대가 나타났사옵니다."

"뭐라고? 철기부대라고……."

"속히 성으로 퇴각하는 것이 좋을 듯하옵니다. 장군 서두르시 옵소서."

느닷없는 퇴각명령에 후연군은 재빨리 방향을 바꿔 성으로 향 해 뛰었다. 훈련 속에 다져진 정예군답게 신속한 대응이었다. 그러나 언제 매복해 있었는지, 고구려군이 후연의 배후를 가로막으며 측면을 후려쳤다. 예상치 못한 공격에 후연군은 비명을 지르며 쓰러져갔다. 전날의 맥없던 고구려군의 면모는 어디에서도 찾아볼 수 없었다. 전멸하다시피 한 후연군의 일부는 겨우 포위망을 벗어나 성 앞에 이르렀다.

"성문을 열어라."

간신히 빠져나온 후연 병사들이 다급하게 외쳤다. 그러나 성문은 열리지 않고, 도리어 화살이 빗발처럼 쏟아져 나왔다.

"장군, 이미 고구려군이 성을 점령한 듯싶사옵니다. 속히 피하시옵소서."

다급한 부관의 목소리가 들려왔다. 순간 사마학겸의 정신은 아득히 멀어지며 절망하지 않을 수 없었다. 패퇴하던 고구려군을 쫓으면서도 뭔가 막연했던 불안감이 이제 현실이 되어 실체를 드러낸 것이었다.

후연의 궁궐에서 후연왕 모용수의 목소리가 떨려 나왔다.

"아, 아니 뭐라고? 사마학겸 장군이 패했단 말이냐?"

"아뢰옵기 황공하오나 더욱 급박한 소식은……."

"……."

"고구려군의 진격이 예상치 못할 정도로 빠른지라…… 지금으로선 그것을 막아내기가 역부족인 듯해서……."

"역부족이라니, 그걸 말이라고 하는 게냐?"

모용수의 안색이 시뻘겋게 변했다. 이럴 수는 없었다.

사실 그는 모용선비족 출신답게 언젠가 고구려를 공략할 계획을 세우고 있었다. 고구려를 눌러놓지 않고서는 중원으로 진출하려는 야심을 실현할 수 없었다. 배후가 안정되지 않고는 한 발짝도 앞으로 나아갈 수 없는 처지라는 것을 그는 누구보다 잘 알고 있었다.

과거 전연의 예가 그것을 명징하게 증명하고 있었다.

전연이 전진과 싸우는 중에, 고구려가 배후에서 공격해 옴에 따라, 전연의 전선은 순식간에 무너져 버렸다. 더구나 전연에 살고 있던 단군조선의 유민들은 고구려의 영향을 크게 받고 있었다. 이들이 전진과 협력하여 성문을 열어준 것도 그 때문이었다. 전연이 망하게 된 것은 다 고구려를 제압해 두지 못한 것과 연관되어 있었다. 하지만 지금은 때가 아니었다.

중원으로 진출할 야망을 실현하기 위해서는 우선 고구려를 공략할 전초기지를 고수하며 그 진격을 저지해야 했다. 그래서 사마학겸 장군에게 경계에 만전을 기하며, 기필코 막아내라고 직접 엄명했는데, 대패가 보고되어 온 것이다. 고구려에 대한 공격 발판은 고사하고, 나라의 안위마저 걱정해야 할 판이었다.

"사마학겸 장군이 패배한 경위를 소상히 고하라."

참담한 분위기 속에서 모용수의 참모가 침착한 어조로 물었고, 이에 보고병이 고구려군의 술책에 속아 대패하게 된 전황을 상세하게 전했다. 보고를 듣고 있던 모용수의 얼굴이 붉으락푸르락해지며 분노의 일성이 터져 나왔다.

"수성전을 전개하라고 내 그리 당부했건만, 그 명을 어기다니……."

"고구려군의 술수가 너무나 감쪽같아 사마학겸 장군도 어찌할 수 없었다 하옵니다."

"그걸 말이라고 하는 것이냐? 도대체 적의 장수가 누구이기에 이렇게 허망하게 패할 수 있단 말이냐?"

"선봉장으로 나온 한 장수는 모두루라고 하옵고, 다른 한 장수는 아직 이름을 파악하지 못했사옵니다. 그런데……."

"그런데 어쨌다는 것이냐?"

보고병이 채 말을 잇지 못하자 모용수의 참모가 채근했다.

"그 장수들의 용맹성이 지난날 진 장군을 능가할 정도여서……. 이들의 칼에 군사가 속수무책 당하고, 그들의 모습만 보고서도 두려움과 공포에 싸여 변변히 싸우지도 못하고……."

"진 장군을 능가해?"

참모의 표정이 심상치 않게 변했다. 진이 누구이던가? 가공할 괴력으로 전연의 군사를 무 베듯 쓸어버린 공포의 화신 그 자체였다. 전연 사람들은 진을 그 옛날 전신戰神이라 불리는 치우천황처럼 무시무시한 존재로 여기고 있었는데, 그런 진을 뛰어넘을 정도라면 더욱 방어전을 폈어야 마땅했다.

"지금 고구려군은 어디를 향하고 있느냐?"

"한 부대는 현도군을, 다른 한 부대는 요동군을 향하고 있다고 하옵니다."

"뭐? 현도군과 요동군으로까지 향하고 있다고? 그런데도 사마학겸 장군은 뭘 하고 있다는 말이냐?"

"이미 군사들을 대거 잃은 데다 고구려군의 공세가 너무 드세어…… 그저 후퇴만을 거듭……."

"후퇴만을 하고 있다고…… 이런……."

모용수는 울컥 화가 치밀었으나, 이내 이러고 있을 때가 아니라는 것을 파악했다. 그만큼 그의 이력은 녹록지만은 않았다. 여기까지 오는 동안 온갖 산전수전을 다 겪은 노련한 지휘관이었다.

'이를 어찌한다? 그래, 모용농 장군! 역시 믿을만한 사람은 모용농밖에 없어. 그라면 고구려 군대쯤은 막을 수 있을 것이야.'

희망 섞인 모용수의 목소리가 이어졌다.

"모용농 장군을 당장 불러들이시오."

"모용농 장군은 지금 유주에 있사옵니다. 폭동군 여암세력을 진압하기 위해……."

참모가 아뢰는 말에 모용수는 '아-차' 하며 반문하지 못했다. 사마학겸을 믿었고, 그 정도의 군사라면 수성전으로 얼마든지 버틸 수 있다는 자신감이 뜻밖의 실책을 가져올 줄은 꿈에도 생각지 못했다. 이 위기를 극복해야 하는데, 마땅한 묘안이 떠오르지 않은 그의 얼굴은 낭패감이 짙게 서렸다. 예상한 것보다 고구려의 힘이 훨씬 막강하다는 것만을 실감할 뿐이었다.

이번 전쟁은 후연과 고구려 중, 누가 우위를 점하는가의 서막

이었다. 어느 쪽도 이곳에 자기 전력을 지속해서 기울일 수 없는 처지였다. 고구려도 사방이 적에 둘러싸인 형편이었으며, 후연도 내부를 정비하지 못한 상황이었다. 이런 처지였기에 이번 전투는 누가 주도권을 잡느냐와 관련되었다. 이 정도의 공격도 방어하지 못한다면 앞으로 고구려를 상대하기는커녕 존립 자체도 자신할 수 없는 판이었다.

그러나 적이 눈앞에까지 이르렀는데도 마땅한 대책이 없었다. 대륙을 향한 패권의 욕망이 한순간 바람 앞에 등불인 형국이었다.

'내부가 정비될 때까지만 전쟁을 공전시킨다면 고구려는 버티지 못하고 퇴각할 것이고, 그때 공격하면 크게 승리할 것이 불을 보듯 뻔한데…… 사마학겸, 이놈이…….'

당장 불러들여 요절을 내고 싶었지만 이미 발등에 떨어진 불이었다. 모용수는 애써 분을 삭이며 참모를 바라보았다. 묘책을 말해 보라는 태도였다. 참모는 역시 눈치가 빨랐다. 그의 시선을 의식하며 눈동자를 굴리기 시작하더니, 조심스럽게 입을 열었다.

"폐하! 소신의 소견으로는 후일을 기약하는 것이 어떨까 하옵니다."

모용수는 심드렁한 표정으로 가만히 듣고만 있었다. 사실 그도 이 보 전진하기 위해서는 후퇴하는 것이 불가피하다고 판단했지만, 존엄에 손상이 가는 말을 자신이 직접 할 수는 없었다. 그래서 참모가 대신 말하기를 기다렸다.

참모는 역시 그의 심중을 꿰뚫고 있는 자였다. 마음을 알아준 참모가 믿음직스럽기도 하지만, 또 한편으로는 속마음을 간파당한 마음에 떨떠름하기도 했다.

참모의 얘기가 계속되었다.

"우선 내부의 폭동군 여암세력을 진압하는 데 힘을 집중해야 하옵니다. 만약 이들이 고구려군과 손을 잡는다면 더 큰 위기가 초래될 것이옵니다."

"……."

"아뢰옵기 송구하오나, 현재로서는 고구려와 화친을 모색하는 것이 상책일 듯하옵니다. 화친의 뜻을 내보인다면 고구려군은 물러갈 것이옵니다. 폐하! 고구려에 속히 사신을 보내시옵소서. 그리하여 훗날을 도모하시옵소서."

모용수가 고개를 끄덕였다. 그도 이것을 바라는 바였다. 그러나 삼키기만 하면 되는 떡을 눈앞에 두고 고구려군이 물러날 리 만무했지만, 달리 다른 방도가 없었다. 이런 모용수의 마음을 읽기라도 한 듯 참모가 말했다.

"지금 고구려도 우리와 별반 크게 다른 처지가 아니옵니다. 우리 배후에 여암의 반란군이 있다면 고구려의 배후엔 백제와 거란이 있사옵니다. 고구려 조정에서 그것을 두려워하는 자를 어떻게든 준동하게 한다면 그리 어려운 일이 아닌 듯하옵니다."

"정녕 그런 자가 고구려 조정에 있단 말이오?"

"확실하게 단정할 수는 없으나, 국상 두우라는 자는 분명 그리 움직일 것이옵니다. 소문에 의하면 두우와 진의 사이가 원만하질 못한 데다, 이번 원정도 두우가 반대하고 나섰다 하옵니다.”

그 말에 모용수는 한 가닥 생명의 밧줄을 잡은 심정이었다. 그러면서도 모용수는 손상된 위엄을 보상받으려는 듯 큰소리쳤다.

“이 수모를 몇백 배로 몇천 배로 갚아주마.”

그러나 그 소리는 아무런 울림도 없이 곧장 사라졌다.

3

진은 막사에서 전투 상황을 면밀하게 주시하고 있었다. 사마학겸의 군대를 격파한 후, 모두루 장수는 급물살을 타듯 요동군을 향해 진격하고 있었고, 능기 성주도 현도군을 향해 가파르게 진군하고 있었다. 고구려의 완벽한 승리로 치달아 가고 있었다.

진은 전투 상황에 시시각각 촉각을 곤두세우며, 요동군과 현도군을 고구려군의 요새로 만들려는 계획을 치밀하게 준비해가고 있었다.

“장군님!”

막사 앞에서 수하가 부르는 소리였다.

“무슨 일이냐?”

“후연의 사신이 뵙기를 청하옵니다.”

“무어라? 후연의 사신이? 흐-음……. 알았으니 쉴 곳을 내주고 기다리라고 전하라!"

진은 후연의 사신을 만나는 것에 큰 의미를 두지 않았다. 그들의 의도야 시간을 벌어 위기를 넘기자는 것이니 급히 만날 이유가 없었다. 승승장구하고 있는 이 시점에서, 후연에 시간을 주는 것은 숨통을 열어주는 것이나 진배없으니, 이는 고구려에 이롭지 않은 것이었다.

며칠이 지난 후에야, 진이 후연의 사신을 불러들였다. 미워도 사신을 무조건 방치할 수는 없었다. 진의 표정에는 여유 만만함과 자신감이 배어 있었다.

"우리 폐하의 특명을 받고 왔사옵니다."

후연의 사신이 자신을 소개했다.

"후연왕께서 어인 일로 그대를 보냈는고? 단군조선의 땅을 내놓으면 될 것인데, 대체 뭣 때문인지 알 수가 없군."

진의 말은 단호했다. 맑은 물을 들여다보듯 뻔한 속셈인데, 뭘 더 보자는 수작이냐는 질책이 담긴 말투였다.

후연의 사신은 순간 당황하는 기색을 보였다. 그러나 일국의 사신답게 이내 침착함을 되찾았다.

"우리 폐하께서는 고구려와 적대할 생각이 없으시며, 우호적인 관계를 학수고대하고 계십니다. 그래서 고구려의 황성에도 이미 이를 전하는 내용의 국서를 보냈사옵니다."

"오-오, 듣던 중 반가운 말이군. 우리 고구려 역시 마찬가지요. 그런데 우리 국경 근처에 군사를 집결시킨 이유가 무어냐 말이오?"

"고구려 국경에 우리 군사가 있게 된 것은 내부의 폭동세력을 진압하기 위해서였습니다. 이 때문에 불가피하게 되었던 것이지 다른 이유는 없습니다. 그러니 오해를 푸셨으면 합니다."

후연의 사신이 제 나름대로 둘러댔다.

"아니, 나를 바보로 아는 것이오. 폭동세력은 유주 지역에 있지 않소? 헌데 그 무슨 폭동세력을 진압한다고, 그 반대편 지역인 요동 땅에 군사를 집결시킨단 말이오?"

"그것은……."

진의 추상같은 소리에 사신의 얼굴이 빨개지며, 감히 무어라 대꾸하지 못했다. 자신이 생각하기에도 참으로 궁색하기 짝이 없었다. 그렇다고 달리 둘러댈 변명도 없다 보니 초조해지기만 했다. 그런 속에 진의 말이 다시 이어졌다.

"진심으로 화친할 의향이라면 단군조선의 영지를 함부로 넘보지 말아야 할 것이오. 또한 국경 근처에 군사를 집결시키는 행위를 중지하고 당장 철군해야 할 것이오."

진의 말은 후연이 고구려를 위협하는 행동을 아예 하지 못하도록 하는 것은 물론이고, 영토까지 내놓으라는 것이었으니, 후연 쪽에서 받아들일 수 없는 요구였다. 어떻게 하든 고구려군의 진격을 막아야 하는데, 상대는 그것을 전혀 들어줄 의향이 없는 듯했다.

"어쨌든 앞으로 서로 적대하는 행동을 하지 않고, 화친 관계를 맺고자 하는 우리 폐하의 의지는 확고합니다. 고구려 또한 이런 우리의 뜻을 잘 헤아려 줄 것으로 기대합니다."

후연의 사신은 불리한 여건 속에서도 주저주저 얘기하면서 후연왕의 국서를 꺼내어 진에게 전달했다.

"그거야 그대 나라의 처신에 달린 것 아니겠소? 기왕 내친 말이니 분명히 말해 두겠소만, 고구려는 과거 단군조선의 후손이며, 그대들의 영지는 지금도 고구려 영지임을 알아야 할 것이오. 할 말은 이미 다 했으니 그만 물러가도록 하시오."

진은 국서에 눈길도 주지 않은 채 그곳을 나왔다. 그의 뜻은 분명했다. 이번 전쟁에서 장악한 지역은 과거 고구려의 조상인 단군조선의 영지인 만큼, 작금에 이르러서도 역시 고구려의 영토로 만들겠다는 것이었다.

지금 후연을 굴복시켰다고 해서 시간적 여유를 주게 되면 후연은 내부를 정비한 다음 다시 고구려를 넘볼 것이었다. 이것이 국가 간의 생리였다. 굴복시킬 때 다시는 넘보지 못하도록 철저한 응징이 요구된다는 것을, 누구보다도 진은 잘 알고 있었다.

후연의 사신은 몽둥이로 뒤통수를 얻어맞은 듯 그 자리에 얼어붙었다. 진의 마지막 말은 혹 떼러 온 놈에게 혹 하나를 더 붙여 주는 셈이지 않는가.

진이 후연의 사신을 뒤로한 채 막사로 돌아오니, 황명이 하달되어 있었다. 황명이라는 말에 진의 얼굴은 일순간 긴장의 빛을 띠었다. 아무래도 예감이 불길했다. 알 수 없는 직감이 진 장군의 마음을 무겁고 착잡하게 했다. 도수리 부관을 비롯한 장수들이 도열한 가운데 황명이 하달되었다.

"원정군 총사령관 진은 들으라. …… 우선 후연 원정의 성공을 치하하노라. …… 그 공으로 후연왕 모용수가 사신을 보내 화친의 뜻을 보내왔고 …… 그들과 적대하면 우리 고구려는 사방의 적에 협공당하는 정세가 형성될 것인바 …… 더 이상 침략하려 하지 않으면 그들을 자극하지 말고 화평관계를 맺도록 …… 속히 원정을 마무리 짓도록 하라……"

진은 이미 전황의 정세를 수시로 보고하면서 요동군과 현도군의 완전 장악의 필요성을 여러 차례 역설해 왔다. 그런데 국상 두우는 이를 묵살하고, 화평관계를 맺으려는 기회만 엿보고 있다가, 후연 측의 화친 제의를 받자 주저 없이 응한 모양이었다.

모른 바는 아니었지만, 드디어 올 것이 왔다는 분위기에 장내는 삽시에 침울해졌다. 그런 속에 한 장수가 입을 열었다.

"장군, 이럴 수는 없사옵니다. 요동군과 현도군의 장악을 눈앞에 두고 있는데 철수하라니요? 천부당만부당하옵니다."

"맞사옵니다. 이것은 분명 폐하의 뜻이 아니오라, 두우 국상의 농간임이 분명하옵니다. 그러하오니, 원래 계획대로……."

도수리 부장이 씩씩거리며 당장 칼이라도 뽑을 듯이 강변하려 했으나 진이 단호하게 입을 막았다.

"그 무슨 말인가? 그만하게. 지금 황명을 거역하겠다는 것인가?"

진의 말에 모두 입이 얼어붙은 듯 아무 대꾸도 하지 못했다. 아무리 담력이 크다 한들, 황명을 거역하자고 내놓고 얘기할 수는 없었다. 그 자리에 있던 사람들은 진의 마음을 아는지라 묵묵히 참고 있었으나 눈빛만은 이글거리고 있었다.

사령관 막사에 혼자 남은 진은 긴 한숨을 내쉬었다. 후연을 확실히 짓눌러 놓지 않을 수도 없고, 그렇다고 황명을 거역할 수도 없었다. 진퇴양난의 난감한 상황이었다. 차라리 혈혈단신으로 십만 대군의 적진을 누비는 것이 훨씬 쉬운 일처럼 여겨졌다.

고국양왕이 대왕에 올랐어도 결국 달라지는 것이 없었다. 소수림왕이 병석에 누웠기에 그런 줄 알았는데 그렇지 않다는 것이 증명되고 있었다. 두우를 중심으로 한 일당이 조정을 손아귀에 틀어쥐고 주무르고 있음을 그대로 보여 주는 꼴이었다.

'두우 이놈이……'

노여움에 겨운 진의 몸이 부들부들 떨렸다. 안으로만 나라를 곪게 만드는 것도 모자라, 이제는 외세의 우환거리까지 불러들인다는 것에 대한 분노였다. 하지만 지금의 상황으로써는 어찌해 볼 도리가 없었다. 황명을 거역하지 않는 한 군사를 돌이켜야만 했다. 이것은 이미 정해진 수순이었다. 비록 잘못된 결정이라고 하더라도 황명을 거역할 수 없는 법이었다. 잘못된 황명은 신하가 대왕을 제대로 보필하지 못했기 때문이었다. 불충을 저질렀다는 생각에 진의 눈가에는 눈물이 잔잔히 고여 들었다.

이때 담덕이 찾는다는 소리가 밖에서 들려왔다.

"어서, 모셔라."

진은 흐트러진 몸가짐을 추스르며 담덕을 맞아들였다.

"왕자님께서 어인 일이시옵니까?"

야속한 심정이 담긴 진의 말투였다. 어린 왕자에게 그럴 이유가 없었지만, 진은 섭섭하고 허무했다. 어쩌면 희망의 대상이 이제 이 어린 왕자에게로 옮겨간 무의식의 발현인지도 모를 일이었다.

"제가 나서도 괜찮을는지 모르겠으나 상론할 일이 있어 찾아왔습니다."

"그게 무엇이옵니까? 말씀하시옵소서."

"저는 지난날 장군께서 전연을 철저히 응징했던 그 영웅담을 잘 알고 있습니다."

"왕자님께서 어찌 그런 옛일까지 알고 계시옵니까?"

"그거야 고구려 사람이라면 다 알고 있는 사실인데요. 그때 장군께서 전연군을 철저히 소탕한 후 철수하셨기에, 전진과 화평관계가 형성되고, 서부 변경에 침략 세력이 지금까지 형성되지 못한 것으로 생각합니다."

"그렇기는 하오나, 왜 그런 말씀을 하시는지……."

진은 담덕이 무슨 의도로 옛일을 꺼내 얘기하는지 의아하기만 했다. 그런 진의 모습을 보며 담덕이 다시 입을 열었다.

"다름이 아니라 황명이 하달돼 철군하기로 했다는데 그것이 사실입니까?"

"황명이 지엄한지라······."

"그래요. 그럼 제가 황명서를 봐도 괜찮겠습니까?"

"그야 물론이옵니다만······."

진은 고개를 갸웃거리며 황명서를 건네주었다. 왕자가 그걸 본다고 황명이 바뀌고, 한번 쓰인 글자가 달라지겠느냐는 태도였다.

황명서를 읽어 본 담덕이 이윽고 입을 열었다.

"철군하라는 명이 분명하네요. 하지만 이렇게 적에게 쫓기듯 철군해서야 되겠습니까?"

진 장군은 순간 어리둥절했다.

"글쎄요. 제가 읽기에는 황명 어디에도 절대 응징하지 말라는 내용은 없는 것으로 보입니다만······."

"아니 그 무슨 말씀이옵니까?"

이해할 수 없다는 진의 말에 담덕이 황명서를 펼쳐 보였다.

"원정군 총사령관 진은 들으라. ······ 우선 후연 원정의 성공을 치하하노라. ······ 그 공으로 후연왕 모용수가 사신을 보내 화친의 뜻을 보내왔고 ······ 그들과 적대하면 우리 고구려는 사방의 적에 협공당하는 정세가 형성될 것인바 ······ 더 이상 침략하려 하지 않으면 그들을 자극하지 말고 화평관계를 맺도록 ······ 속히 원정을 마무리 짓도록 하라······."

진은 그의 눈을 의심하지 않을 수 없었다. 황명서의 내용이 이전과는 전혀 달리 보인 것이다. 담덕의 말대로 무조건 철군하라는 내용이 아니었다. '침략하려 하지 않으면'이라는 단서가 분명 덧붙여 있었다.

'아니 이럴 수가…… 왜 내가 이걸 몰라봤단 말인가?'

진이 놀라는 듯 혼자 중얼거렸다. 그런 진의 모습을 보며 담덕이 다시 말을 이었다.

"장군께서 지난날 전연을 철저히 응징하고 철수함으로써 평화를 유지했던 것처럼, 이번에도 그리하면 될 것으로 생각합니다. 물론 그렇더라도 장군의 목표에는 미치진 못하겠지요. 하지만 나라의 안위와 위엄은 지킬 수 있을 것입니다."

생기가 돈 진이 담덕을 바라보더니 갑자기 무릎을 꿇으며 죄를 청했다.

"왕자님, 소장의 우매함을 책망하여 주시옵소서."

"왜 이러십니까? 당치 않은 말씀입니다. 어서 일어나십시오."

진의 갑작스러운 행동에 담덕이 놀라며 어서 일어나기를 바라고 손을 끌었다. 그러나 진은 쉬이 일어나지 않고, 대신에 담덕의 손을 꼭 붙잡았다.

"아닙니다, 왕자님! 소장, 왕자님이 아니었다면 글자 자구에만 얽매여, 나라의 안위와 위엄을 세우지 못하고, 대업을 망쳐놓을 뻔했사옵니다. 소장은 정말 황명을 웅대한 기상과 관련지어 해석하신, 왕자님의 대담한 기개와 통찰력에 감복할 따름이옵니다."

진의 눈에 비친 담덕은 더 이상 어린애가 아니었다. 황명서를 보고 쉽게 체념한 자신에 비해, 어떻게든 활로를 찾으려는 그 열정과 기상 앞에 감동하며, 쉰아홉의 노 장군은 스스럼없이 열두 살짜리 어린애에게 진심 어린 충정을 내보인 것이다. 그렇다고 앞으로 닥칠 환난에 대한 우려가 완전히 씻겨지는 것은 아니었지만, 고구려의 미래가 그리 어둡지만은 않아 보였다.

4

6월 중순경, 고구려군은 후연에서 자진 퇴각했다.

모두루는 막사 앞에서 서부 변경을 바라보며 한숨을 내쉬었다. 생각할수록 기가 막혔다. 누구를 위한 전쟁이고, 누구를 위해 이 많은 사람들이 죽어갔단 말인가. 막상 이렇게 되고 보니 애초에 전장을 나선 자신이 원망스러웠다.

모두루는 전연군을 거침없이 격파하고서, 요동군의 소재지를 요새로 삼기 위해 진지를 꾸리던 6월 초순경의 일을 잊지 못하고 있었다. 그때만 해도 그는 벅찬 꿈에 부풀어 있었다.

'이 모든 게 두우, 이놈 때문이야. 후연 놈들이 화친하자고 한 것이야 뻔한 속셈일 터인데, 그것을 덥석 물어? 이런 한심한 자 같으니라고……'

전투에선 승리하고 전쟁에선 패한 꼴이었다. 모두루는 국상 일당에 분노할 수밖에 없었다. 담덕 왕자가 황명서를 재해석해 그 여파를 최소한으로 줄였다고는 하나, 빼앗은 땅을 도로 내준 결과는 역시 똑같았다. 그러다 보니 처음 원정 때 보인 그 기백은 퇴색되고, 무기력한 모습으로 변해가고 있었다.

"진 장군께서 찾으시옵니다."

진의 연락병이 모두루를 보고 알리는 말이었다.

"진 장군께서 나를?"

싸움은 끝나고 군사도 다 철수한 상태인데, 새삼스레 들을 얘기가 뭐가 있겠느냐는 반문이었다. 그만큼 그의 가슴은 실망감이 짙게 서려 있었다. 그러나 상관의 부름이었기에 진의 집무실로 향했다. 세상은 언제 전쟁이 있었는가 싶을 정도로 평화로웠다.

진의 집무실에 들어가니 뜻밖의 만남이 모두루를 기다리고 있었다. 다른 사람이 먼저 도착해 있는 상태였다. 대략 그보다 두세 살 더 들어 보였다. 외모는 마른 듯하나 옷 밖으로 드러난 다부진 체격과 햇볕에 그을린 듯한 까무잡잡한 얼굴은, 한눈에 보기에도 오랜 수련으로 단련된 듯했고, 늘어뜨린 긴 머리와 수려한 이목구비와는 달리 굳게 다물어진 입은 고집이 보통이 아님을 보여주었다.

"오늘 내가 자네들을 부른 것은 긴히 할 말도 있고, 서로 알고 지내면 서로에게 큰 힘이 될 것 같아……. 서로 인사 나누게."

"모두루라고 하오이다."

"부살바라고 하오. 내 이미 자자한 명성을 듣고 있었는데, 여기서 이렇게 뵙게 되니 기쁘기 한량이 없소이다."

모두루는 후연을 격파할 때, 측면에서 긴 머리를 휘날리며 적군을 추풍낙엽처럼 쓸어버린 장수가, 바로 이 사람이라는 것을 이미 알고 있었다. 그가 휘두른 칼은 가히 신기에 가까워 후연의 군사가 맥도 못 추고 무너져내렸다.

"그 무슨 과찬이십니까? 나야말로 영웅호걸을 만나게 되어 감개무량할 뿐이오. 이것도 인연이라면 큰 인연인데 앞으로 잘 지내도록 합시다."

뜨거운 악수를 나눈 후, 두 사람은 자리에 앉았고, 기뻐할 겨를도 없이 이내 침묵으로 빠져들었다. 벗을 사귀는 것은 기쁜 일이었지만, 철군의 후유증이 아직껏 가슴 한켠에 짙게 남아 있었다. 더구나 전장을 함께 누빈 전우를 대하니, 그때의 일이 생생하게 떠올라 더욱 속이 쓰려왔다. 그들로서는 떠올리기조차 싫은 악몽이었다.

사실 고구려는 승리했다. 후연에서 포로로 데려온 수만 대략 1만여 명에 이르렀으니 승리도 대승이라 할 수 있었다.

사람들은 진의 충절과 청년장수의 기개를 높이 샀다. 후연을 공격할 때 앞장서서 싸운 부살바와 모두루의 활약상은 많은 사람의 입에 회자되었다. 그렇지만 무엇보다도 담덕 왕자에 대한 칭송은 그 어떠한 것도 대신할 수 없었다. 하지만 아무도 이 전쟁을 승리한 전쟁으로 바라보지 않았다.

"기개 있는 벗을 서로 만나게 되었으니 기쁘지 않소? 그런데 왜 말도 없고 이리 조용한 게요? 허-허-허! 이번에 자네들의 공이 정말로 컸네."

"과찬이시옵니다. 당연히 고구려 장수로서 해야 할 일을 한 것 뿐이옵니다. 그런데 장군님, 우려스러운 점은 정작 승리를 기뻐해야 할 백성들이 이기기는 뭘 이겼느냐는 분위기에 젖어 있다는 것이옵니다."

모두루가 가슴속의 말을 토해내듯 내뱉었다. 이에 부살바도 동조하며 거들었다.

"그렇사옵니다. 백성들 속에서는 후연을 두려워하여 화친 관계를 맺은 것이다, 점령했으나 금세 되돌려주었으니 후연이 다시 공격해 올 것이다, 심지어 그럴 바에는 뭐 하러 전쟁했냐는 등의 불만이 새어 나오고 있사옵니다. 이것이 심히 걱정되옵니다."

"말씀드리기 민망스러우나, 상황이 이러하다면 이것은 전투에선 이겼으나, 전쟁에선 지는 꼴이 아니고 무엇이겠사옵니까?"

부살바마저 자기 생각과 다르지 않다는 것을 확인한 모두루가 자기도 모르게 내뱉은 말이었다.

"나도 그런 소문을 들었네. 내 자네들에게 면목이 없구만."

진이 두 사람의 심중을 헤아린 듯, 에둘러 표현하지 않고 직접 사과했다.

"아니옵니다. 그것이 어찌 장군님의 잘못이겠사옵니까? 장군님과 담덕 왕자께서 계셨기에 아쉽기는 해도, 후연이 당분간 우리 고구려를 넘보지 못하게 되지 않았사옵니까?"

"맞사옵니다. 저희는 장군님의 충심을 잘 알고 있사옵니다."

그들은 진 장군의 마음을 이해했다. 그래서 그 마음을 아프게 하고 싶지 않아 순수한 마음으로 화답했다.

진도 이들의 마음을 모르지는 않았다. 이들은 무슨 영예나 명예를 바라고 서부국경에 온 것이 아니었다. 오직 충심 하나로 혈혈단신 달려온 것인데, 그 마음마저 옳게 받아주지 못한 현실이 안타까울 뿐이었다.

"내가 자네들을 위로해 주려고 했는데, 도리어 내가……. 고맙네."

어느새 눈시울이 붉어진 진이 잠시 허공을 바라보더니 침통한 목소리로 다시 말을 이었다.

"사실 난 대왕 폐하를 제대로 보필하지 못했네. 두우 국상의 전횡으로 국정이 농락당하고 있지만, 이를 막지도 못하고……. 오늘의 이 지경까지 오다니……. 내 어찌 떳떳하게 얼굴을 들고 살 수 있겠는가?"

가슴이 복받쳐 오르는 듯 진이 갑자기 두 사람을 똑바로 바라보며 이야기했다.

"우리 고구려의 미래는 담덕 왕자의 손에 달려 있네. 자네들 같은 청년장수가 앞으로 담덕 왕자를 잘 보필해야 할 것이네. 내 이를 부탁하네."

"그건 염려하지 마시옵소서. 소장들 또한 그리 생각하고 있사옵니다. 성심을 다해 보필할 것이옵니다."

"고맙네. 내 자네들만 믿겠네. 그리만 해준다면 우리 고구려의 앞날은 창창할 것이네."

진이 두 사람의 손을 힘있게 끌어모아 잡았다.

'소수림왕도 대단한 지략가라고 했지만, 병석에 누운 후 두 우에게 농락당했고, 기백이 있다 여겨진 고국양왕도 전혀 힘을 쓰지 못하고, 진 장군마저 막아내지 못하는데…… 그런데 아무리 영특하다고 해도, 어린 나이에 감히 두우 국상을 상대로 해서 이겨 낼 수 있을까?'

모두루는 진의 충정 어린 말을 들으면서도, 현 정세로부터 마치 살얼음판 위를 걷는 불안감 같은 기분을 지울 길이 없었다. 그래도 마음만은 암담하지 않았다.

모두루와 부살바는 진의 집무실에서 나온 후, 첫 만남의 기념으로 모두루의 막사로 가서 술잔을 나누었다.

부살바는 다부진 체격만큼이나 남아다운 기개가 있고 화통해서, 모두루와 죽이 잘 맞았다. 짧은 만남이었지만 서로를 알아보았다. 그래서 심중의 얘기까지 허심하게 나누면서, 부살바는 차분한 어조로 자신의 이력을 들려주었다.

378년 거란의 침입을 받았을 당시 부살바는 열다섯 살이었다. 그때 그는 무예를 닦고 있었는데, 마침 사부의 심부름을 받고 하산한 김에 부모님을 뵙기 위해 마을로 찾아갔다. 그런데 마을은 이미 예전의 모습을 찾아볼 길이 없었고, 온통 아수라장이 되어 있었다. 곳곳에 시체가 널려 있었으며, 주검의 냄새가 마을을 덮고 있었다. 어떤 남자는 배에 창을 맞아 쓰러져 있었고, 어떤 아낙네는 겁탈을 당하고 살해된 모양으로 아랫도리가 다 드러난 채로 죽어 있었다. 부모 등에 업힌 채 죽은 아이, 무너진 짚더미에 깔려 압사한 어린애, 불에 타 부서진 가옥들, 지옥이 되어 버린 참상을 차마 눈 뜨고 볼 수 없었다.

그는 널브러져 있는 사람에게 달려가 흔들어 보았으나 차갑고 뻣뻣한 몸뚱이는 아무런 반응이 없었다. 한동안 제정신을 잃고 멍하니 걷다가 갑자기 가족이 떠올랐다.

'제발 무사해야 될 텐데.'

간절한 바람도 헛되게 그의 부모는 집 근처에서 싸늘한 주검으로 그를 맞았다. 저절로 무릎이 꺾였다. 더욱이 여동생은 몸뚱이조차 보이지 않아 부르며 찾았으나 응답이 없었다. 거란군의 성욕 대상으로 끌려간 것이 분명했다. 하루아침에 그는 가족 모두를 잃어버린 천애 고아 신세로 전락했다.

가족 모두를 잃어버린 복받치는 설움에 눈이 뒤집히고 핏발이 섰다. 그러나 고구려 군사는 그 어디에도 보이지 않았다. 하늘이 원망스럽고, 나라가 원망스러웠지만, 그렇다고 조정을 탓하며 넋을 놓고 앉아 있을 수만도 없었다. 백배 천배로 되갚아주려는 복수심에 그는 혈혈단신으로나마 거란군을 향해 쫓아 나섰다. 단 몇 놈이라도 쳐 죽이지 않고는 분이 풀릴 것 같지 않았다.

무모한 행동이었지만 몇몇 사람이 그에게 가세했고, 이윽고 거란군의 살인 만행에 치를 떤 백성들도, 너나없이 싸우기를 마다하지 않고 자체로 무장했다. 그리고 뒤늦게 도착한 군사들과 합

세하여 싸웠다. 그리하여 마침내 침략군을 고구려 영토에서 몰아
낼 수 있었다.

삼국사기에는 소수림왕 8년 9월에, 당시 거란이 고구려의 서부 변
방에 침입하여 약탈 만행을 감행하면서 8개 부락의 주민 1만여 명
을 납치하였다고 기록되어 있다. 위서에 의하면, 당시 거란족은 화
룡(요녕성 조양부근) 북쪽 수백 리 되는 곳에 살고 있었으며, 5세기
중엽에는 8개의 부(슬만단부, 복불욱부, 우릉부, 일련부, 필혈부,
려부, 토록우부 등)로 나뉘어 있었고, 그중 4세기 말에 고구려에 대
하여 침공을 일삼던 것은 필혈부(비려부)였다.

이때의 참상을 통해, 그는 외적의 침략에 나라가 유린당할 때,
그 누구보다도 백성들이 먼저 고통받으며 죽어간다는 것을 깨달
았다.
　결국 부살바는 한가하게 무술만 익히고 있을 수는 없다고 생각
하며, 사부를 찾아 하산하여 군에 자원하고자 하는 자신의 의지
를 밝혔다. 그러나 사부 석 장군은 완강히 반대하며 가로막고 나
섰다. 그의 마음을 모르는 바는 아니지만, 아직 때가 이르지 않았
고 더 배워야 한다는 말씀이었다.
　사부는 젊은 시기 두우와 각별한 관계였다. 둘은 매우 절친
했다. 그러나 사부는 두우가 국상에 오르면서 횡포를 부리자 초
야에 숨어 버렸다. 우정을 지키자니 조국을 배신해야 하고, 충정

을 지키자니 절친한 벗과 등을 져야 하는 갈등 속에서, 그는 초야에 파묻혀 후학을 양성하기로 결심한 것이다.

그가 석 장군을 사부로 모시게 된 것은 우연이었다. 열한 살 때, 동네에서 애들과 함께 두 패로 나눠 전쟁놀이를 하고 있었는데, 그중 한 패를 거느리고 있었다. 이것을 지나가는 과객이 한눈에 보기에도 출중한 그의 기골을 자세히 살펴보더니 말을 건넸다.

"네 이름이 무엇이냐?"

"부살바라고 합니다."

"내 너에게 무술을 가르쳐줄 테니 배워 볼 의향이 있느냐?"

"정말이십니까?"

어린 눈으로 봐도 과객이 범상치 않아 보여 부살바는 즉각 응했다. 그 과객이 이를 의논하기 위해 부모님을 찾았을 때, 아버지는 평소 존경해오던 그 유명한 석 장군이어서 별 반대 없이 동의해 주었다.

그리하여 어렸을 때부터 사부에 의해 무술을 배워오게 되었고, 그런 사부인지라 부살바에게는 혈육 이상의 의미를 지녔다. 그런 사부가 하산을 허락하기는커녕, 도리어 그의 발치에 칼을 던지며 말했다.

"검을 들어 내 공격을 막아 보거라!"

사부의 공격은 날카롭기 이를 데 없어 칼로 대적하는데도 목검을 당할 수가 없었다. 사부가 엄히 꾸짖었다.

"이따위 실력으로 무슨 외적을 막겠다는 것이냐?"

"외적을 막는데 무술의 경지가 높아야만 하는 것은 아니지 않사옵니까?"

"그래 네 말대로 무술의 높고 낮음이 그것을 결정하는 것은 아니다. 허나 분노만으로 적을 막을 수는 없다. 힘에는 힘으로, 지략에는 지략으로 상대할 수 있어야 한다."

"나라에 대한 뜨거운 사랑이 있다면 그런 것이 무슨 문제가 되옵니까?"

"나라에 대한 뜨거운 사랑……. 그래 말 잘했다. 정히 내려가고 싶거든 너의 그 뜨거운 사랑으로 이 사부를 꺾고 가거라."

사부를 이긴다는 것은 상상할 수 없었기에 그는 기가 막혔다. 영원히 산에서 무예만 닦으라는 소리로 들렸기에 사부에게 되물었다.

"어찌 제가 사부님을 이길 수 있겠사옵니까? 그럼 이기지 못한다면 하산할 수 없다는 뜻이옵니까?"

"너의 말대로 사랑이 있는데 이 늙은이 하나 넘어서지 못할 이유는 뭐냐? 열정만 가지고 하지 못할 일이 없다면 어찌 세상이 이리 어지러워졌겠느냐? 수모는 한 번으로 족하고, 강산은 변해도 원수는 변하지 않는다. 어떤 것이 진정한 사랑인지를 헤아려 보아라."

"사부님!"

"분노만 내세우려 하지 말고, 백성과 나라에 대한 사랑을 가슴에 품어라. 그러면 진정 네가 나아가야 할 시기는 물론이고, 그곳이 어떤 곳인지도 저절로 보일 것이다. 알겠느냐?"

부살바는 사부의 명을 거부할 수 없었다. 사부의 말을 다 이해할 수 없었지만 그게 옳다는 것을 인정하지 않을 수 없었기 때문이다.

그는 하루라도 빨리 하산하고 싶었다. 그러나 사부의 무술을 당해내지 못하고 번번이 패했다. 패한 이유를 도대체 알 수 없었지만, 분노로 가득 채워진 가슴은 포기를 용납하지 않았다.

무려 7년이라는 긴 세월 동안 뼈를 깎는 수련을 했다. 그런데 연마하면 할수록 풀어지지 않는 것이 있었다. 검의 속도가 빨라지기는 하나, 자연스럽지 못해 힘이 실리지 못하고, 칼 동작 하나하나가 따로따로 노는 것이었다. 이 문제에 골몰했으나 도무지 해결이 안 돼, 자포자기하는 심정으로 멍하니 폭포를 한없이 바라보기만 했다.

그러던 어느 날, 갈증 때문에 폭포 아래로 내려가 물 한 모금을 마시며 폭포를 바라보고 있는데, 그의 눈에 들어오는 광경이 있었다. 셀 수 없을 정도의 수많은 물줄기들이 하나의 물줄기가 되어 장중한 힘을 내뿜어 내는 것이었다. 그때 뇌리를 스치고 지나가는 것이 있었다.

폭포는 양 측면에 자리 잡은 산이 하나 되어 나오는 힘이었다. 하나로 모여 일치된 그 힘이 바로 폭포의 힘이고 자연의 힘이었다.

'그렇다면 내 감정을 바로잡고 나와 검을 일치시켜 내전의 진기를 하나로 모아 폭포수처럼 내뿜어댄다면……'

그는 폭포의 이치를 사부가 가르쳐 준 호흡법과 함께 검의 원리에 적용해 보았다. 그러자 검에 조금씩 폭포와 같은 기류가 형성되었다. 원리가 터득되는 기쁨에, 그는 이를 부단히 연마하기 위해 정진했고, 마침내 완성해 사부에게 일전을 청했다.

사부는 부살바의 칼을 몇 수 받더니 칼을 거두며 말했다.

"장하구나. 칼의 이치는 물론이고 세상의 이치를 깨달았구나."

"아니옵니다. 아직 부족한 것이 많사옵니다."

"내 지난날 너의 하산을 막아 마음에 걸렸는데, 그 모든 것을 극복하고 이리 성장한 너의 모습을 보니 대견하기 그지없구나."

"이제야 조금 깨우쳤을 따름이옵니다. 사부님이 아니셨다면, 지금까지도 제 마음 하나도 다스리지 못하고, 분노에 사로잡혀 헤매며 지냈을 것이옵니다."

"앞으로도 항상 지금 마음먹은 것처럼, 한순간의 충동으로 표출하지 말고 심장 깊이 체득해야 한다는 것을 잊지 마라."

"명심하겠사옵니다. 앞으로도 부족한 이 제자의 잘못을 많이 지적해 주시옵소서."

"아니다. 나는 너에게 더는 가르칠 것이 없다."

부살바는 사부의 인정을 받음에 한편엔 기쁘면서도, 이제 겨우 감을 잡는 정도인데 떠날 때가 되었다는 것에 이별의 아픔이 몰려왔다. 7년 전 하산을 결심하던 때는 아무런 부족함이 없다고 생각했는데, 오히려 이제는 부족하다는 생각이 들었다. 이런 부살바의 모습을 본 사부가 회한에 잠긴 듯 가늘게 음성이 떨려 나왔다.

"이 못난 사부는, 사실 지난날 우정과 충정을 구분하지 못하는 우를 범했다. 너만은 나 같은 과오를 범하지 않게 하고 싶었다. 내 너에게 당부하노니, 너는 이런 전철을 밟지 말고, 언제나 나라와 백성을 위하는 데에 무술을 사용하도록 해라."

말을 마친 사부는 자신이 아끼던 보검을 부살바에게 내어주며 말을 이었다.

"자! 이 검을 받아라. 이 검은 선대왕(소수림왕) 폐하께서 하사하신 검이니라. 너에게 이 검이 필요할 것이다. 아니 이 검이 너를 필요로 할 것이야."

"아니옵니다. 어찌 사부님께서 그토록 소중히 여겨온 검을 제가 감히 받을 수 있겠사옵니까?"

부살바가 거부하며 받지 않으려 했으나, 사부의 간곡한 권유에 못 이겨 결국 그 검을 받아들었다.

사부는 언제 다시 볼 것인가 기약도 할 수 없는 이별을 앞두고, 아끼던 제자를 가슴에 새겨 두기 위함인 듯, 정이 담긴 눈으로 응시하더니 다시 입을 열었다.

"지금 후연의 침략이 예상되어 원정군을 모집하고 있으니, 이 길로 하산하여 조국의 방패가 되도록 해라. 다하지 못한 내 몫까지 해주길 믿는다."

부살바는 뜨거운 눈물을 흘리며 사부에게 하직 인사를 올렸다. 그리고 하산하여 서부국경 원정군에 지원하였다.

후연의 원정군은 두 가지 형태로 이뤄졌다. 하나는 국성 정규군에서 차출하였고, 또 하나는 서부의 인근 성에서 모집하였다.

고구려는 사방이 외적으로 둘러싸여 있었기에 국성의 정규군을 어느 한 곳으로 집중시킬 수 없었다. 그래서 필요에 따라서는 전투 지역의 백성들을 차출하여 군사로 활용해야 했다. 부살바는 이 과정에서 인근 성의 군사 모집에 자원한 것이었다.

부살바는 모두루에게 자기 이력을 대략 이야기하고는 술잔을 단숨에 비웠다.

"조정에 있는 사람들은 외적의 침략에 백성이 어떤 고통을 겪는지 너무도 모르는 것 같소. 안다면 뒷북칠 것이 아니라 미리 대비해야 하지 않겠소?"

부살바가 울분을 토하듯 조정을 비판했다. 의지가 굳고 매사에 적극적인 그에게, 원정군의 퇴각 결정은 그만큼 실망감을 넘어 분노를 가져다준 것이었다.

모두루가 동조하며 더욱 목소리를 높였다.

"맞소이다. 국성에 앉아 자리보전만 할 줄 알지…… 내 그 꼴을 보기 싫어서 이곳에 왔는데, 여기서도 이런 꼴을 당할 줄이야…… 그게 다 백성의 안위는 안중에도 없는 자가 국상의 자리에 올라 국정을 농락하고 있으니, 이런 한심한 일이 벌어지는 것이 아니고 그 무엇이겠소?"

"적의 침입으로 백성들이 또 겪을 고통을 생각하면……. 이를 알기에 거란의 침입 때도, 백성들은 자기 힘으로 막아내려고 스스로 나섰는데, 조정이 이런 백성의 마음을 몰라주다니……. 이런 상황을 계속 두고 볼 수만은 없지 않겠소?"

"맞는 말이오. 우리가 서로 손을 잡고 힘을 모아가고…… 비록 나이 어리다 하나, 지혜롭고 영특한 왕자께서 계시니, 그나마 다행이라 하겠소이다. 두고 보시오. 결단코 두우 국상의 의도대로만은 되지 않을 것이오."

두 사람은 굳게 손을 잡았다. 그런 속에 두 사람은 오랫동안 사귄 것마냥 친근한 벗이 되었다. 나라의 미래를 열어나가려는 그들의 의협심은 청년들의 아름찬 의기로 더욱 돋보였다. 그러나 이번 원정과 조정의 현실을 얘기하는 대목에 이르러서는 씁쓸함에 의기마저 소침해졌다. 그러다 보니 그 어떤 장애물도 밟고 넘어가리라던 영웅호걸의 호기는 온데간데없이 탈색되어 갔다.

서부국경의 바람은 초라하게 보이는 두 청년을 휘감았고, 혼란스러운 정국을 예고하듯 종잡을 수 없게 불어대기 시작했다.

2장
무술대회

5

산줄기는 경계에 아랑곳하지 않고 쭈-욱 뻗어 나갔고, 요동성
의 성벽이 바라보이는 산채에 바람이 시원스럽게 불어왔다. 가볍
게 몸을 만지작거리며 스쳐 가는 바람이 7월 초여름의 더위를 식
혀주기에 충분했다.

담덕은 서쪽 하늘을 바라보며 가늘게 불어오는 바람을 가슴으
로 맞받았다. 답답한 마음을 조금이나마 달래보려는 심산이었다.

원정에는 승리했으나 그 여세를 몰아가지 못했다. 기세 꺾인
분위기는 침울하기까지 했다. 그의 가슴은 돌멩이가 가득 들어찬
듯 무거웠다. 답답한 마음에 담덕은 이내 눈을 감아버렸다. 서부

국경으로 떠나올 때가 떠올랐다.

그가 서부 변경에 출전하려고 결심하게 된 것은 신 노인 때문이었다. 신 노인은 그가 2년 전부터 스승으로 모시는 분이었다.

담덕은 열 살 때부터 황궁에서 대략 오 리 정도 떨어진 거리의 위내암성 산자락에서 무술을 수련해 오고 있었다. 이건 아무도 모르는 비밀이었다. 그런데 어느 날 백발에 광채가 이는 노인 한 분이 가까이 다가와, 그가 수련하는 모습을 조용히 지켜보는 것이었다.

그는 노인이 그냥 지나쳐가기를 바라면서 안중에 두지 않고 무술 연마에 열중했다. 그런데 가만히 지켜보기만 하던 그 노인의 입에서 탄성 비슷한 소리가 흘러나왔다.

"어린 나이에 그 정도라니, 대견하구나!"

무술 수련을 들킨 것 같아 그는 마땅찮은 표정으로 물었다.

"어르신께서는 저에게 무슨 볼일이라도 있으십니까?"

"허-허-허! 네가 바로 담덕인 게로구나"

"네-에? 어떻게 저를……."

노인의 말투로 보아 자신에 대해 뭔가 알고 있다는 눈치였다. 수련하는 모습도 오늘만이 아니라, 예전에도 몇 차례 보았다는 것을 암시하고 있었다.

깜짝 놀라는 담덕의 모습을 보면서 그 노인이 다시 말을 이었다.

"무예가 제법인데, 너는 왜 그리 무술 수련에 열중하는 것이냐?"

"고구려의 남아로서 나라의 안위를 위해 무예를 닦는 것이야 당연한 일 아닙니까?"

"어린 나이에 벌써 나라를 걱정하다니……. 역시 소문이 틀리지 않는가 보다만, 네 말대로 그리할 수 있는지, 네 무술을 한번 제대로 보고 싶구나. 네가 만약 내 옷깃이라도 스친다면 내 너의 무술 실력을 인정해 주마."

"어르신 농담이 지나치십니다. 내 비록 나이는 어리다 하나, 설마 그런 정도야 못 하겠습니까? 다치실 수도 있습니다. 저는 이만……."

담덕이 어이없다는 듯 상대하지 않고 짐을 챙기기 시작했다. 그러자 그 노인이 바람처럼 몸을 날려 짐을 뺏고 그 앞을 가로막았다.

"네가 그리 자신만만하다면 어디 네 힘으로 이 짐을 뺏어 보거라."

노인의 말에 담덕은 하는 수 없이 짐을 되찾으려고 했다. 그러나 노인의 몸놀림이 워낙 날랜지라, 짐은 고사하고 옷깃도 스치지 못했다.

"하―하―하! 고 녀석. 참으로 끈질기군. 웬만하면 지칠 만도 하건만, 네 끈기는 인정해 주마. 허나 그 실력으로 나라의 안위는 고사하고, 네 목숨이나 지킬 수 있겠느냐? 네가 진정으로 나라를 생각한다면 무예도 더 닦아야 하고, 더 배워야 할 것이 많을 것이야!"

"제가 미처 알아보지 못해 죄송하지만, 그리 말씀하시는 어르신은 누구시옵니까?"

"때가 되면 차차 알겠지."

그 노인은 담덕의 물음에는 대답하지 않고 그저 혼잣말처럼 중얼거렸다. 그러면서 자신을 신 노인으로 알고 있으면 될 것이라고 덧붙였다.

그날 이후, 담덕은 신 노인을 사부로 섬기며 그의 가르침을 따랐다. 신 노인은 예사 인물이 아닌 듯, 무예는 물론이고 역사와 병법, 지리 등 그 어떤 것에도 막힘이 없을 정도로 조예가 깊었다. 특히 단군조선의 건국 역사와 이념을 이야기하는 대목에 이르러서는 담덕 또한 깊은 감명을 받았다.

배우면 배울수록 헤아릴 수 없는 신 노인의 깊이에 흠뻑 빠져들면서, 담덕은 하나를 가르치면 백을 깨우칠 정도로 눈부시게 성장해 갔다. 물론 이 사실을 아는 사람은 그와 신 노인뿐이었다.

이렇게 2년여의 세월이 흐르는 동안, 비 온 뒤 어린 죽순이 끝 모르고 자라듯, 담덕은 일취월장해 갔다. 단지 늠름하고 위풍당당한 풍채만이 그것을 조금 드러내 줄 뿐, 이미 그는 예전의 그가 아니었다.

그러던 어느 날, 후연 원정으로 조정의 의견이 분분할 때, 신 노인이 긴 한숨을 내쉬었다. 이제껏 그런 스승의 모습은 처음이었다. 바람 한 점 없는 호수의 물처럼 잔잔한 스승의 입에서, 한숨 소리를 듣게 되리라고는 상상하지도 못했다.

"사부님! 무슨 근심이라도 있으시옵니까?"

"후연이 등장했다는 소식을 들었느냐?"

"예, 후연의 등장이 고구려에 위협이 된다는 얘기를 들었사옵니다만, 저의 짧은 소견으로는 능히 우리 고구려의 힘으로 그들을 물리칠 수 있다고 생각하옵니다. 그런데 어찌 그런 것을 걱정하시옵니까?"

"그래, 네 말도 일리는 있다. 후연만 상대한다면 그리 못 할 게 뭐가 있겠느냐? 허나 사방의 적과 싸우고 있는 것이 이 나라의 처지가 아니더냐? 그러니 그렇게 만만히 볼 문제가 아니다. 더구나 이렇게 사방의 적에 의해 고구려가 끌려다니게 된다면 단군족의 단합이 요원해질 수가 있다. 나는 이것이 우려되는구나!"

"후연이 침략하려는 나라는 고구려이온데, 어찌 사부님께서는 단군족의 단합을 말씀하고 계시옵니까?"

"자, 보거라. 그 옛날 단군조선의 나라를 넘본 나라가 어디 있더냐? 중원을 하나로 통일한 그 진시황제도, 우리 단군조선이 무서워 만리장성을 쌓지 않았느냐? 만약 단군족이 하나로 통일되어 있다면 어찌 후연 따위가 감히 이 나라를 털끝만치라도 건드릴 마음을 먹을 수가 있겠느냐?"

사실 단군조선(고조선)은 한반도와 만주, 난하 지역에 걸친 대제국의 국가였고, 수천 년의 세월 속에서 하나의 핏줄과 언어, 문화를 공유해 오며, 독자적인 삶의 공동체 단위를 발전시켜 온 나라였다. 그러나 거수국들이 분립하면서, 그 거수국 중의 하나였던 위만조선이 중국 한나라에 의해 망한 지 거의 5세기가 다 되어 가는데도, 진정으로 단군조선을 계승한 나라가 세워지지 못하고 있었다.

1993년 북 사회과학원은 평양시 강동군 강동읍 대박산大朴山에서, 고대로부터 단군릉이라고 전해 내려오던 무덤을 발굴하여 단군의 실체를 확인하였으며, 단군릉에서 나온 뼈의 연대측정 결과에 기초하여 고조선의 건국연대를 기원전 30세기 초로, 구체적으로는 5011년 전후의 첫 무진년인 기원전 2993년으로 보아야 한다고 밝혔다.

"사부님의 말씀은 단군족이 분열되어 서로 반목 대립하고 있으니, 이렇게 외세가 호시탐탐 침략할 기회를 엿보는 것이고, 또 외세의 침략을 받게 되니 단군족의 단합에 힘을 기울이지 못한다는 말씀이시옵니까?"

신 노인이 다시 한번 담덕의 영특함에 감탄하고 있을 때 담덕의 말이 이어졌다.

"그렇다면 나라의 안위를 진정으로 지키기 위해서는 단군조선을 계승한 나라를 빨리 세워야 하지 않겠사옵니까?"

"바로 맞췄다. 그 길에 고구려는 물론이고, 모든 단군족의 운명이 달린 것이다."

담덕은 신 노인과 대화하면서, 후연 원정과 단군족의 단합은 별개의 문제가 아니라, 한 틀에서 상호 연관된 것이라고 이해했다. 그런 속에 그의 뇌리에 후연 원정에 대한 일이 스치고 지나갔다.

'바로 이거야. 맞았어. 후연 원정에 참여하는 거야.'

담덕은 지금 무엇을 할 것인가, 앞으로 어떻게 살아갈 것인가에 대한 결심을 세우면서 두 주먹을 힘껏 쥐었다.

"사부님! 이번 후연 원정에 참여할까 하온데, 어찌 생각하시옵니까?"

"뭐라고?"

잘못 듣기라도 한 듯, 신 노인이 깜짝 놀라 반문했다. 무술도 일정한 경지에 도달해 있고, 그 총명함과 기개가 어른도 제압할 정도라지만, 잘못하면 어린 나이에 뜻도 펴보지 못하고 꺾일 수 있기에 장래를 생각해야 했다.

"사부님께서는 단군족의 단합에 우리의 운명이 달려 있다고 말씀하셨사옵니다. 그런데 단군조선의 땅인 난하, 요하 지역의 땅도 가보지 못한대서야, 어찌 그런 것을 꿈이라도 꿀 수 있겠사옵니까? 이 제자 이번 원정길에서 대륙의 정세도 살피고, 그 위대했던 단군조선의 숨결을 꼭 느껴보고 싶사옵니다."

담덕의 말을 들은 신 노인이 그 마음을 알았다는 듯 고개를 끄덕였다. 그러면서 무엇을 생각하는지 묵묵히 먼 산에 시선을 두고 한참을 더 침묵했다. 그런 사부의 옆을 담덕은 조용히 지키고 있었다. 마침내 신 노인이 담덕의 출전을 인정하며 걱정 어린 당부의 말을 덧붙었다.

"정녕 네 뜻이 그렇다면 그리하도록 해라. 허나 경거망동하지 말고, 각별히 몸조심해야 할 것이야."

"출전이라니요? 참으로 장합니다. 그런 마음을 가진 것만으로도 훌륭합니다."

담덕이 원정 참여의 뜻을 밝히자, 황후는 대견하게 여기면서도 은근슬쩍 넘어가려 했다.

황후는 담덕이 속이 깊고 품은 뜻이 웅대한 아이라는 것을 누구보다 잘 알고 있었다. 이것이 가슴 뿌듯하기도 하면서도, 큰 화를 자초할 수도 있어 근심스럽기도 했다. 모난 돌이 정을 맞는다고 세상사가 그러하듯, 남보다 월등히 뛰어나다는 것만으로도 얼마든지 해를 당할 수 있는 일이었다. 그러나 담덕은 어린 나이에도 마치 그것을 익히 알기라도 하는 양 신중함을 잃지 않았다.

그 옛날 남편 고국양왕이 대왕에 오르기 전에, 형인 소수림왕의 명을 받고, 아버지 고국원왕의 복수를 위해 평양성에 나가 있던 때가 있었다. 그 당시 소수림왕이 병약해진 틈을 타 두우가 권력을 장악하고 전횡을 일삼기 시작했는데, 그때 담덕과 황후 주위에는 그들을 지켜줄 사람이 없었다. 이때 담덕은 이런 상황을 알고, 자기의 재능과 속내를 주위 사람들에게 숨겼을 뿐만 아니라, 도리어 외로운 황후를 위로할 정도로 숙성해져 있었다.

"어마마마! 그저 한번 해본 말이 아니라 진심으로 드리는 말씀이옵니다. 어찌 소자가 빈말을 하겠사옵니까?"

"뜻은 가상하나 왕자의 나이 이제 열두 살입니다. 그 나이에 서부 변경까지 가기에는 그 길이 너무나 멀고 험합니다. 더구나 전쟁을 위해 출정가는 길인데……. 나이가 든 다음에 출전하겠다면 내 그때는 말리지 않겠습니다."

"어마마마의 마음을 어찌 소자가 모르겠사옵니까? 하오나 이번만큼은 제 뜻을 받아주시옵소서. 소자 꼭 참여하고 싶사옵니다. 비록 소자 나이가 어리다 하나, 제 한 몸 충분히 건사할 수 있사옵니다."

"어-허! 왕자께서는 어찌 이 어미의 마음을 몰라주고 이리 난처하게 만드십니까?"

담덕의 계속되는 완강한 요구에 황후가 난처한 기색을 보일 때쯤 고국양왕이 황후전에 들었다.

황후는 구원자가 나타나기라도 한 양, 고국양왕에게 지금까지 담덕과 오간 얘기를 전하며 왕자를 설득해 달라고 청했다.

고국양왕이 황후의 편을 들었다. 고국양왕은 황후의 청이라면 모든 것을 다 들어주고 싶은 마음이었다.

"왕자는 왜 어마마마에게 근심을 안겨주려 하느냐? 더욱이 왕자의 몸은 개인의 것이 아니다. 몸을 소중히 여길 줄 알아야 하느니라."

"아바마마의 말씀을 명심하겠사옵니다. 하지만 왕자의 신분으로 일신의 안위를 앞세운다면 앞으로 어느 누가 나라의 안위를 앞세우려고 하겠사옵니까?"

"그 뜻은 가상하고 장하다만, 어린 몸으로 어찌 국난 극복에 도움이 될 수 있겠느냐? 더 짐만 될 뿐인 것을……. 그 점을 생각해야지."

"지금 이 나라는 사방의 적으로부터 위협받고 있는 처지옵니다. 그런데 어찌 나이만을 따질 수 있겠사옵니까? 어린 나이라고 하더라도, 나라를 위하는 충심은 만백성을 일깨울 수 있을 것이옵니다."

고국양왕은 어떤 시련이라도 맞부딪쳐 극복하고 말겠다는 담덕의 기개에 빠져들었다. 자신은 부황 고국원왕의 원수도 갚지 못하고, 형 소수림왕마저 잃고 슬퍼하며 낙심만 하고 있는데, 그와 달리 나이 어린 담덕은 기상을 잃지 않고 있는 모습이었다.

"아바마마! 이 나라는 전연과 거란, 백제 등의 여러 나라로부터 침공을 받아 많은 환난을 겪고 있사옵니다. 소자는 이것만 생각하면 가슴이 아프옵니다. 소자는 앞으로 다른 나라로부터 절대로 침략을 받지 않는 대제국의 고구려를 건설할 것이옵니다. 그래서 고구려의 안위와 직결된 서부 정세를 직접 파악하며, 나라의 대계를 세워보고 싶사옵니다. 부디 윤허해 주시옵소서."

고국양왕은 담덕에게서 어린 아들이라기보다는 고구려를 이끌어 나갈 지도자의 모습을 보았다. 담덕에게 나라의 미래를 맡겨도 된다고 생각하니 온갖 시름이 사라지는 것 같았다. 고국양왕은 아버지가 아닌 대왕의 신분으로서 담덕의 청을 기꺼이 들어주기로 했다.

"그래! 출전하거라! 대제국의 꿈을 키워 보거라!"

"아니, 폐하!"

황후가 고국양왕을 불러 보았으나 이미 떨어진 말이었고, 왕의 말은 함부로 주워 담지 못하는 법이었다. 담덕은 고국양왕의 수락까지 기어코 받아내었다. 하지만 사실상 조정을 주무르고 있는 두우의 반대가 있었다면 힘들 수도 있었다. 그런데 어린 왕자를 서부국경에 딸려 보내면 왕자의 안위를 위해서도 진과 같은 세력들이, 무모하게 전쟁을 일으키지 못할 것이라는 두우의 숨은 의도가 있었기에, 원정군 대열에 합류할 수 있게 되었다.

담덕은 후연 원정에 참여하게 된 과정을 되새기며 입술을 질끈 깨물었다.

'내가 왜 여기에 왔단 말인가? 어마마마의 만류도 뿌리치고, 고 달프고 힘든 여정을 견디면서 내 원대한 꿈을 꾸었건만······.'

무언가 잘못되어도 한참 잘못되어 가고 있다는 것을 느끼지 않을 수 없었다. 큰 산도 멀리서 보면 전체를 알 수 있듯이, 궁궐을 떠나 전쟁을 겪으면서 돌아가는 정세를 보니, 무엇이 어디서 어떻게 잘못되고 있는지가 확연히 드러났다.

'내 그토록 후과를 최소한으로 줄이기 위해 노력했건만······. 화친 관계를 맺어도 평화를 이룩할 담보를 확고하게 움켜쥐었다면 이리되지는 않았을 것인데······. 종이쪽지 하나만 믿고 철수하

라고 하다니, 어찌 그것이 평화를 담보할 수 있겠는가?'

그는 착잡한 심정을 달래기 위해 칼을 힘 있게 들었다. 칼의 무게가 온몸에 묵직하게 전해졌다.

'자기 힘이 아니라, 구걸해서 얻는 화친이 진정 평화일 수 있을까? 구걸은 또 다른 굴복을 강요할 것이고, 그 요구를 들어주지 않으면 언제든지 휴짓조각으로 만들고 침략하려 할 것인데…….
그런 평화는 결코 오래갈 수 없는 법. 오직 평화는 힘으로만 지켜지는 것이야.'

담덕이 몸을 허공으로 치솟음과 동시에 칼을 빼 들었다. 바람을 가르는 칼날에, 수만 개의 공기가 소리 없이 쪼개지면서, 몸과 하나 된 칼이 춤추기 시작했다.

한 번의 칼 동작에도 온갖 형체가 수시로 그어지며 사라졌다. 연속적인 동작이 계속되었고, 마침내 그의 몸이 하늘로 붕 뜨는가 싶더니, 어느새 대지 위에 우뚝 섰다. 그러자 연이은 칼날에 일어난 폭풍이 거센 파도가 되어 모든 것을 삼켜 버리듯, 그의 주변을 거세게 휩쓸고 지나갔다.

그는 칼을 칼집에 넣고 호흡을 가다듬었다. 땀이 흘러내리면서 무겁게 내리누르는 답답함도 조금은 가셔진 것 같았다. 잠깐이지만 세포 하나하나가 살아 숨 쉬듯 온몸에 기운이 넘쳐흘렀다.

"바로 이것이로구나."

갑자기 지른 탄성에 바람마저 움츠리며 담덕의 옷깃을 스쳤다. 그에게 묘안이 떠오른 것이다.

'방금 내가 한 것처럼, 백성들과 군사들이 모두 함께 모여 몸을 푼다면, 신명 나게 살풀이를 해댄다면, 분위기를 전환할 수 있을 거야.'

그는 단숨에 산에서 내려갔다. 이제 답답한 가슴을 안고 산채에서 머뭇거릴 이유가 없었다. 국성으로 상경할 시간이 많지 않아 진 장군과 빨리 의논해야 했다.

6

7월 초여름의 날씨를 식혀 줄 정도로 시원한 바람이 살랑살랑 불어대었고, 그에 걸맞게 요동성의 거리는 전혀 딴판으로 변해가고 있었다. 침울한 기운이 완전히 가시고 활력이 넘쳤다.

주막집을 향하는 모두루와 부살바의 얼굴도, 얼마 전까지와 달리 혈색이 돌고 활기가 넘쳤다. 이렇게 상황이 바뀌게 된 원인은 군사와 백성들이 모두 참여하는 무술대회를 대대적으로 열겠다는 소식 때문이었다.

그들은 무술대회 개최 소식에 크게 고무되었다. 더욱이 그 제안을 담덕 왕자가 했다는 사실에 놀라지 않을 수 없었다. 이번 후연 원정을 시작하면서부터 왕자의 기지에 매번 놀라고 보니, 그가 더욱 크게 보이기까지 했다. 전쟁에서 승리하고도 패배감에 사로잡혀 있던 성 안팎 분위기를, 단박에 반전시켜 버리는 기지는 실로 대단한 것이었다.

요동성에 모여 무술대회를 대대적으로 열 것을 생각하면 신바람이 났다. 백성들과 군사들의 사기 진작에 도움이 될 것이고, 또 나라의 기상을 유감없이 드러내어 단합과 단결의 기운을 북돋울 수 있었다. 그러나 뭐니 뭐니 해도, 후연에 고구려의 위세를 보여 줌으로써 효과적인 압력을 가할 수 있었다. 후연에 대한 징벌을 승리로 결속시킬 수 있는 기발한 묘안이었다.

모처럼 그들은 즐거운 얼굴로 어깻바람을 들썩이며 걸었다. 주막으로 가는 길에는 제법 무예를 익힌 듯한 사람들이 많았다. 군사들은 물론이고, 인근 성 주위의 무예 꽤나 한다는 자들이 요동성에 얼굴을 드러낸 모양이었다. 이런 축제 분위기에 편승해 장사치들마저 신이 난 모양이었다. 거리마다 장사진을 이루고 있었다.

모두루와 부살바는 예전에 몇 번 들른 주막으로 주저 없이 들어갔다. 주막 안은 벌써 탁주를 걸쭉하게 마신 사람들로 시끌벅적했다. 이 와중에 이들을 본 안주인이 먼저 아는 체를 했다.

"아이구! 또 오셨네. 어서 안으로들 드셔요."

안주인이 호들갑을 떨면서 안내했다. 안주인을 따라 방으로 들어간 후, 모두루가 흥겹게 주문했다.

"주모. 여기 오늘 푸짐하게 한 상 차려 올리시게."

"오늘 뭐 기쁜 일이라도 있으신가 봐요. 내 후딱 차려 올릴 터이니 조금만 기다리셔요."

안주인이 나가고 술상을 기다리는 동안, 밖에서 술 마시는 사람들의 목소리가 뚜렷하게 들려왔다.

"자네는 얘기들을 들었는가? 이번 무술대회는 예사 대회가 아닌 모양일세."

"그러게 말이여. 준비하는 것을 보면 규모도 엄청나고, 우승자한테는 국중대회에 버금가게 대우한다고 한다니까."

"그야 당연히 그러겠지. 그 수만 봐도 얼마겠는가? 군병만이 아니라 무예인들도 대거 참가한다고 하던데……. 족히 수백은 될 걸세."

"맞아. 그 수도 수지만, 참가자 면면만 봐도 대단하더구먼. 그 뭐야 쾌검의 달인이라고 하는 그 유명한 달기도 참가한다고 그러더구먼."

"허-허! 그러면 해보나 마나 무술대회 우승자는 정해진 당상이구만."

"에헤! 거, 모르는 소리……. 쌍검의 명수인 양맹기가 있는데. 아마 모르긴 해도 그가 우승할 것이네."

"어디 무예인들만 있다던가? 군병까지 참여한다고 하던데, 그러면 아무도 장담할 수 없을걸."

"그래, 맞아. 이번에 큰 공을 세운 모두루와 부살바 장수가 참여하면 어떻게 되겠어? 아마 이들을 당해낼 자는 없을 것일세."

들려오는 소리에 부살바와 모두루는 서로를 쳐다보며 빙그레 웃었다. 사람들의 화제가 온통 무술대회에 관한 것이었다.

고구려는 상무정신이 강했다. 단군족의 다른 나라와 달리 이민족과 국경을 맞대고 있는 고구려는 외세의 침입을 막아내는 것이 중요했다. 따라서 문을 무시한 것은 아니지만 무를 중시하는 경향이 강했다. 상무정신을 국가적으로 함양하는 데서 국중대회나 사냥대회는 큰 역할을 했으며, 이를 통해 고구려 사람들은 용감하고 진취적인 기상을 일상적으로 체현시켜 나갔다.

국중대회는 전국 각지에서 모인 인재가 문무를 겨루는 큰 행사였다. 현과 향의 경당에서 예선전을 치러 선발했고, 여기서 다시 관할부의 시험을 통과해야 기량을 대결할 수 있었다. 경기종목 또한 궁술, 도검술, 창검술, 기마술, 수박 등 다양했다. 각 부문별 우승자를 뽑기도 했지만, 전 종목을 능란히 해내는 우승자를 뽑기 위한 결승전도 치러졌다.

국중대회에서 장원을 하게 되면 그때부터 관등과 관직을 받게 되고, 그에 걸맞은 복색이 내려졌다. 또한 어느 현이나 성을 가더라도 막빈幕賓 대우를 받았다. 이런 국중대회는 매년 10월, 온 나라 백성들이 모여 수신을 맞이하는 제천행사나 군사적으로 큰일이 있어 제를 지낼 때 거행되었다. 왜냐하면 무술대회의 시행은 제천의식에 뿌리를 두고 있기 때문이다.

제천의식은 매년 일정한 시기를 정해 하늘에 제사를 지내는 것이었다. 신에게 춤과 노래를 바치면서 풍요와 안녕을 기원했는데, 이때 놀이와 연희의 한 형태로 무예가 등장했다. 물론 초기에는 사악한 잡귀를 몰아낸다는 종교적 의미와 기예를 겨루는 놀이가 합쳐

진 복합적 형태로 펼쳐졌다. 하지만 그 체계가 잡히면서 소도蘇塗가 선 곳에 충, 효, 신, 용, 인의 오상지도五常之道가 있었고, 소도 옆에는 반드시 경당을 세우고 미혼 자제들에게 독서讀書와 습사習射, 치마馳馬, 예절禮節, 가악歌樂, 권박拳博, 검술劍術 등의 6예를 강습했다. 무술대회는 그만큼 연원이 깊었고, 고구려인의 생활 속에 깊숙이 자리 잡고 있었다. 무술대회 그 자체가 나라의 큰 축제였고, 국가적인 사업이었다.

"아니 네가 왜 이 무거운 것을……. 다른 사람을 시킬 일이지."

달래가 상을 들고 들어온 것을 본 부살바가 곧바로 일어나 상을 받았고, 모두루는 그녀가 자리에 앉도록 도와주었다.

모두루는 부살바가 19살의 처녀인 달래에 대한 감정을 얘기하진 않았으나, 그들이 서로 연정을 느끼고 있다는 것을 알았다.

사실 달래는 곧은 의지를 가진 처녀였지만, 그 외모가 창백하고 가냘프게 보여, 보는 이로 하여금 보호해주고 싶은 마음을 불러일으켰다. 그런데다 그들의 비슷한 경험과 처지가 두 사람을 더욱 가깝게 하는 것 같았다.

달래도 부살바와 마찬가지로, 거란의 침략 때 가족을 잃고 고아가 된 몸이었다. 그때 그녀의 나이 열두 살이었다. 그녀도 거란군에 끌려갈 뻔했으나, 부모와 오라비가 거란군에 맞서 싸우는 틈에 간신히 몸만 피했다. 그 덕분에 몸은 보전할 수 있었지만, 그녀의 부모와 오라비는 거란군의 살육에서 벗어나지 못했다.

그 충격으로 그녀는 이곳저곳을 전전하다가, 여기 요동성의 주막까지 오게 되어 안주인을 만났다. 안주인은 어린 달래가 불쌍하기도 하고, 그녀 또한 홀몸이어서 서로 의지하려는 마음에 그녀를 양녀로 삼았다.

부살바는 달래가 그와 같은 처지인 데다 연약해 보이고, 자기 누이동생과 같은 나이 또래여서, 그녀를 매우 아껴주었다. 그녀도 부살바를 친오라버니처럼 따랐다. 몇 번 만나지 않았는데도 가까워졌고, 그것은 자연스레 연정으로 변했다.

이것을 안 안주인은 달래가 평소에는 주막의 작은 허드렛일조차 거드는 것을 싫어했지만, 부살바의 인물됨에 반하여 은근히 달래와 가까워지기를 바랐는지, 매번 그녀보고 직접 술상을 들게 하였다.

"달래를 보면 도통 헷갈린다니까."

"아니 왜 그러셔요?"

"내가 이쁜 누이동생을 하나 얻은 것인지, 마음씨 착한 제수씨를 하나 얻은 것인지, 도통 모르겠으니 하는 말이지."

장난기 섞인 모두루의 말에 달래의 얼굴이 붉게 상기되었고, 이것을 본 부살바는 사랑스러운 마음으로 지켜보며 대꾸했다.

"어허? 무슨 말을……. 말이야 바른말을 해야지."

"허ー허! 다 알고 있는 사실을 새삼스럽게……."

"그게 아니지요. 형수가 될 분을 어찌 제수씨고, 누이동생이라고 말하니 하는 소리지요."

"그게 또 그렇게 되는 건가? 허-허-허!"

모두루가 시치미 떼며 말하는 소리에 부살바와 달래가 소리 없이 웃었다.

"제수씨……. 아니지 형수님! 술이나 한잔 따라 주시지요."

달래는 두 사람의 잔에 술을 가득 채워주었다.

둘은 잔을 시원하게 들이켰다. 유쾌한 술은 취하는 것도 유쾌하였다. 둘은 다시 잔을 채우고 권하며 마냥 흥겨운 표정이었다. 얼마 전까지의 비통했던 표정과 다른 모습이기에, 달래가 그것이 궁금하다는 듯 물었다.

"오늘 정말 좋은 일이 있으신가 봐요?"

"좋은 일? 암! 있다마다."

달래의 물음에 모두루가 환하게 웃으며 대답했다.

"그렇게 좋은 일이 있으시면 두 분만 좋아하지 마시고, 저에게도 알려주셔야지요?"

"너도 보고 있지 않으냐? 이 요동성이 들썩거리고 있는 것 말이다. 우리 고구려의 기상이 다시 살아난 것 같아, 나는 요새 저절로 살맛이 난다."

"아-하! 무술대회를 얘기하는 거였군요. 그렇지 않아도 요즘음 들리는 소리가 전부 무술대회와 담덕 왕자에 관한 것뿐이더라고요. 너도나도 참가하겠다고 야단들이고, 심지어는 외지에서 한가락 한다고 하는 무술인들도, 다 이쪽으로 모이고 있는 모양이데요."

"그러니 얼마나 신나고 거창하겠느냐? 구경거리가 많이 있을 것이니 너도 같이 가보자꾸나."

부살바가 기쁜 어조로 거들며, 은근히 달래와 함께하고 싶은 속뜻을 내비쳤다.

"저도 가볼 생각이었는데, 잘됐네요. 그런데 병사들도 출전할 수 있나요?"

"그럼. 원하는 사람이라면 누구나 다 참가할 수가 있지. 그런데 그걸 왜 물어보는 것이냐?"

"그러면 두 분께서도 참여……."

끝까지 말하기가 거북스러운 듯 그녀가 입을 다물었고, 부살바가 달래를 물끄러미 바라보았다.

"그러니까 달래는 우리가 무술대회에 참가했으면 하는 게로구나. 그거야 어렵지 않은 일이다만……."

모두루가 말하다가 부살바의 얼굴을 바라보았다.

모두루는 이미 국중대회에서 우승한 경력이 있었고, 부살바 또한 이번 후연 징벌의 공으로 장군의 칭호를 받을 자격이 있었다. 이런 사람들인지라 이들이 이번 무술대회에 참가한다는 것은 조금 어색했다. 물론 참가한다고 해도 큰 문제가 되는 것은 아니었다.

부살바는 달래를 찬찬히 살펴보았다. 내세우는 것을 좋아할 여자가 아닌데, 어쩐 일인지 오늘은 무술대회에 참석해 기량을 보여주었으면 하는 심정을 솔직하게 그대로 드러내고 있었다.

"우리가 나갈 자리가 아니라는 것쯤은 네가 모르지 않을 것인데, 어찌……."

부살바가 작지만 뚜렷하게 물었다.

"오라버니의 무술 기량을 제 눈으로 직접 보았으면…… 그리고 또 말씀드리기 뭐하지만……."

"괜찮으니 어서 말해 보거라."

"거란군과 같은 외세에 대적하려면……."

희미한 목소리였지만 부살바는 그녀가 무엇을 원하는지 이해 하였다. 무술 기량을 뽐내라는 것이 아니라, 거란에 복수할 그날 을 보고 싶다는 것이었다. 달래같이 연약해 보이는 여인이 여직 껏 복수의 칼날을 가슴속에 품고 있었다는 사실에 그는 새삼 놀 랬다.

부살바도 거란의 만행을 하루도 잊은 적이 없었다. 여동생의 생사만이라도 확인하고 싶은 마음이 굴뚝같았지만, 먼 훗날을 기 약하고 참고 견디었다. 단지 혼자만의 힘으로 아무것도 할 수 없 었기 때문이었다. 그렇기 때문에 힘을 가져야 했다. 달래는 지금 그 힘을 말하고 있는 것이었다.

'나도 그날의 만행을 잊지 못하고 몸부림치고 있는데, 어찌 눈 앞에서 가족 모두가 살해당하는 것을 본 달래가 그 일을 잊을 수 있겠는가?'

"네 뜻이 정 그렇다면 내 무술대회에 참가하겠다."

부살바가 달래의 뜻에 화답이라도 하는 양 단호하게 받아들 였다.

"정말이에요?"

"물론이고말고."

부살바가 다시 한번 단호하게 말했다.

'달래야, 기다려라. 천배, 만배로 갚아줄 것이다. 너의 원수이자 나의 원수, 고구려의 원수인 거란을 내 생전에 기필코 응징해 너의 한을 풀어줄 것이다.'

흐뭇해하는 그녀의 모습을 보며 부살바가 스스로 다짐했다. 분위기가 숙연해지자 분위기를 전환하고 싶어, 모두루가 일부러 큰 소리로 떠들었다.

"허허! 무술대회의 우승자가 바로 여기 있었구만. 나는 그것도 모르고 누가 우승하나 하고 괜히 궁금해했네그려."

모두루의 익살에 그들은 웃으며 잔을 들었다. 오늘이라면 마음껏 술을 마실 것 같기도 했다. 그래서 그런지 두 사람의 술잔은 더욱 바빠만 갔다.

7

무술대회의 개최를 계기로 수많은 사람이 몰려오면서 들썩거린 요동성의 분위기는 대회가 시작되면서 더욱 고조되었다. 그럴 수밖에 없는 것이 창술, 검술, 기마술, 활쏘기 등 기본 무예뿐만 아니라 씨름과 수박 등도 진행되었고, 기묘한 묘기를 자랑하는 곡예도 등장해 사람들의 호기심과 시선을 잡아끌었다. 그런데다 무예 대련의 사이사이에 흥을 돋우기 위해 집단적인 군무까지 선을 보인 것이다.

이런 고무된 분위기에다, 무술대회 참가자들의 면면이 쉽게 우승을 점칠 수 없을 정도로 뛰어나다 보니 더욱 들뜨게 되었다. 각 종목이 끝날 때마다 사람들의 감탄과 환호성이 쏟아져 나왔고, 울긋불긋한 깃발들이 파도를 이루며 휘날렸다. 고구려인의 기상이 거대한 함성이 되어 요동성의 하늘을 뒤덮고 있었다.

축제 분위기는 밤까지 그대로 이어져, 참가자들은 물론이고 구경꾼, 그리고 요동성의 백성들까지 마시고 춤을 추며 그 흥겨움을 노래하였다. 참가자들만의 축제가 아니라 요동성의 모든 백성들의 축제가 되었다.

이런 기운 속에 사람들은 자연스레 고구려인으로 자긍심을 되새기게 되었고, 그러다 보니 점차 고구려의 정신을 가장 앞장서서 드러내 줄 무예인이 누구일까에 대해 관심이 집중되게 되었다.

마침내 무술대회 결선의 날이 되면서 대회 분위기는 절정을 향해 치달았다. 그동안 예선전은 이미 치러졌으며 각 종목의 우승자도 결정된 상태였다. 이제 종합 우승자를 결정해야 했는데, 거기에는 4명의 선수가 올라와 있었다. 그들은 양맹기, 달기, 장옹, 부살바였다. 이들은 궁술, 창술, 수박, 검도, 마술 등에서 모두 뛰어난 것은 물론이거니와 쟁쟁한 이력을 가진 자들이었다.

달기는 쾌검의 달인이었다. 신의 경지에 이를 정도로 빠르게 움직여지는 그의 칼날에 상대는 넋을 잃었다. 또 장옹의 장창은 그 위력이 대단해 그가 찌르는 장창은 그 어떤 것도 뚫지 못하는 바가 없었다. 쌍검의 명수인 양맹기의 칼은 빈틈없이 전개되었다. 그 파상적인 공격은 시간이 흐를수록 위력이 더해졌고, 더 강해져 오는 공격 앞에 어떤 사람도 버텨 낼 수 없었다. 부살바는 후연 원정의 영웅답게 장검을 가볍게 놀렸다. 그가 휘두르는 칼날은 그저 평범하고 시원스레 움직였으나, 상대 적수들은 이를 감당하지 못했다.

결선이 진행되는 연무장은 사람들의 관심 사항답게, 벌써 수많은 사람이 발 디딜 틈이 없을 정도로 빽빽이 들어차 있었다. 연무상 성면의 연단에는 담덕과 진 상군을 중심으로 능기 성주, 노수리 부관, 모두루 장수 등이 앉아 있었고, 좌우로는 군사들이 도열해 있었다. 그리고 앞마당에는 백성들이 즐비하게 자리를 잡았다.

"둥! 둥! 둥!"

북소리가 울리면서 본선 무술대회의 시작을 알렸다. 먼저 네 사람의 대진표가 결정되었다. 부살바와 양맹기, 달기와 장웅이 각각 대결하게 되었다. 장검과 쌍검, 쾌검과 장창의 대진이었다. 본선은 예선전과 달리 자기에게 유리한 무기를 선택해서 사용할 수 있었다.

달기와 장웅이 연무대에 올랐다. 달기는 신의 경지에서 쾌검을 다룬다는 명성에 걸맞게 검을 잡고 있었고, 장웅은 장창의 기수답게 긴 창을 들고 있었다.

시작 소리에 이어 두 사람 간의 시합이 진행되었다. 쾌검과 장창의 대결이었는데, 이것은 꼭 속도와 힘의 대결 같았다. 장웅이 찌르는 창은 쾌검의 사이를 뚫고 덮쳐 나갔다. 장웅이 내뿜는 위세 앞에 달기의 쾌검은 무너져 갔다. 아니 그렇게 보였다. 그러나 상황은 어느새 반전되어 갔다. 달기의 쾌검이 순식간에 움직이기 시작하더니 더욱 빨라졌다. 빠른 발놀림에 가속도가 붙어 힘을 배가시켰다. 달기의 쾌검이 힘을 실어 휘둘러지면서, 벌써 장웅의 가슴을 겨냥하고 있었다. 그러자 장웅은 패배를 인정하고 물러났다.

다음은 부살바와 양맹기의 대결이었다. 장검과 쌍검의 결전이기도 했다. 양맹기는 쌍검을 치켜들었고, 부살바는 장검을 움켜쥐었다.

먼저 쌍검의 칼날이 부살바의 가슴을 향해 찔러왔다. 부살바는 가볍게 피했다. 그러나 양맹기의 쌍검은 빈틈을 주지 않고, 부살바의 면상을 향해 겨냥해 왔다. 부살바는 이번에는 장검으로 부딪쳐 막았다. 하지만 양맹기의 칼날은 쌍검의 달인답게 부살바의 허점을 향해 끊임없이 공격해 왔다. 부살바는 수세로 몰렸다. 어느 모로 보나 양맹기의 승리가 확실해 보였다.

그런데도 부살바는 전혀 당황하는 기색이 없었다. 몰리면서도, 부살바의 장검은 양맹기의 한쪽 측면을 연속적으로 들이대어 공격해 나갔다. 그러자 그토록 빈틈없이 무섭게 파상 공격을 펼쳤던 양맹기의 쌍검이 흐트러지기 시작했다. 쌍검의 한 측면이 무너져 가는 가운데 부살바의 강력한 일격이 가해졌다. 그러자 양맹기의 예리하기 짝이 없던 쌍검이 동시에 부러져 버렸다. 부살바의 승리였다.

이제 부살바와 달기의 결승전만이 남았다. 쾌검과 장검의 자웅으로 무술대회의 패자를 가리게 되었다.

사람들은 아무래도 쾌검의 승리를 점찍은 자가 많았다. 부살바의 장검이 쌍검을 부러지게 할 정도로 위력이 대단하기는 하지만, 아무래도 쾌검을 신의 경지에서 다루는 달기에게는 못 미칠 것이라는 게 중론이었다.

부살바의 검법은 시원스럽고 장중하기는 했으나, 그다지 사람을 경탄케 할 검법으로 보이지 않았다. 반면에 달기는 쾌검의 명성을 그대로 눈으로 보여주는 듯 빠르고 화려하게 검을 놀렸다. 그러다 보니 사람들은 달기에게 후한 점수를 주었다.

북이 울리고 취타 악주가 연주되면서 무술대회의 우승자를 가려내는 결승전을 알리는 소리가 들리자, 사람들은 함성을 목청껏 외치며 두 사람의 선전을 기대했다. 둘 중 한 사람이 이번 무술대회의 패권자가 되고, 국중대회는 아니라지만 그래도 그에 걸맞게 우승자는 대접받게 될 것이었다.

수많은 사람의 시선을 한 몸에 받으며, 두 사람이 서로를 마주보며 응시하는가 싶더니, 어느새 달기가 쾌검을 뽑아 들었고, 부살바도 장검을 치켜들었다. 그와 동시에 연무장은 숨소리 하나 없이 조용해졌다.

달기가 먼저 부살바를 향해 공격해 왔다. 부살바는 달기의 검을 가볍게 피하려 했으나, 달기의 검은 벌써 부살바의 급소를 찔러 들어왔다. 아무래도 부살바는 달기의 적수가 되지 못한 듯싶었다.

부살바는 달기의 검법이 만만치 않음을 순식간에 깨달았다. 아니, 이미 달기가 장웅과 겨룰 때 그 점을 파악해 두었다. 그래서 달기를 이겨 낼 방안을 생각했다.

부살바는 이제 그가 연마한 검법을 펼칠 때가 되었다고 판단했다. 더 이상 물러설 수가 없었다.

부살바는 이제껏 그가 수련한 검법을 한 번도 정식으로 끝까지 사용해 본 적이 없었다. 그의 사부마저 몇 수 받더니 검의 이치를 깨달았다고 하산을 허락했을 정도였다.

달기의 검에 휘청거린 부살바가 일순간 달기의 검을 막으면서 그가 익힌 검법을 펼쳤다. 수십의 칼날이 수백으로, 아니 어느새 수백이 수천으로 늘어나듯, 쉼 없이 연속적으로 공격해 들어가는 검법이었다.

부살바의 검이 장중하게 펼쳐지자, 달기의 쾌검은 무디어져 갔다. 거대한 괴물이 쇠그물에 갇혀 옴짝달싹 못 하는 형국이었다. 부살바는 쾌검의 검을 손쉽게 다뤄 나갔다.

"와-와-와!"

부살바의 무술에 관중들 속에서 박수가 쏟아지고, 저절로 경탄과 함성이 울려 나왔다. 달기는 부살바의 적수가 되지 못함을 알고 스스로 패배를 시인했다.

후연을 징벌한 고구려의 영웅이자, 거란의 침략에 혈혈단신으로 맞선 소년 장수! 부살바의 우승은 그것이 결코 허명이 아니라는 것을 여실히 증명해준 셈이었다.

수많은 사람의 환호 속에 진 장군은 무술대회의 집행자로서 부살바를 불러 세웠다. 그리고 무술대회의 우승자에게 수여하는 직위와 포상을 수여했다. 의식이 끝난 후, 고취악이 연주되면서 연회가 시작되었다.

한 나라의 왕자로서 담덕은 부살바의 잔에 친히 술을 채워주었다. 원래 국중대회에서는 왕이 우승자에게 어주를 따라주는 것이 관례였으나, 이것을 담덕 왕자가 대신한 것이다. 담덕은 무술대회의 진행 과정을 지켜보면서, 부살바가 침착하고 유능한 청년 장수라는 것을 한눈에 알아보았다.

다른 여타 참가자들은 본선에 오르는 과정에서 자기만이 터득하고 있는 무술을 다 드러냈지만, 그는 결승전에 오르기 전까지 그 특유의 무술을 펼쳐 보이지도 않았다. 자기 검법의 원리를 드러내지 않았다는 것은, 그만큼 그의 무술이 높은 경지에 도달해 있다는 것을 의미했다. 이는 자기 허점을 드러내지 않고, 다른 사람의 약점과 장점을 다 파악할 수 있다는 것이기도 했다. 그래서 담덕은 그가 우승할 것이라고 점치고 있었다.

담덕이 궁금하게 여긴 것은 과연 그가 결승전에서도 그렇게 할 수 있는가 하는 점이었다. 허나 그렇게 하기에는 달기가 펼친 쾌검의 수준이 매우 높았다.

부살바가 담덕이 내린 잔을 치켜들어 마시면서, 연회장의 분위기는 더욱 무르익어 갔다. 그런 속에 담덕이 물었다.

"오늘 선보인 검법이 대단하였습니다. 초식 하나하나가 빈틈이 없는 것도 그러하고……. 더욱이 그 검법에 담긴 정신이 뭐랄까……. 사람의 가슴을 울리는 것 같아 정말 감동적이었습니다."

담덕은 부살바가 전개한 검법에서, 그의 사부가 가르쳐 준 것과 같은 검의 정신과 혼을 느낀 것이었다.

"과찬이시옵니다. 왕자님!"

"아닙니다. 그런데 오늘 시전한 검법이 무엇인지 물어봐도 되겠습니까?"

"무슨 특별한 이름이 있는 것이 아니옵니다. 단지 폭포의 이치를 검의 원리에 응용한 것이옵니다."

"폭포의 이치를 검법에 응용한 것이라. 그럼, 폭포검법이라 부르면 되겠습니다."

담덕이 부살바의 검법에 이름을 붙이자, 부살바가 재미있다는 듯 가볍게 웃었다. 이번에는 모두루를 보며 담덕이 호기심으로 물었다.

"모두루 장수께서도 국중대회의 우승자이신데, 부살바 장수와 대결하신다면 어떻게 되겠습니까?"

"그야 해보나 마나지요. 폭포검법에 녹아나고 말 것이옵니다."

모두루가 그답지 않게 겁에 질린 척 손사래까지 치며 익살을 부리자, 모두가 소리 나게 크게 웃었다.

'나라의 미래는 이들의 젊은 어깨에 달려 있어. 이들과 함께

한다면 이 난국을 돌파할 수 있을 것이야. 환난에 빠진 나라를 위기에서 분명 구할 수 있을 것이야.'

부살바와 모두루를 바라보는 담덕의 눈은 이 장수들을 이끌어나갈 지휘관의 눈길로 바뀌고 있었다. 세속에 물들지 않은 담백한 기백을 지닌 저들과 함께라면, 고구려의 미래를 활짝 열어갈 수 있을 것이라는 확신이 강하게 스며들었다.

그런 중에 연회장의 분위기는 더욱 뜨거워지고 있었다. 진도 기쁨에 겨워 술을 거하게 한 모양인지 우렁찬 목소리로 외쳤다.

"고구려의 혼이 살아 있고, 청년장수의 기개가 이와 같은데, 후연 같은 나라가 감히 고구려를 넘볼 수 있겠소? 더구나 담덕 왕자님께서 버티고 있는데…… 이 나라의 미래는 찬란할 것이외다."

"옳소!"

"자! 그럼 우리 대고구려의 휘황찬란한 미래를 위해서, 또 폐하와 담덕 왕자님을 위해서 건배합시다."

진의 말에 연회장의 사람들이 폐하와 담덕 왕자를 연호하였다. 그러나 어느새 그 구호는 '담덕 왕자'에서 '담덕 태자'로 바뀌고 있었다.

이번 무술대회의 참다운 의미는 시합 그 자체가 아니었다. 고구려인의 무예와 기개를 만방에 자랑하는 것이었다. 마음속에 꺼림칙하게 존재하는 패배의 기운을 제거하고, 고구려의 위력을 시위하며 위세를 맘껏 뽐내는 것이 목적이었다.

그런 점에서 이번 무술대회는 성공적이었으며, 담덕의 공로는 단연 으뜸이었다. 그것은 누가 말하지 않아도 이심전심으로 모두가 인정하는 바였다. 그래서 그곳에 있던 백성들은 아직 나이 어린 왕자를 진심으로 존경하는 마음에서, 담덕 왕자를 벌써 태자로 환호한 것이었다. 어쩌면 백성들은 벌써 고구려의 희망을 본 것인 줄도 몰랐다. 백성의 마음이, 곧 하늘의 마음이라 하지 않았던가.

8

무술대회를 끝낸 7월 말. 후연을 징벌하러 왔던 고구려의 원정군은 이제 국성으로 돌아가야 했다. 청년장수들의 용맹스러운 활약은 나라 안팎으로 전해졌고, 무술대회의 후문과 서부국경에서의 후연 정벌이 성공적으로 이뤄졌다는 점도 천명되었다. 이로써 고구려 군사와 백성들의 사기는 크게 진작되었다.

군 취타대가 우렁찬 행진곡을 연주하자, 대열을 정비한 원정군이 발소리 높이며 움직이기 시작했다.

진과 담덕이 위치한 중앙대열에는 금색의 기와 오색 채기 등 무지개 같은 깃발들이 눈부시게 휘날렸다. 부살바와 모두루는 좌우 선봉대로 청년장수의 기수답게 앞장서 나아갔다.

부살바는 처음 모두루로부터 국성에 함께 가자는 제안을 받고서 망설였다. 여기에 남아 국경을 방비할 것인지, 아니면 국성으로 올라갈 것인지, 국성으로 간다면 달래와는 어떻게 되는지, 여러모로 생각이 복잡했다.

모두루는 국성에 가면 혜성이라는 청년이 있는데 꼭 만나보자고 권유했다. 모두루가 이번 후연의 징벌 전쟁에 참전하겠다고 했을 때, 혜성이 꼭 국성으로 돌아오라고 신신당부했다는 것이었다.

혜성은 조정을 좌우하는 두우 국상이 싫어 국성을 떠나려는 모두루의 마음을 이해해주던 둘도 없는 벗이었다. 그 때문인지 후연 원정을 승리로 끌어냈는데도, 잘못된 조정의 결정으로 그 모든 성과가 한순간에 물거품이 되었을 때, 충신이 되려거든 조정의 현실을 직시하고 풀어가야 한다고 말하던 혜성의 얼굴이 그립게 떠올랐다.

모두루는 혜성과 한 약속도 있고, 또 그의 말이 지당하다고 보았기에 국성으로 돌아가려고 했다. 그러나 그것만은 아니었다. 만약 미래에 대한 희망이 보이지 않았다면 국성에 가려고 하지 않았을 것이다. 오히려 그가 먼저 부살바에게 여기 남자고 권했을 것이다. 그러나 모두루는 담덕을 지켜보면서 꿈과 희망을 보았다. 그래서 담덕 왕자를 보필해 주라는 진 장군의 충정을 기꺼이 받아들이고자 했다. 이 점은 부살바도 같았다.

부살바는 모두루의 제안을 거부하기 힘들었다. 부모의 원수이자 고구려의 원수인 거란을 징벌하려면 국성으로 올라가야 했다. 그래야 그 소망을 어떻게든 실현할 수 있었다. 하지만 달래를 생각하면 그러고 싶지 않았다.

부살바의 뇌리에 달래의 얼굴이 아련히 떠올랐다. 달래의 모습은 눈물 흘리면서 사랑하는 임을 떠나보내고, 그러면서도 꼭 돌아오기를 고대하는 순정한 여인네의 모습이었다.

부살바의 가슴에는 이미 달래가 깊숙이 들어와 있었다. 그가 무술대회에서 우승했을 때 그녀는 누구보다 기뻐하며 자랑스러워했다. 하지만 국성으로 가자고 하니 달래는 한사코 거절했다. 자기를 키워 주고 보살펴 준 양어머니를 떠날 수 없다는 것이다.

달래가 같이 가지 않으려 하니 그 역시 떠나고 싶지 않았다. 국성에 가지 않고 서부국경을 지키는 것도 나라에 충성하는 방법이었다. 하지만 이것은 부모의 시신 앞에서 복수를 맹세한 것과도, 무술을 가르쳐주신 사부의 뜻과도 어긋났다. 사부는 사적인 이해보다는 조국에 대한 충정을 앞세우라고 가르쳐주었던 것이다.

그 일을 결정짓지 못하고 모대기고 있을 때, 다행인지 우연인지 담덕이 찾아와 국성행을 권했다. 부살바는 담덕의 권유를 뿌리칠 수 없었다. 그가 왕자라서가 아니라 지금껏 담덕을 바라보면서, 어쩌면 진정한 주인을 만났다는 느낌이었다. 남아로서 자신의 목숨을 맡길 만한 주인을 만난다는 것은 크나큰 행운이었다.

그는 국성으로 향하기로 마음먹고 달래를 기필코 설득하고자 했다.

"달래야! 나하고 국성으로 올라가자꾸나."

"전 갈 수 없어요."

"어머니 때문이라면 모시고 가면 되지 않느냐?"

"그건 안 돼요. 지금은 그럴 때가 아니어요."

"그럴 때가 아니라니……. 그럼 다른 이유가 있다는 것이냐? 그도 아니면 나를 믿지 못하겠다는 게냐?

"그건 아니고……."

"그럼 도대체 뭐란 말이냐?'

부살바가 다그치자 달래가 고개를 돌려버렸다. 부살바는 달래가 자기 마음을 몰라주는 것이 너무나 안타깝기만 했다. 그가 달래의 손을 잡으며 다시 부탁했다.

"나와 함께 가자. 어찌 이리도 내 마음을 몰라주느냐?"

부살바의 말에 달래가 이내 결심한 듯 그의 눈을 똑바로 보며 얘기했다.

"저는 복수를 원해요. 그것도 오라버니가 앞장서서 하는 것 말이어요."

"그것은 내 잘 알고 있고, 또 이미 약속하지 않았느냐?"

"지금 얼마나 많은 사람들이 외세의 환란으로 고통을 겪고 있는지 아시잖아요? 저 혼자만 그 고통에서 달아나고 싶지는 않아요."

부살바의 고개가 저절로 숙어졌다. 달래의 속뜻을 그제야 알아차린 것이다. 부살바가 나라에 필요한 존재라는 것을 알고, 그의 앞길에 걸림돌이 되지 않기 위해, 기꺼이 이별의 아픔을 감내하는 여인의 지극한 사랑이자 충정이었다.

지고지순한 달래의 마음 앞에 부살바는 더는 설득하려 들지 않았다. 사랑과 충정이 모순되지 않기에 서로 같이 노력해보자고 말을 할만도 하건만 그렇게 하지 않았다.

달래의 말이 다시 이어졌다.

"난 오라버니를 믿어요. 잘은 모르지만, 이번에 담덕 왕자님과 함께 간다고 하니 꼭 잘 될 거라고 믿어요. 확신해요."

"달래야."

부살바가 달래를 힘껏 껴안자, 달래도 그대로 몸을 맡겼다.

"달래야. 네 말대로 이 나라의 힘을 키워 다시는 외적에 침입받아 가족을 잃고 고통을 당하는 일이 없게 할 것이다. 우리처럼 가슴 아프게 헤어지는 일도 없게 할 것이다."

그들의 눈에는 눈물이 소리 없이 흘러내렸다.

"내 약속하마. 꼭 돌아올게. 네가 원한 바를 이루고 반드시 당당하게 돌아오마."

부살바는 결의를 다지며 국성으로 돌아가는 원정군의 선봉답게 힘차게 말을 몰았다. 바야흐로 역사와 시대의 요구 앞에 자기 한 몸을 내던지려는 그의 결심은, 보무도 당당하게 행진해 가는 원정군의 발길에 스며들어 갔다.

3장
청년장수들

9

고국양왕 3년(386년) 1월 초, 겨울의 찬바람이 국성의 거리를 휩쓸었다. 날씨 때문인 듯 행인들의 움직임은 여유가 없었다. 그러나 이것은 찬바람 때문만이 아니었다.

원래 고구려의 국성인 국내성은 장백산맥의 지맥인 노령산맥의 준봉들이 세찬 북풍을 막아주고, 압록강이 남쪽으로 훈풍을 실어다 주기에, 지리적으로는 추운 북방 지대에 속하지만, 겨울 한풍에 사람의 활동이 크게 제약받지 않을 정도로 따뜻한 편이었다.

국성의 분위기가 얼어붙게 된 것은 서부국경에서 날아온 파발 때문이었다. 담덕 왕자와 진 장군, 부살바와 모두루 등은 후연을 원정하고 385년 7월 국성으로 돌아왔다. 그러나 그로부터 4개월 후인 11월, 영지(하북성 천안현)의 여암 폭동군을 진압한 후연의 장수 모용농은 3만의 군사를 출동시켜 요동, 현도 2개 군을 다시 장악하였다. 이것은 달리 말하면 후연이 고구려를 공격하기 위한 침략 기지를 확보했다는 것을 의미했다.

고구려 조정은 뒤숭숭했다. 이런 상황에서 두우는 이렇게 된 모든 책임이 진에게 있는 양 따져 물었다.

"내가 뭐라고 했소? 애초부터 화친을 맺어야 한다고 하지 않았소? 백제와 거란을 비롯한 사방의 적들이 호시탐탐 이 나라를 엿보고 있는데, 저 3만여 명이나 되는 후연의 군사까지 이 나라를 넘보게 한 꼴이니……. 어찌 장군은 큰 대의를 보지 못하고 일을 그르친 것이오?"

"아니 뭐요? 적반하장도 유분수지. 저들의 속셈이야 뻔한 것인데, 국상께서 화친 제의를 덥석 받아들여 철군했기에 이리된 게 아니오? 그곳을 확실히 점령해 두었다면 어찌 그들이 이리 나올 수 있었겠소? 지금이라도 그곳을 확실하게 점령할 방책을 세워야 할 것이외다."

"장군은 지금 무슨 말씀을 하시는 겁니까? 장군이 황명을 어기고 벌집을 들쑤셔 놓았기에 이렇게 화를 자초하게 된 것이 아니요? 지난번에도 황명을 어기더니만 이번에도 왕자를 등에 업고 대왕 폐하의 명을 어기겠다는 것이오? 정녕 그것이 장군의 뜻이란 말이오?"

두우가 황명을 거론하고 나오자 진은 더 이상 말을 하지 못했다. 황명의 문제에는 담덕 왕자까지 개입되어 있었는데, 두우는 그것까지 따시겠다는 뜻을 은연중 내비치고 있었다.

그런 연유로 진이 더는 대꾸하지 못하자 두우는 여세를 몰아 쐐기를 박듯이 얘기했다.

"헛된 망상에 젖어 지나친 호기를 부리는 것은 나라를 존망에 빠뜨리는 길이오. 이 때문에 대왕 폐하께서는 이를 염려하시고 화친 관계를 모색하라는 명을 내린 것인데, 이를 몰라보고 계속 황명을 어기다니……. 앞으로 대왕 폐하를 능멸하려는 자가 있다면 내 이를 묵과하지 않을 것이오."

진마저 맞서지 못하자, 두우는 후연의 군사 주둔에도 불구하고, 이 난국을 헤쳐 나가는 길은 고구려의 화평 의도를 알려주는 것밖에 없다며 그것을 추진하려 했다. 이에 뜻있는 사람들은 그런 자세를 굴욕적 처사라며 비판했다. 그러자 두우는 황명을 거역한 자는 누구를 막론하고 봐주지 않겠다고 엄포하며, 사람들의 입을 막고 잡아들이고자 했다. 그러다 보니 연말을 지나 새해 초에 들어서부터 국성은 한바탕의 회오리가 몰아치기 직전의 분위기, 폭풍전야의 분위기가 형성되었다.

혜성은 찬바람을 가르며 장협 대인의 집을 찾아가고 있었다. 그는 곁눈도 주지 않고 잰걸음으로 걸어가는 행인들을 보다가 장협이 왜 보자고 하는지 가늠해 보았다. 장협은 국자박사國子博士로서 태학의 책임자이고, 혜성은 태학의 교관이었다.

　고구려는 전진과 활발하게 교류하며 국가적 차원에서 나라의 운영에 필요한 인재를 양성하고자 소수림왕 2년에 태학을 설립하였다.

　전진은 고구려의 원수국인 전연을 멸망시키는 데 함께 힘을 합쳤던 나라로 고구려와는 긴밀한 관계였다. 고구려는 전진의 선진 문물을 수용하기는 했지만, 이를 자국의 이익에 맞게 받아들였다.

　이미 고구려에도 경당이라는 기초 교육기관이 있었다. 경당은 국가가 도와 현, 향에 세운 것이 있는가 하면 지방민이 세운 것도 있었다. 그것의 운영은 교화와 선도에 따르는 엄격한 교선에 준하고, 고구려의 기상에 맞게 문무를 다 가르쳤다. 그러나 경당은 체계적으로 인재를 교육하고 관료를 배출하는 기관으로는 부족했기에, 이를 보강하고 정비하기 위해 국립대학 격으로 태학을 세웠다. 물론 이 과정에서 중앙집권체제를 마련하여 왕권을 강화하려는 황실의 이해도 작용했다.

　나라의 미래를 담당할 중추적 인재를 길러내는 상징적인 곳인 만큼 태학의 건물은 웅장하고 거대했다. 그 위치가 황성 서북쪽 오 리에 근접한 것만 보아도 가히 그 지위를 가늠해 볼 수 있었다.

소수림왕의 신임을 받은 장협은 태학을 담당하면서 인재 발굴과 국가체제를 정비하는 데 심혈을 기울였다. 소수림왕이 서거한 이후에도 그 뒤를 이은 고국양왕의 신임 하에 그는 계속 태학을 맡아 왔다.

'장협 대인이 왜 찾는 것일까? 상무정신을 언급한 내 강연을 두고……'

혜성은 태학에서 역사를 가르치고 있었다.

태학은 고등 인재 양성기관이어서 학과의 범위도 검법과 창술, 궁술, 기마술 등의 무예는 물론이고, 병법과 군사학에서 시와 문에 이르기까지 종합적이고 광범위했다. 그 대상 또한 사회의 핵심 지배층인 귀족 자제에 한정됐다.

고구려는 신분제 사회로서 출신 배경이 중요했다. 그래서 관직보다는 관등이 중요했고, 인물을 밝힐 때도 "북부北部 소형小兄 신성재新城宰 고노자高奴子"(삼국사기 고구려 봉상왕 2년)와 같이 표기했다. 즉 북부 출신을 가장 중요시해 이것을 먼저 표기하고, 그다음으로 소형이라는 신분의 관등을 밝혔고, 마지막으로 신성의 우두머리라는 관직을 적으면서 고노자라는 이름을 표기했다.

신분만을 놓고 볼 때 가난한 백성 출신이었던 혜성은 태학의 교관이 될 수 없었다. 하지만 그의 자질은 신분의 구애에서 벗어날 정도로 출중했다.

혜성은 경당에서 무술연마와 학문연구에 두각을 나타냈고, 경당에서 더는 배울 것이 없어 스스로 연구하고 깨우쳐 나갈 정도였다. 그러는 과정에서 문자에도 관심을 가져 단군조선의 글자인 신지문자神誌文字에도 조예가 깊었다. 그의 학문적 폭과 깊이는 헤아릴 수 없어 그를 만나 본 사람들은 그의 지적 혜안에 탄복하지 않는 자가 없었다.

장협은 그의 인품과 자질을 높이 사 태학의 교관으로 임명했다.

혜성은 처음엔 거절했다. 출신성분에서 오는 열등감 때문은 아니었다. 그런 이유라면 달갑게 감수할 수 있었다.

"저같이 미천한 사람이 어찌 그런 일을 감당할 수 있겠사옵니까? 명을 거두어 주십시오."

"아니네. 이 나라는 자네 같은 인재가 필요하네."

"……."

"나라의 미래는 젊은이들에게 달려 있지 않은가? 청년들을 일깨워 주시게. 내 이리 부탁하네."

거듭된 장협의 부탁에 혜성은 그 청을 받아들였다. 자신의 포부에는 미치지 못하지만, 가만히 앉아 있을 수는 없는 일이었다. 세상을 고치려고 노력하지 않고서는 결코 세상을 바꿀 수 없다는 것, 이것이 혜성의 판단이었다.

혜성이 태학의 교관이 된 것은 파격적이었다. 신분을 뛰어넘은 등용이었기 때문이다. 그러나 널리 이름이 알려진 데다 장협이 강력하게 밀고 나가자 별문제는 일어나지 않았다. 두우 일파도 혜성의 출신 기반이 보잘것없기에 위협적이지 않다고 보고 문제 삼지 않았다.

그는 태학의 교관이 된 후 겨레의 혼과 얼을 강조했다. 역사를 배우는 목적은 뿌리를 알기 위해서이고, 그 뿌리를 세우자면 바로 그 얼과 혼을 계승해야 했기 때문이다.

그는 겨레의 혼과 얼을 되살려야 한다고 힘주어 얘기하면서, 우리식 글자인 신지문자를 적극 장려하고 사용해야 한다고 주장했다.

단군조선 시기에 신지문자神誌文字가 사용되었다는 것은 여러 유물과 사료 등에서 확인되고 있다. 1925년 간행된 해동죽지에서는 평양 법수교다리의 땅 속에서 나온 옛 비석의 글자가 신지문이었다고 하였으며, 중국 송나라 태조 순화 3년에 간행된 순화각첩에는 옛 창힐서蒼頡書라고 하면서 28자를 소개하고 있다. 물론 창힐서는 신지문자와 같은 글자이다.

신지문자는 고구려에서도 사용되었는데, 그것은 기원전 1~3세기경의 고구려 시기의 유물인 낙랑벽돌무덤의 벽돌에서 ×↓×‖ᚷᚢ ᚠᚴᚾᚲᛏᚯᛇᚯ 등과 같은 글자들이 새겨져 있는 것에서 확인할 수 있다.(『단군과 고조선』 살림터, 1999년, 동양고고학연구소 대표 이형구 엮음)

"우리가 사용하는 말에는 조상 대대로 물려받은 지혜와 슬기가 담겨 있을 뿐만이 아니라 혼과 넋이 스며들어 있습니다. 그 말을 바로 전달하고 표현하자면 그 말에 맞는 글자를 사용해야 합니다. 옷에 사람의 몸을 맞추는 것이 아니라 사람의 몸에 옷을 맞춰야 하듯 말입니다."

혜성은 겨레의 얼과 정신은 말에 담겨 있다고 거듭 밝히면서 신지문자를 응용해서 직접 풀어 써 주기도 했다. 그러나 이런 원론적인 얘기만 하고 있을 수는 없었다. 그만큼 나라의 정세는 엄혹했다.

고구려는 하루도 편한 날 없이 사방의 적으로부터 침탈받고 있었다. 이런 상황에서는 무엇보다 실질적인 무력을 강화해야 했다. 군사력의 담보 없이는 평화와 안정은 물론이고 나라의 존망 자체도 장담할 수 없었다. 그래서 그는 상무정신이야말로 고구려의 기풍이라고 확신하고 이를 고취하기 위해 노력했다. 상무정신에 겨레의 얼과 혼을 되살리고 나라를 살리는 길이 있다고 보았던 것이다.

상무정신을 유난히 강조하다 보니 그는 점차 현실 문제까지 거론하게 되었다. 더욱이 후연이 요동군과 현도군을 다시 점령하는 사태를 두고, 화친 정책을 추진하지 않았기 때문에 발생한 것이라는 궤변의 등장은, 그에게 더욱 그러하게 부추긴 원인이 되었다. 이들은 소수림왕이 태학을 설립하고 불교를 받아들인 것조차, 외교 정세를 이용하여 평화를 이룩하기 위해서라는 논조를 펴면서, 그들의 주장을 뒷받침하려고 하였다.

원래 외교 정세를 이용해야 한다고 주장한 사람은 장협 대인이었다. 그는 소수림왕 때에 나라의 위력을 강화하기 위해서는 주변 정세를 파악하면서 외교적 수완을 발휘해야 한다고 주장했다. 태학을 설립하고 불교를 수용하여 전진과 협력관계를 만듦으로써 유리하게 주변 외교를 전개하자는 것이었다.

그 당시 고구려는 고국원왕이 백제군의 화살을 맞고 전사할 정도로 남부 국경이 위협받고 있었다. 그런데 서부에서마저 공격받는다면 사방의 적을 두고 동시에 싸워야 했다. 이것은 나라의 존망과 관련된 것이었다. 그래서 서쪽에서는 전연의 잔존 세력을 철두철미 척결해야 했고, 그를 위해 전진과 화평책을 쓸 필요가 있었다.

고구려의 주변 정세를 읽고 있던 소수림왕은 장협의 주장을 받아들였다. 장협은 소수림왕의 명을 받아 이를 강력히 추진했고, 이런 그의 모습은 황실의 권력을 단단히 다지는 충신으로 보이게 하였다. 그런 가운데 소수림왕은 율령 체제를 선포하여 국가의 기강을 세워나가려 하였으나, 건강이 악화하여 국정을 제대로 돌볼 수 없는 상황이 되자 권력의 축은 두우에게 넘어갔다. 고국양왕이 즉위한 이후에도 이런 상황은 크게 변화되지 못했다.

두우도 국력을 강화하기 위해서는 외교 전략을 잘 수립해야 한다는 장협의 주장을 받아들였다. 장협의 논리는 부정할 수 없을 만큼 설득력이 있었다. 하지만 두우 일당은 점차 평화는 외교 전략에 의해 결정된다는 식의 입장으로 기울었고, 급기야 후연과의 관계에서 이를 실질적인 정책으로 삼고 추진하고자 하였다. 이들은 후연에서 고구려 원정군을 철수시킨 것이 평화적 관계를 맺기 위한 필연적 선택이라고 주장했다.

혜성은 아전인수我田引水 격으로 상황을 해석하며, 견강부회牽強附會하는 이들의 주장을 그저 지켜보며 넘어가서는 안 된다고 생각했다. 늘 이런 식으로 통치논리가 통용된다면 종내 국가의 기강은 사라지고, 그 자리에 위정자의 궤변만이 가득 찰 것이었다. 그 차원만은 아니었다. 그것은 처음엔 굴종과 비굴을 사회적 풍토로 만연시키지만, 종당에는 겨레의 얼과 혼마저 앗아가 버린다. 그것은 용서할 수 없는 독버섯이고, 독버섯은 아무리 사소한 것이라도 초기부터 싹이 자라는 것을 막아야 했다. 혜성은 그렇게 믿고 있었다.

그는 태학 생도들 앞에서 민감한 시국의 사안들을 꺼내 들었다.

"검은 것을 검다 하고, 흰 것을 희다고 말할 줄 알아야 합니다. 요즈음 항간에 외교 정세를 이용해야 한다면서 이런저런 소리가 나오고 있는데 …… 물론 주변정세, 외교수립 중요하지요. 그런데……."

예민한 사안을 다루어서 그런지 태학 생도들은 귀를 쫑긋 세우며 눈빛을 반짝였다.

"외교정책은 나라와 백성의 이익을 위해서 수행하는 것입니다. 나라와 백성의 이익에 반하는 외교정책은 존재할 가치가 없고, 어떤 경우에도 용인되어서는 안 됩니다. 외교로 모든 것이 해결되는 것처럼 얘기하면서 되찾은 땅을 내주고, 더욱이 침략할 것이 분명한데도 이에는 대비하지 않고 딴청을 피우며 화친 관계만을 외친다면, 과연 이것이 나라와 백성의 이익에 맞는 것일까요? 절대 그렇지 않을 것입니다."

논리 정연한 혜성의 말에 생도들은 숨을 죽였다.

"어떤 이들은 나라 간의 평화를 위해서 태학과 불교를 받아들였다고 주장하지만, 그것은 일면 맞기도 하지만 일면 맞지도 않습니다. 태학을 세우고 불교를 수용한 것은 무엇 때문이겠습니까? 여러분도 이시다시피 태학은 나라의 체제를 정비하고 인재를 체계적으로 길러내기 위해서 설립한 것이고, 불교는 극락왕생을 바라는 백성의 염원을 받아들여 수용한 것입니다. 더욱이 그에 그친 것이 아니라 태학의 교육체계와 내용은 고구려에 맞게 발전되고 있으며, 불교도 나라의 현실에 맞게 개인의 구복신앙을 넘어서 호국불교로까지 나아가고 있습니다. 이것이 바로 주변 정세를 유리하게 이용하면서 나라의 발전과 백성의 행복을 이룩하기 위한 진정한 입장입니다. 그런데 이러한 입장은 전혀 고려하지 않고 외교만을 위해 받아들였다고 얘기하는 것은……."

혜성은 여기서 잠깐 숨을 몰아쉬었다. 열을 뿜어내는 혜성의 강의는 파도의 너울처럼 부드럽고 힘차게 생도들 사이를 파고들었다.

"더욱이 간과할 수 없는 것은 외교가 모든 문제 해결의 만능 보검이라도 되는 것처럼 잘못 생각하고 있는 점입니다. 외교의 힘은 본질적으로 외교, 그 자체에 달려 있지 않다는 것입니다. 주변 정세를 이용할 수 있는 역량, 즉 나라의 힘에 달려 있습니다. 남에게 애걸하여 평화를 실현할 수는 없는 것입니다. 그래서 나는 얼과 혼을 강조하는 것이고, 상무정신을 그토록 강조하는 것입니다. 상무정신이야말로 이 나라의 운명을 개척할 참다운 방도를 두루 갖추고 있다 할 것입니다."

마침내 혜성은 단호하게 결론을 내렸다.

"여러분은 나라의 미래를 걸머지고 나갈 동량들입니다. 미래의 주역이 될 여러분들은 고구려인답지 못한 태도들을 과감히 다 벗어던져 버리고 고구려의 정신, 상무정신으로 무장해야 합니다. 여기에 미래의 희망이 있습니다."

혜성의 강의가 끝나자 장내는 숭엄한 분위기가 감돌았다. 생도들의 얼굴에는 결의가 새겨지고 있었다. 이때 이런 분위기를 깨며 한 생도가 일어서며 질문을 던졌다.

"그럼 이번에 조정이 후연에 취한 결정이 잘못됐다는 말씀이신가요? 분명히 대답해 주셨으면 합니다."

생도들은 숨을 죽이며 혜성의 얼굴로 향했다. 민감한 사안이었다. 현 조정의 정책 사항을 국립대학의 교관이 생도들 앞에서 직접 입에 올린다는 것은 자칫 일파만파 파란을 일으킬 수 있는 소지가 다분했다. 일제히 생도들의 귀가 쫑긋해졌다.

"나는 지금껏 겨레의 얼과 혼을 되살리고 상무정신의 기풍을 세우자고 얘기해 왔습니다. 그 각도에서 살펴보면 답은 자명하게 나올 것입니다. 어쨌든 해답은 여러분 스스로 찾아보기 바랍니다. 바로 여러분의 몫이기 때문입니다."

혜성의 원칙적인 답변에 강의실은 응축된 김이 새버리듯 긴장감이 삽시간에 풀어졌다. 직접적인 답변을 회피하는 모습에 조금 실망하는 듯한 표정들이 역력했다. 씁쓸했다. 하지만 그렇지 않아도 그를 못마땅하게 바라보고 있는 두우 일당에게 빌미를 줄 필요가 없었다. 속마음을 그대로 밝히고 싶지만, 지금은 그럴 계제가 아니었다.

그는 이런 막막함이 느껴질 적마다 태학의 교관이 된 것을 후회하였다. 그러나 가슴에 품은 포부를 여기서 접을 수는 없었다. 쉽지 않으리라는 것은 이미 각오한바, 묵묵히 참고 매진해야 했다. 하다가 못하면 그 싹을 틔우는 거름이라도 돼야 했다. 이것이 그의 진심이었다.

장협 대인의 집에 도착한 혜성이 문을 두드리자 문지기가 얼굴을 내밀며 물었다.

"어떻게 오셨습니까? 아─아, 혹시 혜성 교관님이 아니신가요?"

"그렇소."

혜성의 대답에 문지기는 이미 장협의 지시를 받은 양 가타부타 없이 앞장을 섰다.

장협의 집은 그의 풍채에 걸맞게 큼직하고 넉넉해 보였다. 눈에 띄게 치장하지 않아 사치스럽거나 요란스럽지는 않았는데, 그렇다고 해서 검소하고 소박한 편도 아니었다. 장협에게서 느끼는 이중적인 그 미묘한 감정이 집에서도 묻어났다. 장협은 항상 정치적으로 황실과 두우의 중간지점에 자리를 잡았다. 물론 국사의 대소사를 처리할 때 그러한 역할도 필요할 것이지만, 장협의 태도는 어쩐지 가장 엄정해야 할 중개자로서는 쉽게 신뢰할 수 없는 부분이 있었다.

문지기를 따라서 안으로 들어가니 장협이 의자에 앉아 기다리고 있었다.

"왔는가. 어서 이리 와서 앉게나."

혜성은 장협이 가리키는 의자에 앉으며 그의 안색을 살폈다.

장협은 그에게 할 말이 있으면 대개 그의 업무실로 직접 찾아오거나 아니면 자신의 집무실로 불렀다. 그리고는 그저 태학의 교관으로서 무슨 어려운 일이 있는지, 뭐 필요한 게 있는지 등을 물었다. 그를 추천한 사람으로서의 관심 표명이었고 아끼고 있다는 행동 표시였다. 그러나 그 이상의 깊은 말은 오가지 않았다.

장협의 그런 모습은 가문 있는 문벌 출신이 아닌 혜성에게 아무도 함부로 대하지 못하게 하는 방패가 되어 주었다. 그러나 이것은 어디까지나 한 측면에 불과했다. 사람들이 그를 존중하는 것은 그의 지적 혜안과 열정 때문이었다. 대담한 발상으로 열변을 토하는 그의 모습을 한번 본 사람이라면 누구나 매료되지 않을 수 없었다.

태학에서 혜성에 대한 생도들의 호감은 좋았다. 태학 생도들은 젊은 그를 따랐다. 그의 말하는 논리와 해박한 지식을 좋아했고, 힘찬 언변에서 느껴지는 젊은 기개를 더욱 좋아했다. 생도들은 그를 태학의 청년박사라고 불렀다.

그의 높은 인기에 장협은 흡족해했다. 그런데 이런 장협이 오늘 갑자기 집무실이 아닌 사저로 찾아오라고 전갈을 보내온 것이다.

혈색 좋은 두툼한 볼에 수염이 길게 늘어뜨려진 장협의 얼굴은 여느 때와 같이 기품이 서려 보였다. 그러나 혜성은 그러한 장협의 모습에서 늘 알지 못할 의혹을 느꼈다. 혜성도 자신을 믿어주고, 또 밀어주기까지 하는 장협에 대해 왜 그런 느낌이 생기는지 모를 일이었다.

"가르치는 데 무슨 어려운 일이 있는가? 있으면 기탄없이 말해주게. 내 무엇이든 조치를 다 취할 터이니."

"뭐 특별한 것은 없사옵니다."

장협의 과장된 친절에 그는 의례적으로 대답하고 다음 말을 기다렸다. 그의 성격에 이런 얘기를 하자고 집무실이 아닌 사저로까지 부르지는 않았을 것이기 때문이다. 장협이 그의 표정을 살피더니, 이런 형식적인 대화는 무의미하다고 판단했는지, 곧장 하고 싶은 결론적인 얘기를 꺼내 들었다.

"잘 알고 있겠지만, 요 근래에 후연의 군사적 움직임에 대해 이런저런 말들이 많이 오가고 있네. 이런 때에는 처신을 잘해야 하네. 그런데⋯⋯."

혜성은 여전히 입을 다물고 있었다.

"항간의 소문에 의하면 자네에 대한 말도 심심치 않게 들려오고 있던데……. 어찌 처신했기에 그런 말이 들려온단 말인가. 내 그리 조심하라고 신신당부했건만……."

"어떤 소문인데 그러십니까?"

"물론 분별없이 자네가 그리 처신했다고 생각하진 않지만, 그래도 현실을 감안해야 할 것이네."

"송구하오나 무슨 말씀인지……."

짐짓 혜성이 금시초문이라는 듯 딴청을 피우자 장협이 정색을 하며 목소리를 높였다.

"정말 몰라서 묻는단 말인가? 그렇다면 내 한마디 하겠네. 모두들 아무 말 않고 있는데, 왜 자네 혼자만 나서서 조정 일에 왈가왈부하는가 말이네. 누구는 그런 걸 몰라서 입 다물고 있는 줄 아는가?"

"……."

"지금 국상 쪽은 티끌만큼이라도 자신에 걸림돌이 된다고 여기면 가차 없이 찍어내리려고 하고 있네. 게다가 새로 등용된 장수들에게 여간 의심의 눈초리를 보내고 있는 것이 아니네. 꼬투리를 잡기 위해 혈안이 되어 있는데 어찌 이를 모른단 말인가?"

혜성이 고개를 끄덕이며 묵묵히 듣고 있자 장협이 이내 말을 누그러뜨렸다.

"큰 문제는 아니지만 그래도 탐탁지 않게 여기는 세력들이 모함할 수도 있으니, 이를 항상 염두에 두어야 할 것이네. 그러니 민감한 조정 사안에 대해서는 일절 거론하지 않았으면 좋겠네. 내 말 알아듣겠는가?"

"무슨 뜻인지 알겠습니다."

혜성이 아무런 변명 없이 선선히 받아들이자, 장협이 너무 심하게 말했다고 여겼는지 호흡을 가다듬고 다시 말을 이었다.

"내 말을 섭섭하게 받아들이지는 마시게. 청년박사로 이름을 떨치고 있는 자네가 엉뚱한 일로 휩쓸려서는 안 되지 않겠는가? 자네의 창창한 앞날을 걱정하고 나라의 미래를 생각해야지. 그래서 하는 말이니 오해하지는 말게나. 내 무슨 딴 뜻이 있어서 이런 말을 하겠는가?"

"네, 잘 알겠습니다."

혜성은 장협의 말을 두말없이 수용했다. 그러나 장협의 말을 완전히 믿기 때문은 아니었다.

혜성은 장협이 처세술에 밝다는 것을 알고 있었다. 오늘도 그것을 확인할 수 있었다. 그래서 장협이 충신다운 충신이라는 느낌이 들지 않았다. 직감일 뿐이어서 뭐라고 표현할 수 없지만, 그에게서는 어떤 괴리감이 느껴졌다.

그런 장협을 뒤로한 채 혜성은 장협의 사저를 빠져나왔다. 그의 뇌리에서 장협의 말이 계속 맴돌며 떠나질 않았다. 알지 못할 장협과의 간극이 그를 아프게 했다. 문득 모두루와 부살바의 모습이 그립게 떠올랐다.

모두루는 그보다 2살이 어리지만, 마음 터놓고 얘기할 수 있는 귀중한 벗이었다. 처음 사냥터에서 만났는데, 서로 상대의 명성을 소문으로 익히 들어온 터라 쉽게 친해졌다. 짧은 만남이었지만, 그는 모두루의 젊은 기개와 의기에 매료되었다.

그런 모두루가 후연 원정을 다녀온 이후 부살바를 소개했다. 부살바와 모두루는 후연 원정의 포상으로 소형小兄의 관등을 제수받고 중앙군에서 근무하고 있었다. 중앙군은 경군과 숙위군으로 되어 있었는데, 경군은 수도의 방비를, 숙위군은 왕기의 방비를 주로 담당했다. 여기서 모두루는 중앙군 내에서도 경군에서, 부살바는 숙위군에서 일하게 되었다.

'이들이라면 결코 장협 대인과 같은 말은 하지 않았을 터인데……'

그런 생각이 들자 혜성은 걸음을 다그쳤다. 오늘 모두루의 집에서 이들과 회합하기로 한 약속 시각이 거의 다가오고 있었다. 모두루의 집은 황궁에서 서남쪽으로 십 리 정도 떨어진 곳이었다. 얼마 떨어진 거리가 아니어서 시간은 충분했다. 그러나 보고 싶은 마음에 다리품이 더욱 빨라졌다.

모두루의 집에 이르자 자기 집에 온 것마냥 편안해졌다. 모두루는 그가 사용하는 별채를 청년장수들에게 열어두고 있었다. 그래서 그런지 모두루의 집은 청년장수들의 출입이 빈번하였고, 자연스레 회합 장소가 되었다.

그는 대문을 열어젖히며 곧장 뒤뜰 무예 수련장으로 향했다. 거기에는 벌써 부살바와 창기가 도착해 있었다. 창기와 모두루는 무술 대련을 하고 있었다. 오랫동안 몸을 푼 듯 얼굴에는 땀방울이 송골송골 맺혀 있었다.

부살바가 혜성을 알아보고 반가움에 손을 내밀었다. 모두루가 육중한 힘에 격정적 기개를 보탠 축이라면, 부살바는 매사에 적극적이면서도 한번 결정한 것에는 결코 굽힐 줄 모르는 불굴의 투지를 갖춘 축이었다.

이들은 모두루의 소개로 처음 만난 그 순간부터 서로 존경하는 친근한 벗이 되었다. 마치 오래 사귀어 온 벗인 양 그들은 금세 마음을 나눈 동지가 되었다.

먼저 혜성이 부살바를 보고 기쁜 듯이 말했다.

"세상에 영웅호걸이 많다 하나 부살바 장수 같은 사람은 아마 없을 것이오. 그 명성이 하늘을 찌를 듯할 분을 내 이리 자주 만나게 되니 기쁘기 한량이 없소이다."

"허-허! 낯간지럽게 그 무슨 과찬의 말씀을. 나야말로 이 시대를 선도해 나갈 참다운 영웅, 청년박사를 뵙게 될 줄이야……. 감격스럽기 그지없소이다."

부살바가 호쾌한 목소리로 화답했다.

이들은 벌써 서로의 내력을 어느 정도 알고 있었기에 허심하게 대하면서도 서로를 존중했다. 의기가 넘치는 그 모습에 심장이 두근거렸고, 서로의 힘을 합친다면 미래를 아름차게 만들 수 있을 것 같은 자신감이 생겼다.

모두루가 뿌듯한 심정으로 지켜보고 있다가 한 가지 제안했다.

"두 분의 모습을 보니 내 심장이 요동치고 앞날이 환해진 것 같소이다. 하나같이 일당백인 용사들이 여기 이렇게 모였는데, 아무 일 없다는 듯 그저 지나갈 수는 없고……. 우리 한번 의기투합해 보는 것이 어떻소? 우리가 서로 힘을 합친다면 그 무슨 일인들 못 할 게 있겠소이까?"

"좋소이다."

누가 먼저랄 것도 없이 서로의 손들이 하나하나씩 겹쳐졌다. 마음이 가슴에서 가슴으로 전해지고 굳게 맞잡은 손은 서로 떨어질 줄 몰랐다. 한마디 말도 필요 없었다. 서로에 대한 격정적인 정열과 사랑의 확인이었다. 이날 이들은 오랫동안 대화를 나눴고 백년지기가 되었으며, 이 뜨거운 열정은 하루 새에 서로를 분신으로 여기게 만들었다. 이후 이들은 세상을 품어보려는 원대한 포부를 꿈꾸며 계속 회합해 왔다. 처음에는 혜성과 부살바, 모두루 세 사람으로 시작했으나, 얼마 후에는 창기까지 가세했다.

창기는 태학에서 무예를 가르치는 교관이었다. 그 또한 이미 일가를 이룰 정도의 높은 무술을 터득한 재목이었다. 특히 그의 유창술은 타의 추종을 불허할 정도로 따를 자가 없어서 창의 명인으로 불렸다.

그도 그럴 것이 그의 창은 특별하게 제작된 것으로 봉까지 쇠로 입혀져 있고, 그 탄력이 상상을 초월하였다. 원래 창은 강하게 내리찍게 되어 있는데, 그의 쇠창은 여기에 부드러운 탄력성까지 가미하여 공격과 방어가 자유로웠다. 그런 유창술의 주인답게 창기의 심성은 부드럽고 넉넉히 품어주는 넓은 품이었고, 벗에게는 자기 간도 빼줄 정도로 순정을 간직한 의리파였다.

모두루와 창기의 무술 대련은 계속 진행되고 있었다. 부살바가 혜성이 왔음을 알리려 하자, 혜성이 그들의 무술 대련을 방해하지 않으려는 듯 내버려 두라는 손짓을 보냈다.

두 사람의 대련은 장검과 쇠창의 대결이었다. 모두루의 검법은 천변만화하는 칼날을 하나의 칼날에 집중시키는 무시무시한 검술이었다. 그 힘은 엄청났고, 그의 검 앞에서는 그 어떤 잔재주도 통하지 않았다.

그의 칼을 보면 그가 얼마나 힘이 센 장사인가를 한눈에 알 수 있을 정도였다. 그의 칼은 다른 사람의 칼보다도 몇 갑절이나 두껍고 길었다. 보통 사람들은 그것을 드는 것만으로도 버거웠으나, 그 칼을 자유자재로 휘두르며 황소 같은 완력으로 내리쳤다. 그런데 창기는 모든 것을 박살 내 버릴 듯한 모두루의 장칼을 유창술을 이용해 탄력성 좋은 쇠창으로 휘감으며 유유히 반격하였다.

그들의 옷은 벌써 땀으로 흠뻑 젖어갔다. 대련을 끝내고자 모두루가 육중한 검을 거두며 입을 열었다.

"창의 명인이라고 하더니만, 그대의 유창술은 아마 신도 당해 내지 못할 것이오. 오늘 한 수 잘 배웠소이다."

"허-허, 그 무슨 겸손의 말씀을……. 나도 쉽사리 그 누구에게 빠지지는 않는다고 자부하는 사람이지만, 그대를 만나고 보니 나는 한참 멀었소이다그려. 아마 모두루 장수의 힘과 무예를 당해낼 사람은 이 세상에 없을 것이오. 아니 그렇소이까?"

창기가 수련장에서 나오며 부살바와 혜성을 보고 동의를 구했다.

"그야 두말하면 잔소리지요."

부살바의 농담 섞인 말에 모두가 호탕하게 웃자, 모두루가 그답지 않게 제법 진지하게 말했다.

"태학에서 최고의 무예를 가르치는 분이 그리 겸손을 떠시다니, 내 몸 둘 바를 모르겠소이다. 그런데 무예로 치자면 폭포검법을 창안한 부살바 장수를 빼놓고 누구를 말할 수 있겠소."

"허허! 두 분이 서로 양보하더니만 왜 애꿎은 나를 끌어들이는거요?"

부살바가 어이없는 투로 얘기하다가 그 또한 짐짓 진지한 표정을 지으며 다시 말했다.

"이 나라에 새바람을 불어넣은 공으로 따진다면 혜성 박사의 공을 어느 누가 따를 수 있겠소. 상무기풍을 세우자는 혜성 박사의 주장에, 많은 젊은이들이 일깨워지고 기개가 되살아나고 있소이다."

"부살바 장수께서 애매하게 자기를 끌어들인다고 하더니, 정작 나를 애매하게 끌어들이기요?"

"부살바 장수의 말씀이 맞소이다. 청년박사의 열정적 외침이야말로 우리 청년장수들의 불꽃이 되고 있지 않소이까? 앞으로 우리 청년박사께서 잘 좀 봐주셔야 하겠소이다. 하하하하!"

"그야 당연한 말씀이고말고요."

"그러고 보니 세 사람이 은근히 나를 가운데 두고 북 치고 장구 치고 다 하는구려!"

"그럴 리가 있겠소이까?"

모두루의 대답에 모두들 함께 웃었다. 스스럼없이 오가는 말 속에 서로의 재주를 아끼고 존중하는 마음이 진하게 묻어 있었다.

이윽고 혜성과 부살바가 먼저 방으로 들어가고, 모두루와 창기는 땀을 닦은 후 들어왔다. 방은 장식품 하나 없이 깨끗이 정돈되어 있었다. 담대하고 우직한 모두루의 성격이 그대로 묻어났다.

이들이 방에 둘러앉자 그 큰 방이 좁아 보였다. 신념과 열정에 찬 열기가 방안을 가득 메웠다.

부살바가 먼저 입을 떼었다.

"지금 이 나라에는 패배감이 팽배해지고 있소이다. 국상이란 자가 나라의 의기를 주장하는 사람들을 치하하기는커녕 도리어 탄압하고 있으니……. 이래 가지고서야 어디 누군들 제대로 입이라도 벙긋할 수 있겠소? 이런 상황이 오래 지속된다면 나라의 앞날이 심히 걱정되기만 하오."

"맞는 말이오. 아무래도 이제 우리가 행동을 보일 때가 된 것 같소이다. 우리 거창하게 일 한번 저질러봅시다그려."

모두루가 몸을 풀지 못해 근질거리는 듯 힘주어 동의했다. 그러자 창기가 조심스럽게 입을 열었다.

"나도 그러고 싶은 마음 굴뚝같소이다만, 두우 일당의 움직임을 주시하며 신중하게 판단해야 한다고 보오."

"일리가 있는 말이외다. 허나 우리와 뜻을 같이하는 젊은이들이 많이 있지 않소이까? 이들에게 우리의 의지를 보여주어야 할 것이오. 그러하지 못한다면 앞으로 우리 같은 젊은이들이 기상은커녕 끽소리 한번 내지도 못하고 눈치나 살피며 살다 말 것이오."

"그건 나도 이해하오. 하지만 두우가 눈에 쌍심지를 켜고 주시하고 있는데, 섣불리 움직였다가는 크게 낭패 볼 것 같아……."

부살바의 말에 여전히 창기가 다시 완곡하게 주의를 상기시켰다.

"주의해야 한다는 것을 나도 모르는 바는 아니오. 그러나 두우 그놈의 눈치만 보고 있어서야 무슨 일이 되겠소이까? 우리들마저 두우를 무서워해서야 내 원……."

서로의 의견이 일치되지 않고 답답한 말만 오가자, 지금껏 조용하게 지켜보고만 있던 혜성이 입을 열었다.

"자—아! 여러분들이 말씀하신 모든 것들이 우리에게는 다 필요합니다. 그러니 그것들을 다 만족시킬 방안을 찾아보아야 할 것 같소이다."

"그런 묘책이 있다는 말이오?"

"두우에게 빌미를 주지 않으면서도 우리의 뜻을 당당히 밝힐 수 있는 대책을 강구하면 되지 않겠소?"

혜성의 대답에 모두가 역시나 하듯 고개를 끄덕였다. 그러나 그 대안이 말처럼 쉽게 떠오르지 않는지라 이내 조용했다. 모두들 혜성이 대안도 없이 말했을 리 없다고 여긴 듯 그의 얼굴만을 바라보았다.

그렇지만 혜성의 표정에선 아무런 동정의 변화가 없었다. 그러나 눈빛만은 지혜로 가득 찬 듯 차갑게 빛나고 있었다. 이내 침묵을 깨고 혜성의 차분한 목소리가 흘러나왔다.

"여기에는 두 가지 방안이 있소. 하나는 아무도 모르게 비밀스럽게 하는 것이고, 또 하나는 아예 드러내 놓고 하는 것이오."

"비밀스럽게 하자니! 그럼 우리가 쥐새끼처럼 숨어서 일을 벌이자는 것이오? 그렇다면 그런 설 뭐 하러 한단 말이오. 안 하니만 못하지. 허 참!"

모두루가 성에 차지 않는다는 듯 벌떡 일어서며 소리부터 질렀다. 그러다 자기가 너무 흥분했다고 느껴서인지 슬그머니 다시 자리에 앉았다.

"나도 그리 생각하오. 비밀 결사적인 방법은 많은 사람들을 모아낼 수가 없어 효과가 크지 않은 데다 탄압의 빌미만 줄 수 있소. 그러면 상황은 더 악화되고 말 것이요."

"공개적으로 하자는 것인데……. 그러면 두우 쪽에서 가만히 보고 있겠소이까?"

창기가 의아한 눈길로 물었다.

"물론 두우 일당은 눈에 불을 켜고 달려들 것이오. 그러나 탄압의 빌미를 제공하지 않으면 그도 어쩐 못할 것이요. 차라리 드

러내 놓고 일을 벌이는 것이 두우 국상의 감시망을 피하는 데서
나 우리의 뜻을 밝히는 데서나 옳을 듯싶소이다."

부살바와 모두루, 창기는 점점 더 알 수 없는 얘기를 한다는 듯
눈만 껌벅이며 혜성의 다음 말을 기다렸다.

"내 그래서 제안하는 바이오만, 사냥놀이 판을 열면 어떻겠소?
두우 국상이 보란 듯이 젊은이답게 사냥놀이 판을 벌이고, 자연
스럽게 그 속에서 우리 청년들의 뜻을 모으는 대회를 대대적으로
열어보자는 것이지요."

"청년대회? 청년들이 함께 모여 사냥대회를 한다? 그런 방법이
있었구만. 그거 아주 좋소이다. 생각만 해도 힘이 절로 나는구만."

모두루가 또 들뜬 소리로 외쳤고, 부살바도 이에 덩달아 동조
했다.

"나도 동감하오. 청년대회라면 우리 고구려 청년의 기백을 맘
껏 시위할 수 있을 것이오. 모름지기 청년장수라면 통이 크고 대
담하게 해야지요."

"역시 청년박사답소. 그거라면 나도 찬성하오. 사냥놀이라는
데 두우 국상이 뭐라 하겠소? 한번 본때 있게 일을 벌여 봅시다."

창기마저 찬동하면서 네 사람은 완전히 의기투합 되었다. 혜성
의 지략, 모두루의 배짱, 부살바의 정의감, 창기의 부드럽고 넉넉
한 심성이 하나로 어우러지게 된 것이다. 그런 속에 모두루가 신
이 난 듯 입을 열었다.

"나에게 좋은 생각이 있소. 이번 대회에 담덕 태자님을 모시고

하는 것이 어떻겠소? 태자님이라면 우리의 뜻에 동참해 줄 것이라고 믿소."

담덕은 386년 정월 초에 태자로 책봉되었는데, 의외로 두우의 강력한 상신에 의해서였다. 후연 원정에 대한 입장이 담덕과 다른 줄을 알면서도, 자신의 속셈을 감추고 황실에 충실한 척하기 위해 태자로 봉하자고 앞장서서 주청한 것이다. 그것이 황명을 어긴 사람을 탄압하려는 명분에도 부합하였다.

삼국사기에 의하면 소수림왕이 14년 11월 겨울에 죽자 아들이 없어 그의 아우인 이련(혹은 어지지)이 왕위에 올랐다고 했으며, 고국양왕 3년 봄 정월에 왕자 담덕을 태자로 삼았다고 했다.

"그게 가능할까요? 그리만 된다면……."

부살바가 기대감을 표시하자 혜성이 단호하게 잘라 말했다.

"그건 아니 될 일이오. 때가 아니란 말이지요. 조정의 움직임이 좋지 않은데, 우리가 벌이는 일에 담덕 태자님이 참여한다면 아마 국상 쪽에서는 뱁새눈을 뜨고 볼 것이 분명하오. 빌미를 주지 말자고 했는데, 도리어 더 그렇게 하는 꼴이 되지 않겠소?"

"듣고 보니 혜성 박사의 말이 맞는 것 같소이다. 내 생각이 짧았소이다. 이번에 못 하면 다음 기회를 보면 되겠지요. 어쨌든 이왕 우리가 청년대회를 열기로 한 이상 거창하게 일을 내 봅시다. 청년의 바람이 온통 이 국성의 하늘을 뒤덮게 말이오."

누가 먼저랄 것도 없이 이들은 기꺼이 결의를 표명했다. 이들은 지금까지 준비해 왔던 힘을 바탕으로 이제 청년들만의 목소리를 울리고자 나선 것이었다. 여기에 혜성의 지략과 정세를 정확히 읽어내는 명철함이 더해지자 사기가 더욱 솟구쳤다. 서서히 젊은 열정과 기개가 구체적인 행동으로 나타나기 시작한 것이다.

10

황궁의 동북쪽으로 오 리 정도 떨어진 거리. 여러 건물을 압도한 건물 하나가 위압적으로 우뚝 솟아 있었다. 거대한 성벽처럼 둘러쳐진 담벼락과 웅장한 철문이 대변하듯 무소불위의 권력자가 사는 곳임을 한눈에 짐작게 했다. 그곳은 두우의 사저였다. 두우는 국상이면서도 지내외병마사知內外兵馬事를 겸임하여 고구려 대제국의 병권과 행정권을 장악하고 있었다.

바리가 두우의 집 앞에 이르자 경비병이 벌써 알아보고 문을 열었다. 그가 국상의 집을 한두 번 드나드는 것이 아니었는데도 여전히 매번 주눅이 들었다. 항상 위압적인 건물에 저절로 기가 죽고 숨이 콱콱 막혔다. 그러면서도 한편으론 누구도 쉽게 드나들지 못하는 두우의 집을 들락날락함으로써, 그것이 자신의 권세인 양 뿌듯하기만 했다.

웅장한 건물은 절대 무너지지 않는 권력의 화신 같았다. 국성에서 황궁을 제외하고는 어떤 이도 이런 건물을 지을 수 없었다. 황실의 권력 앞에서 감히 사적으로 관리와 병사를 제 맘대로 둘 수 없었다. 그러나 두우만은 예외였다.

바리는 두우의 책사로서 그 직책을 매우 만족스럽게 여겼다.

바리가 두우의 눈에 띄게 된 것은 영악한 처세 때문이었다.

거란이 고구려를 침공한 378년, 그는 서부 변경 작은 성의 군사로 있었다. 머리가 비상했던 그는 거란이 침략할 것이라는 낌새를 알아차렸다. 바리는 출세의 기회로 생각하고 성주인 탐라에게 대비하라고 간언했다.

"거란의 움직임이 심상치 않사옵니다. 국경의 방비를 강화해야 할 것이옵니다."

"허허! 모르는 소리! 원수 나라 전연도 망했고, 전진과의 관계는 돈독한데, 거란 따위가 어떻게 침략한단 말인가?"

"지금까지 파악한 정보에 의하면……."

"또 그 소리! 이제 그만하게나."

이때 탐라의 머릿속은 온통 빨리 국성으로 올라갈 생각으로 가득했기에 그의 말이 들리지 않았다. 그런데 어느 날부터인가 그런 탐라가 갑자기 거란의 침공에 대비해야 한다며 백성들에게 갖가지 세금을 부과했다. 그리고는 그를 불렀다.

"자 받게나."

"이것이 무엇이옵니까?"

"어허! 알 필요는 없고 넣어 두게나."

바리는 영문도 모른 채 탐라가 주니까 받았다. 그것은 그를 옭아매는 그물코였다.

탐라는 국성으로 올라갈 때가 가까워지자 더 많은 뇌물이 필요했다. 그래서 거란의 침공에 대비해야 한다는 바리의 주장을 이용해 갖가지 명목을 붙여 재물을 긁어모았고, 그중 일부를 바리에게 준 것이다.

머리가 비상하고 눈치가 빠른 바리는, 곧 그 재물이 어떤 것인지 알았다. 그러나 이미 돌려주기에는 시기상 늦고 말았다. 그렇게 된 마당이면 오히려 적극적으로 협조하며 재물을 축적해 자신의 출세에 활용하리라 생각했다. 거란족이 침략한다 한들 하루아침에 들이닥치는 것도 아니고, 탐라가 떠나면 그것으로 끝이었다. 거란이 침략해 오기 전에 탐라만 떠난다면 만사가 형통이었고 그것은 확실했다.

"나는 곧 국성으로 올라가네."

"그게 정말이옵니까?"

"이미 확약을 받았네. 자네도 같이 가지 않겠는가? 여기 있어 보아야 별 볼 일 있겠어?"

바리는 국성으로 진급해 올라가는 탐라 성주가 부러웠다.

"내 올라간다면 자네에게도 한자리 마련해 주겠네."

"그렇게 해 주신다면야 그 은혜는 절대 잊지 않겠사옵니다."

바리는 결국 탐라와 운명을 함께하게 되었다. 서북부 변경 지역에서 썩느니 국성에서 편안하게 사는 편이 백번 나아 보였다.

전쟁이라도 터지면 일 날 판이었다. 빨리 변경을 떠나는 것이 상책이었다.

바리는 탐라를 따라 덤으로 국성행에 묻어가려는 야무진 꿈을 꾸었다. 국성에 올라가기만 한다면 나머지는 자신 있었다. 그러나 그 꿈은 허망하게 무너졌다. 예상과 달리 거란이 먼저 침략해 온 것이다.

전쟁이 터지자 탐라는 성주의 지위도 잊어버리고, 싸울 생각은 커녕 제 한 몸 보전하는 데 급급하였다. 우선 살고부터 보자는 심산으로 줄행랑을 놓았다. 일단 살기만 한다면 그동안 모아놓은 재물로 어떻게든 빠져나갈 구멍이 있을 것이라 믿었다. 서부 변경의 8부락은 순식간에 거란의 약탈과 살육으로 아수라장이 되었다.

거란의 학살을 견디다 못한 백성들이 여기저기서 들고 일어나고, 중앙의 지원군이 속속 도착한 가운데 가까스로 거란군을 몰아냈다. 이때 부살바의 눈부신 활약은 백성들 속에서 그를 소년장수로 불리게 하였다. 반면에 도망간 탐라 성주는 체포되어 국성으로 압송되었다. 바리 또한 탐라와 같은 처지였다.

탐라는 두우 국상에 기대어 살려고 몸부림쳤다. 그러나 아무리 국상이라고 해도, 전쟁 시기에 성을 책임진 자가 백성을 내팽개치고, 저 혼자 살려고 도망친 것을 묵인해 줄 수는 없었다. 도리어 두우는 탐라로부터 그동안 받은 뇌물이 들통날까 봐 영원히 입을 막아버릴 생각이었다.

한편 바리는 이제 죽었구나, 생각하니 억울하기 짝이 없었다.

어떻게 해서든지 살고 싶었다. 방법은 단 하나, 모든 책임을 탐라에게 떠넘기는 것이었다.

바리는 두우 앞에 엎드려 억울함을 호소했다.

"소인은 억울하옵니다."

"그래 뭐가 그리 억울하다는 것이냐?"

"소인은 탐라 성주께 거란의 침략에 대비하라고 한두 번만 주장한 것이 아니옵니다. 그런데 성주께서 제 말을 듣지 않아······ 억울하옵니다."

탐라가 재물을 더 많이 모으기 위한 수단으로 그의 주장을 이용했기에, 사람들은 잘못 알고 바리를 동정했다.

"으–음."

사람들이 동정을 보내자 두우는 생각하는 척했다. 이를 본 바리는 한 가닥 희망을 붙잡을 수 있다는 생각에 다시 입을 놀렸다.

"정말 억울하옵니다. 만약 탐라 성주가 소인의 말만 들었다면······.

"그–으–래–"

두우가 인자한 표정을 지으며 고개를 끄덕였다. 바리는 모사꾼으로서 명성을 얻고 있었는데, 두우는 이런 자가 절실히 필요했다. 그런데다 이자를 살려주면 인자함과 관용을 드러내는 좋은 계기가 될 수도 있었다.

"살려만 주신다면 이 목숨 다 바쳐서 받들어 모실 것이옵니다."

바리는 두우에게 충성을 맹세한 덕분으로 살아나게 되었다. 물론 탐라는 불귀의 객이 되었다. 충신의 말조차도 듣지 않았다는 비난까지 받으면서…….

바리는 살아남은 대가로 두우의 명령에 충실해야 했다. 한번 배신한 자는 또 배신한다는 생리를 잘 알고 있었던 두우는 결코 녹록지 않았다. 그래서 두우는 일단은 지켜보자는 심산으로 일정한 거리를 두고 예의주시하고 있었다.

바리는 두우의 처사에 원망하지 않는 척했다. 두우는 그의 태도를 꾸준히 지켜볼 것이 틀림없었다. 어차피 두우의 신임을 받기 위해서는 이런 단계를 겪으면서 충직한 태도를 보여주어야 한다는 것을 너무도 잘 알고 있었다.

그는 어떻게 두우의 신임을 받을까 고민했다. 그래서 그는 두우의 가장 큰 골칫거리인 헌칠의 문제를 해결하기로 마음먹었다. 두우의 아들 헌칠은 호색가로 아버지를 등에 업고 하루가 멀다하고 말썽을 일으켰다. 그러나 두우는 '이런 짓은 한때겠지, 나이가 들면 그만두겠지!' 하고 넘어갔다. 그러나 헌칠의 망나니짓은 계속되었다. 앞으로 자기 뒤를 이어야 할 놈이 저런 지경이니 심사가 편할 날이 없었다. 즐거운 술자리를 하다가도 아들만 생각하면 저절로 울화가 치밀 지경이었다.

바리는 두우를 찾아가 여쭈었다.

"소인이 주제넘게 나서는 줄 모르겠사오나…….'

"무슨 일인지 얘기해 보거라!"

"헌칠 도련님에 관한 얘기여서…….'

"그놈이 또 무슨 일을 저질렀는지 모르겠으나, 내 앞에서 그놈 얘기는 꺼내지도 마라."

아들놈의 이름만 들어도 골머리가 아픈 두우가 버럭 소리를 내질렀다.

두우는 이미 헌칠을 달래도 보고 호통도 쳐 보았으나 매번 허사였다. 도리어 시시콜콜 훈계하는 것에 짜증스러워하고 못마땅해했다. 병권과 행정권을 다 장악하고 있는데, 뭐 그리 남의 눈치를 보는지 알 수 없다는 태도였다. 반항하면 어느 놈이든지 잡아 족치면 된다는 식이었다.

바리는 두우의 화난 소리에도 물러서지 않고 이야기를 이었다. 잘되면 헌칠에게 점수도 따고, 두우에게 신임도 얻을 좋은 기회를 놓칠 수는 없었다.

"그렇게만 볼 것이 아니라고 생각하옵니다."

"……."

"소인이 보기에는 먼저 중책을 맡겨보시는 것이……."

"중책이라니?"

"국성의 수비대 부장 자리를……."

두우는 곰곰이 생각했다.

'먼저 자리를 준다? 비록 망나니이지만 내 뒤를 이을 놈은 그놈 밖에 없는데……. 언젠가는 치러야 할 일!'

두우는 고민 끝에 바리의 의견을 받아들여 헌칠을 국성 수비대 부장으로 임명하였다. 무엇보다도 병권의 장악이 중요했다.

그런데 참으로 희한한 것은 헌칠이 그날로부터 달라지기 시작했다. 그렇게 색광으로 말썽부리던 놈이 돌연 달라진 것이었다. 두우는 헌칠이 국성 수비대 부장직에 전념하자 바리에 대한 생각도 달라졌다. 하긴 애초부터 바리를 점찍은 건 자신이었다. 그리하여 어떤 문제들이 생기면 바리에게 묻게 되었고, 이런 과정에서 바리는 급기야 두우의 책사 자리까지 오르게 되었다.

바리는 곧바로 두우의 집무실로 향했다. 두우는 사저에서 집무를 보고 있었다. 원래 관청의 일을 사저에서 처리할 수는 없었으나 권세가 커지면서 두우는 그렇게 했다.

저쪽 멀리에서 화려한 차림을 한 사람이 걸어오고 있었다. 머리에는 책(뒤로 내려 드리우는 것이 없는 머리쓰개)까지 썼고, 소매의 폭이 매우 넓어 수구의 끝자락이 땅에 닿을 정도였다. 행색으로 보아 두우의 아들 헌칠임이 분명했다. 그런 옷차림은 아무나 입을 수 없고, 오직 황실에 버금가는 국상의 가계에나 가능했기 때문이다.

"어디 바삐 가는 길이십니까?"

바리가 정중하게 인사했다.

"오! 책사시구먼. 난 또…… 나는 바빠서 이만……."

헌칠의 행실은 여전히 거만했으나, 예전과 비교해보면 사뭇 달라져 있었다. 그래도 바리에게는 비교적 공손했고 함부로 대하지 않았다.

그가 두우의 집무실로 들어가니, 두우가 손짓으로 자리에 앉으라고 권했다. 바리는 표정이 없는 두우의 모습에서 함부로 대할 수 없는 위압감을 느꼈다.

그도 그럴 것이 벗겨진 듯 환하게 드러난 이마는 막힘이 없이 걸어온 탄탄대로의 관운을 상징하는 듯했고, 그 밑에 깃든 매서운 눈빛은 예리함과 냉정함이 깃든 권력자로서의 면모를 보여주고 있었다.

두우는 소수림왕의 태자 시절 때부터 강력한 고구려대제국을 수립하기 위해 여러 동지들과 동고동락해 왔다. 그의 젊음은 소수림왕의 젊음이기도 했다. 그러나 정작 소수림왕이 즉위한 이후 모든 관계는 달라지기 시작했다.

소수림왕은 황권 강화를 원했고, 두우는 귀족세력의 권리가 더 보장되기를 바랐다. 이것은 황실과 귀족세력 간의 충돌이었다. 소수림왕은 황권 강화를 위해 두우를 경계하고, 진 장군과 장협을 가까이했다. 그렇게 되자 소수림왕과 함께 고구려대제국을 건설하려는 젊을 때의 꿈은 먼 옛날의 몽상이 되어 버렸다.

황실과 두우의 싸움은 소수림왕의 승리로 귀결되는 듯했지만, 소수림왕이 병이 들면서 상황은 역전됐다.

황권이 주춤해지자 두우는 사병을 끌어모으기 시작했고, 그 수준은 황실의 수준에 버금갈 정도에 이르렀다. 강력한 군사력을 이용해 병권을 다시 장악하기 시작했고, 급기야 국상의 자리까지 차지하였다. 국상에 오르자 그는 도처에 자기 세력을 심어 놓았으며, 권력의 중추부 또한 거의 장악했다. 그렇게 하지 않으면 황실에 의해 언제 반격받아 몰락할지 알 수 없는 일이었다.

소수림왕의 뒤를 이은 고국양왕도 이런 두우를 함부로 대하지 못했다. 사실상 두우는 고구려 조정을 장악하고 이끌어 갔다. 그에게 두려운 상대는 없었고, 조금이라도 걸림돌이 되면 가차 없이 제거하면 그만이었다.

이런 두우에게 걱정거리가 생긴다는 것은 생각할 수가 없었다. 그런데 담덕 태자와 청년장수들이 후연을 정벌하는 과정에서 급성장하면서 왠지 자신도 알 수 없는 위기가 서서히 닥치고 있음을 직감으로 느꼈다.

어린 나이에도 담대한 담덕과 의기와 기개를 갖춘 젊은 장수들은 하나같이 만만찮은 상대였다. 그런데 만약 이들이 나중에 손을 잡기라도 한다면 그건 돌이킬 수 없는 상황으로 치달을 수 있었다. 지금까지 그래왔던 것처럼 미연에 방지하자면 대책이 필요했다. 두우는 고뇌를 계속하다가 마침내 해결책을 찾았다. 그것은 먼저 손을 써서 젊은 장수들을 그의 편으로 합류시키는 방안이었다.

'담덕 태자가 아무리 날고뛴다 해도 혼자서는 아무것도 할 수 없다. 더구나 아직 어린애에 불과하지 않은가? 그와 함께할 수 있는 세력을 미리 제거해 버리면 혼자 발버둥 치다가 굴복할 것이다.'

두우는 그의 편으로 끌어들일 젊은 장수의 첫 대상으로 부살바를 점찍었다.

부살바는 젊은 시기 그와 절친한 벗이었던 석의 제자였다. 석이 그를 떠났다 해도 사부와 한때 절친했던 친구를 부살바가 무조건 외면할 수는 없을 것 같았다. 담덕과 함께 국성에 올라온 것이 마음에 걸렸지만, 아직 그가 국성에서 온전히 뿌리를 내렸다고 보기는 어려웠다. 빨리 손을 써야 했다.

젊은이들의 영웅으로 인정받고 있는 데다가 숙위군의 부대에서 일하고 있는 부살바가 그의 편에 서기만 한다면 천군만마를 얻는 것과 다름없었다. 그래서 두우는 바리에게 모든 지원을 아끼지 않을 터이니, 그를 어떻게 해서든지 끌어들이라고 특명을 내린 상태였다.

두우는 부살바에 대한 일을 듣고 싶었으나, 전혀 내색하지 않고 바리가 스스로 알아 말하기를 기다렸다. 아랫것들을 다루려면 윗사람의 내심을 드러내서는 안 된다고 여기는 자신의 오랜 습관이었다.

바리 또한 두우의 무표정한 모습에서, 부살바의 일을 어떻게 처리했는지 어서 말하라는 숨은 뜻을 알아차렸다. 그러나 막상 얘기하려 하니 두우의 눈치가 살펴졌다. 부살바를 만나기는 했으나 보기 좋게 퇴짜를 맞은 것이다.

바리는 두우가 부살바를 포섭하라고 할 때부터 그것이 불가능하다고 판단했다. 그의 사부가 한때 두우와 절친한 친구 사이였다고는 하나 결국 절교하고 떠난 사이였다. 그런 사부 밑에서 무술 수련을 해온 부살바였다. 더욱이 거란에 가족을 잃고 후연의 원정에 출정했던 그가 두우의 굴욕적인 외교정책에 찬성할리 만무했다. 모르긴 해도 두우를 원망하지 않기만 해도 다행이었다. 그러나 두우의 특명인지라 시도할 수밖에 없었다. 결과는 역시 예측한 대로였다.

바리가 말을 하려다 말고 머뭇거렸다. 두우는 이를 예민하게 포착하고서도 모른 척했다.

"부살바란 자는 도무지 융통성이 없는 놈이옵니다. 꽉 막힌 자였사옵니다."

"젊으니까 그럴 수도 있을 것이네."

구차하게 변명할 것 없다는 두우의 반응이었다.

"아니옵니다. 석 장군과 돈독했던 우정을 거론하며, 대인께서 큰 기대를 걸고 있다고까지 얘기했으나 기껏 하는 대답이……."

"……."

"사사로운 일엔 관심이 없다고 하였사옵니다."

"사사로운 일?"

두우는 욱하고 화가 치밀어 오르는 것을 꾹 참았다. 아무렇지도 않은 척 태연하게 듣고 있었다.

"후연에 대한 외교정책은 물론이고 대인께 불만이 많은 눈치였습니다. 아마……."

바리는 말을 끊고 망설이다가 계속 이었다.

"훗날 골칫거리가 될 놈이 분명하옵니다."

"무슨 조짐이라도 보인단 말인가?"

"요즘 젊은애들의 움직임이 심상치 않사옵니다. 필시 뭔가 있는 듯합니다."

"젊은애들의 움직임이 심상치 않다고?"

"요즈음 젊은애들 속에서 청년대회니, 사냥대회니 하는 소리가 자자하게 퍼지고 있사옵니다."

"사냥대회라……. 청년대회?"

"그런데 그게 겉으로는 청년의 기상이니, 사냥대회니 떠들어대지만, 실상은 국상 대인의 화평정책을 반대하기 위한……."

"나를 반대한다? 허-허! 누가 도대체 그런 허무맹랑한 짓거리를 벌인단 말인가."

"아뢰옵기 송구하오나, 국성에서 그런 일을 꾸밀 자들은 뻔하지 않사옵니까? 물정 모르는 젊은 장수 몇몇을 제외하고는 누가 있겠사옵니까?"

"부살바도 그중의 한 놈인가?"

두우의 눈초리가 순간적으로 치켜 올라갔다. 새로 등용된 젊은 장수들을 화근덩어리로 여기고 있었는데, 아니나 다를까 이들이 벌써 움직임을 보인다니 신경이 거슬렸다.

"서로 어울려 다니는 것으로 보아 그런 것 같사옵니다."

두우의 눈치를 살피더니 바리가 다시 입을 열었다.

"국상 대인! 아무리 소문이라도 해도 국상 대인의 존함이 불경스럽게 오르내리는 것은 도저히 묵과할 수 없는 일이옵니다. 골칫덩어리들은 미연에 그 싹을 잘라 놓는 것이……."

"확실치도 않은데 굳이 그렇게까지야……. 으─으─음. 하기야 깔끔한 것이 좋긴 하겠지."

자기편이 아니면 적이 되는 것, 내 편에 서지 않는다면 그대로 놔둘 순 없는 것이었다. 그러니 부살바를 포함한 젊은 장수들을 제거해야 한다는 것은 이미 정해진 답이었다.

두우가 어쩔 수 없다는 듯 수긍했다. 바리가 책임을 모면하기 위해 젊은 장수들에 대한 분노를 유발하고 있다는 것을 눈치챘으나, 그의 술책보다는 그들이 더 괘씸했다. 그에게 감히 도전해 온다는 것을 용납할 수 없었다.

"심려하지 마시옵소서."

바리의 이 말에는 이미 대책이 서 있다는 뜻이었다. 두우가 부드러운 눈빛으로 신임을 표시했다. 바리는 회심의 미소를 지으며 두우의 집무실을 나왔다. 국상의 신임까지 받게 되었으니 그의 앞길은 탄탄대로로 보였다. 애송이들의 움직임을 철저히 파악하여 그들을 함정에 빠뜨리는 것은 어렵지 않은 일이었다. 그의 처소로 향하는 바리의 머리는 빠르게 돌아갔다.

11

쾌청한 4월의 아침. 아직도 겨울의 찬 기운이 다 가시지 않은 가운데 봄기운이 몰려왔다. 겨우내 움츠렸던 산과 들에선 하나둘씩 새싹이 돋아나고 있었다. 그 푸른 생명력에 매섭던 겨울의 찬 기운이 하루가 다르게 잦아들고 있었다.

이런 대자연의 기운에 사람들의 활동 또한 서서히 활기를 되찾아 갔다. 이것은 특히 혈기 왕성한 젊은이들의 움직임에서 먼저 나타나고 있었다. 아침부터 몇몇 젊은애들이 삼삼오오 모여 어디론가 가고 있었다. 사냥 차림을 한 그들의 모습은 기운이 넘쳐흘렀다.

오늘은 사냥대회의 날이었다. 나라에서 공식적으로 행사를 주관하는 자리가 아닌 데도 국성의 분위기는 축제를 연상케 했다. 홍조를 띤 젊은이들의 얼굴에는 봄을 맞은 새싹처럼 풋풋한 기운이 넘쳐났다.

혜성도 가슴을 활짝 펴고 사냥대회 장소로 향했다. 벌써 그곳에는 수많은 젊은이가 운집해 있었다. 대략 2~3천은 족히 넘어 보였다. 은밀하게 열정을 쏟아 준비했던 성과가 나타나고 있었다. 하지만 혜성의 머릿속에는 어제의 일이 떠오르면서 불길한 예감이 엄습해 왔다.

혜성은 수업을 끝낸 후 집무실로 돌아왔는데, 그때 무예를 닦는 태학 생도들의 기합소리가 집무실 안까지 들려 왔다. 그런데 웬일인지 귀에 거슬렸다. 꼭 판에 박힌 듯한 기계 울림소리 같았다. 그래서 그런지 내일의 사냥대회가 어떤 틀에 얽매이지 않고 신선한 바람을 일으키는 축제의 한마당이 되었으면 하는 바람이 간절했다.

창밖을 보니 교육 일정이 끝났는지, 일부 태학 생도들이 벌써 학관의 정문을 나서고 있었다. 이때 밖으로 나가던 한 제자가 혜성을 보고 다가와 예를 취했다. 길동이었다. 길동은 혜성이 매우 아끼는 생도였다.

"집에 가느냐?"

"예."

길동이 대답하고는 혜성의 안색을 살피며 물었다.

"혹시 내일 사냥대회가 열린다는 소식 들으셨습니까?"

"국성의 소문이 자자한데 왜 나라고 모르겠느냐?"

"그러면 내일 참석하시는지……."

길동은 혜성의 참가 여부가 궁금한 모양이었다.

"나도 청년이라네. 그런데 왜 가만있겠는가? 당연히 가봐야지."

혜성의 흔쾌한 대답에 길동이 즐거워했다. 존경하는 스승이 참여한다는 말에 신난 표정이었다.

"길동이도 참가해야지."

"물론이죠."

혜성의 권유에 길동이 당연하다는 듯이 거침없이 대답했다. 그러면서 연신 싱글벙글하는 모습이었다.

"허-허! 그렇게도 좋으냐? 애들이 사냥대회에 관심이 많은가

보구나."

"관심 정도가 아닙니다. 나오는 말들이 죄다 그 얘기뿐인걸요. 모두들 자기 재주를 보여주겠다고 단단히 벼르고들 있습니다."

"참 기특하구나. 그래, 길동이도 멋지게 솜씨를 보여줘야지."

"저야……."

길동이 쑥스러워했다. 그러면서 이러고 있을 때가 아니라는 듯, 혜성에게 인사하고는 곧장 떠나갔다.

혜성은 신나게 걸어가는 길동의 뒷모습을 보며 빙그레 웃었다. 청춘은 자기 젊음을 발산할 기회를 놓치는 법이 없었다. 저렇게 고대하며 참가하려고 야단들이니, 내일의 청년대회가 성황리에 치러질 수 있을 것 같았다.

길동을 떠나보낸 혜성은 그 기대감에 부풀어 사무실 안을 서성거렸다. 그때 장협이 그의 집무실을 방문했다. 장협의 검은 머리털은 허연 머리털에 점차 밀려나고 있었다. 그리고 보니 그의 나이가 벌써 천명을 안다는 오십이 넘어가고 있었다.

"이리로 좌정하시지요!"

혜성이 의자를 내주며 권하는 말에 장협은 먼저 집무실 안을 둘러보았다. 마치도 뭔가 달라진 것이 없나 탐색하는 듯한 눈치였다. 자리에 앉은 장협은 뭔가 확인하는 듯 잠시 혜성의 얼굴을 물끄러미 쳐다보았다.

'정말 그가 사냥놀이를 추진하고 있는 것일까? 지금이 어떤 상황인지 누구보다도 그 스스로가 잘 알고 있을 텐데. 지난번에 그

토록 주의를 주었는데도 왜 내 말을 듣지 않는 것일까?'

장협은 의문에 휩싸였다. 사냥놀이를 이토록 치밀하고 대담하게 추진할 자라면 그가 알기로는 혜성밖에 없었다. 도대체 그의 속마음을 알 수가 없었다. 개입했다는 증거는 없으나 분명했다.

'자기를 추천해서 등용한 나까지 속이려 들다니……'

장협의 표정에서 섭섭함이 묻어나오고 있었다. 누가 뭐래도 혜성은 자기 사람, 아니 수족이라고 믿고 싶었다. 그래서 그런지 첫마디 말부터 뒤틀려 나왔다.

"젊은애들 속에서 사냥놀이에 대한 말들이 많더군. 평소에 바라던 바대로 되었으니 자네에게는 무척 고무적인 소식이겠군."

"허-허! 대인께서도 참……. 저도 소문만 들었습니다."

혜성은 장협의 떠보는 말에서 자기가 사냥놀이 대회와 관계하고 있는지를 확인하러 왔음을 이내 파악하였다. 그러나 구태여 설명할 필요가 없었다. 알면 더 골치 아플 수도 있었다.

혜성은 상관으로서 근심하고 걱정해 주는 것이야 이해할 수 있으나, 그렇다고 꼭 수족으로 여기는 것 같은 장협의 태도가 못마땅했다. 혜성은 내친김에 자기 뜻을 분명히 밝히려 했다.

"젊은애들이 한데 모여 사냥놀이를 한다고 하니 참으로 장하지 않습니까? 사냥놀이는 상무정신이 담겨 있고, 예로부터 무예를 단련하여 나라의 방위에 크게 복무해 온 것이 우리 고구려의 전통이 아닙니까? 그런데 저리들 해보겠다고 나서니 더 잘하도록 도와주는 것이 마땅한 도리가 아니겠습니까?"

자신이 뭘 원하는지 알만한 사람이 자기를 따르지 않고 반문하는 혜성의 주장에 장협은 적이 불쾌했다. 그를 추천한 것은 자기인데, 자기를 따르려 하지 않으니 심히 언짢았다. 그러나 이것 때문에 혜성과 다툴 수도 없었다.

　"말이야 맞는 말이네. 사냥놀이야 좋지. 그것만 할 것이라면 뭐가 문제겠는가? 그런데 청년대회라니? 그게 지금 가당키나 한 소리인가? 현실을 직시해야지. 지금 조정의 움직임이 심상치 않아 바짝 긴장하고 있는 판인데……. 쯧쯧! 한창 자라야 할 사람들이 중도에서 꺾어지는 애석한 일이 벌어져서야 되겠는가?"

　장협이 혜성에 대한 의심을 여전히 풀지 못하면서 걱정스럽다는 듯이 얘기했다.

　"사냥놀이에 대한 조정의 분위기가 그렇게 안 좋습니까? 무슨 좋지 않은 소식이라도 있어서……."

　"자네도 잘 알지 않는가? 지금 곳곳에 감시망이 거미줄처럼 쳐져 있고, 이 태학을 그 진원지로 보고 있는 걸…… 내 그래서 제자들을 보호하기 위해 사방팔방으로 뛰어다니고 있네만, 국상의 견제가 워낙 심해 나로서도 어쩔 수가 없으니! 아닐세. 자네가 관련이 없다면야 이 태학에 무슨 일이 있겠는가? 자, 아! 이 얘기는 그만함세."

　장협은 자리를 뜨면서 혼잣말처럼 중얼거렸다.

　"내일 불상사 없이 무사히 넘어가야 할 터인데. 크-으-흠!"

　혜성은 장협이 나가면서 던지고 간 말이 계속 귓전에 맴돌았다. 장협의 말대로 두우 쪽에서 충분히 사건을 꾸밀 수도 있었다. 그렇다고 인제 와서 중단할 수도 없는 일이었다. 혜성의 불길한 예감을 씻어주기라도 하듯, 젊은애들은 기운찬 모습으로 계속 모여들고 있었다.

'이리 많이 모였는데…… 저들에게 실망감을 안겨주어서야 안 되지. 두려워할 이유가 없지 않은가?'

혜성이 애써 불안감을 떨치고 보니 저 멀리서 부살바와 모두루, 창기의 모습이 눈에 띄었다. 그들을 보자 한결 마음이 놓이고 든든해졌다. 그들의 모습은 멀리서도 단연 그 기세가 두드러져 보였다.

혜성이 다가가자, 그들은 흐뭇한 미소를 지어 보냈다. 부살바, 모두루, 창기 그리고 혜성 모두 이 자리를 통해 두우 일당에게 암시적으로나마 항거하는 뜻이 있었고, 또한 사람들의 가슴에 그러한 불을 지피는 도화선으로 만들겠다는 결의가 서 있었다. 언제까지 주변국에 휘둘리며 외교 운운하는 나약한 꼴에, 세월이나 죽치고 앉아서 그냥 지켜만 보고 있을 젊은 피가 아니란 것을, 이런 식으로나마 보여줄 필요가 있었다.

시간이 점차 흐르면서 운집한 청년들 속에서 웅성거리는 소리가 들려 왔다. 시간이 되었으니 사냥놀이를 제안한 사람들은 나와서 대회를 시작하라는 요구였다.

부살바, 모두루, 창기가 혜성에게 눈길을 주었다. 나설 때가 되었다는 암시였다. 이미 이들은 혜성을 제외하고 나머지 사람들이 사냥놀이를 이끌기로 합의한 상태였다.

처음에는 두우의 제안을 일언지하에 거부한 부살바가 표적이 될 수 있으니, 이번 일에서 빠지는 것이 좋겠다고 혜성이 제기했지만, 부살바가 이를 받아들이지 않았다.

"표적이야 태학이 더 심하면 심했지 덜하지는 않을 것이오. 지금 중요한 것은 이 나라 젊은이들에게 올바른 정신을 심어주는 것 아니겠소? 그런데 만약 혜성 박사께 무슨 일이 생기기라도 한다면 그 일을 누가 할 것이오? 청년박사께서 해야 할 일이 많소이다. 더욱이 나같이 무예를 익힌 몸이 사냥놀이에 참석하지 않는다면 얼마나 우습겠소. 괜한 걱정 하지 마시구려."

부살바의 말에 모두가 동의하면서 혜성이 남고 부살바, 모두루, 창기 등이 대오를 이끌기로 결정을 보았다.

부살바, 모두루, 창기 등이 운집해 있는 청년들 앞으로 나섰다. 그러자 수천 개의 눈동자가 이들에게로 향해졌다.

먼저 모두루가 나서서 자기를 소개하자 요란한 박수로 화답했다. 국성의 청년장수, 그 이름도 드높은 국성의 사내대장부 모두루 장수에 대한 대접이었다.

"사냥놀이에 참석해주신 청년 여러분. 오늘은 우리들의 기개와 기백을 맘껏 펼치는 날입니다. 지금껏 청년의 기상을 세우고 싶었어도 그런 기회가 마련되지 못했습니다. 힘과 열정을 드러내고 싶어도 그럴 곳이 없었습니다. 바로 오늘, 학수고대하고 간절히 염원해 온 청년들의 사냥놀이가 이렇게 성황리에 열리게 되었습니다."

모두루의 사냥놀이 개시 선언에 모두들 일제히 함성을 질렀다. 이에 모두루가 더욱 힘을 얻은 듯 격정에 찬 목소리로 일장 연설을 하기 시작했다.

"오늘의 사냥놀이는 단순히 여흥을 즐기기 위한 놀이가 아닙니다. 그동안 갈고 닦은 무예와 기량을 발휘하는 자리이며, 우리 고구려인의 늠름한 기백을 시위하는 장입니다. 사냥놀이에서 자신의 무예 실력을 맘껏 발휘하여 고구려 남아로서의 패기와 용기를 보여줍시다. 고구려 청년이 죽지 않고 이렇게 당당히 살아 있음을 만천하에 선포합시다!"

다음으로 창기가 등장하자 사람들은 놀라움으로 눈이 휘둥그레졌다. 창의 명인으로 이름 높은 데다 태학의 무예 교관인 그까지 나설 줄은 상상하지 못한 바였다.

"청년은 나라의 기둥입니다. 우리들의 두 어깨 위에 고구려의 미래가 달려 있습니다. 사냥놀이의 본뜻은 상무정신입니다. 상무정신이야말로 나라의 힘을 세우는 원천입니다. 고구려의 청년은 누구보다 먼저 상무기풍으로 무장해야 합니다. 백성을 사랑하고 나라를 지키는 참다운 고구려의 장수가 되어야 합니다. 자기 기량을 맘껏 자랑하고, 참다운 고구려 청년장수로서의 기개를 가슴속에 아름차게 새깁시다!"

창기가 차분하면서도 호소력 있게 연설을 진행한 후 부살바를 소개했다. 부살바가 앞으로 나서자 '부살바'를 연호하는 함성이 억수처럼 쏟아졌다.

단신으로 거란군과 맞섰던 일과, 후연의 원정에서 뛰어난 무예로 모두루와 함께 선두에서 싸웠던 일화, 폭포검법으로 무술대회에서 우승했던 이야기는 이미 세간에 널리 알려진 바여서, 부살바는 이미 젊은이들의 우상으로 받들어지고 있었다.

침착하게 서 있는 부살바의 모습은 당당함 그 자체였다.

"사방이 외적으로 둘러싸인 고구려는 수많은 침략을 받았으나 그때마다 격퇴해 왔습니다. 거란의 침략을 격퇴시킨 주역은 맨몸으로 무장한 백성들이었고, 후연의 원정을 승리로 이끈 주역도 백성의 단호한 결전의 의지였습니다. 백성을 하늘로 떠받들고 조국의 든든한 방패가 되는 것이 고구려의 정신이고 우리가 해야 할 일입니다. 청년들의 영웅적 기개로 고구려의 기상을 세워 냅시다!"

대회의 열기가 고조되는 가운데 모두루와 창기, 부살바가 연단에 나란히 섰다. 하나같이 영웅호걸들인 이들의 모습에, 청년들은 연신 함성을 드높이며 박수와 갈채를 보냈다. 이윽고 부살바가 다시 나서서 오늘의 사냥놀이 진행 방식을 알렸다.

"세 개 조로 나눠서 진행할 것입니다. 모두 합심 협력해 주시기 바랍니다. 또한 사냥놀이를 백성과 함께하는 축제의 장으로 만들 것을 제안합니다. 그래서 오늘 연회의 안주로 사용되는 사냥감을 제외하고 나머지 모두는 백성들에게 나눠 주고자 합니다."

"옳소!"

부살바의 제안에 모두 일제히 찬성을 표시했다.

마침내 부살바, 모두루, 창기가 제각각 깃발을 들었다. 도도한 함성의 물결이 올라오면서 그 울림에 따라 깃발이 활짝 나부꼈다.

'와—와!' 함성이 이어지는 속에 부살바, 모두루, 창기가 각기 깃발을 들고 말을 달려 위치를 잡았다. 그 누구의 지시도 없었지만, 청년들은 그 깃대를 표시 삼아 자발적으로 세 갈래로 정렬하기 위해 분주히 움직였다. 한 덩어리가 된 열정과 기백이 마치 태양의 기운처럼 용솟음치는 듯했다.

"상무정신 만세!"

"청년기상 만세!"

"고구려 만세!"

각기 대열을 이룬 부대 속에서 우레와 같은 힘찬 함성이 꼬리를 물며 이어졌고, 그 함성은 새 바람이 되어 산골짜기마다 멀리 메아리쳐 갔다. 잇달아 외친 함성이 이내 산 아래로 가득 차며 하나로 모였다. 청년들의 함성에 잠자고 있던 고구려의 기개가 다시 꿈틀거리며 비상하는 듯했다. 그리고 그 힘에 세상이 다시 깨어나며 하늘이 울리고 땅이 진동했다. 공포와 두려움의 껍데기가 눈 녹듯 사라져가며 주눅 들었던 가슴이 절로 활짝 펴져 갔다.

각 대오의 선두에 선 부살바, 모두루, 창기가 드디어 진격의 신호를 올렸다. 다시 거센 함성이 울림과 동시에 말들이 내달리기 시작했다. 청년의 열기와 말발굽으로 천지가 열리는 듯했다.

12

겨울의 찬 바람이 다 끝난 줄 알았지만, 혹독한 꽃샘추위는 국성의 하늘을 휘감고 쉬이 물러나지 않았다. 마지막 발악처럼 그 추위는 한겨울의 추위를 무색게 했다. 사냥놀이로 술렁거렸던 국성이 갑자기 얼어붙었다. 사냥놀이를 이끌었던 청년장수들이 모두 체포된 것이다.

청년장수들이 개최한 사냥놀이는 성황리에 끝나는 듯했다. 사냥에서 잡은 포획물은 사슴, 멧돼지 등을 비롯해 수없이 많았다. 대회의 대표자들은 그 대부분을 백성들에게 나눠주고, 나머지는 연회에 사용했다. 이때까지만 해도 모든 것이 순조로웠다. 그러나 연회 중에 누군가가 두우를 비판함으로써 분위기가 일변되었다. 여기저기서 조정의 정책을 성토했다. 후연에 굴복하여 군사를 퇴각시킨 일은 매국적 행위로까지 도마 위에 올랐다.

청년장수들은 분위기를 진정시키려 하였다. 그러나 한번 분출된 혈기는 끝내 제어되지 못했다. 마치 이것을 기다렸다는 듯, 두우의 지시를 받고 대기하고 있던 군사들이 출동하여 많은 젊은이들을 체포, 구금하는 사태가 벌어졌다. 마땅히 사냥대회를 이끌었던 청년장수들도 이 사태에 대한 책임을 모면하기 힘들었고, 결국 체포 구금되었다.

이 사건 이후, 국성은 살벌한 기운이 감돌았다. 사냥놀이에 관련된 자는 어떤 올가미가 씌워질지 몰랐고, 사람들은 숨죽인 채

이 사건의 파장을 지켜보고 있었다.

　이런 상황에서 장협은 수레에 올라 일단의 병사들과 함께 얼어붙은 국성의 기운을 가르며 말을 달렸다.

　"길을 비켜라. 이랏!"

　장협 일행은 대로를 따라 거칠 것 없이 말을 몰아 두우의 사저로 향했다. 그 말발굽 소리는 잔잔한 호수에 돌멩이 하나가 큰 파장을 일으키듯 멀리 퍼져 갔다. 새로운 실력자의 등장을 알리는 예고 같았다.

　장협은 두우 일당에 의해 체포된 청년장수들의 문제를 해결하라는 황명을 거행하는 길이었다. 팽팽한 긴장이 흐르는 속에서도 그의 얼굴에는 자신감에 차 있었다.

　청년장수들이 체포된 후 장협은 혜성의 방문을 받았다. 그토록 고고한 척 그의 말을 듣지 않던 혜성이 한풀 접고 찾아오니 우선은 기분이 좋았다.

　혜성은 그에게 청년장수를 구해 달라고 요청했다. 혜성의 말뜻을 금세 알아들었으나 그는 대답하지 않았다. 두우가 의도적으로 올가미를 씌운 것이어서 빼내오는 것이 쉽지 않을뿐더러, 혜성이 고분고분하게 말을 듣도록 하기 위해서도 쉽게 청을 들어줄 수 없는 일이었다.

　장협의 심드렁한 표정에도 아랑곳하지 않고 혜성이 재차 얘기했다.

　"저도 그날 그곳에 가봤습니다만, 그저 젊은이들이 한자리에 모여 사냥을 하는 자리에 불과했습니다. 그런 일로 사람을 잡아들인대서야 어찌 젊은애들에게 고구려의 기상을 말할 수 있겠습니까?"

"조정을 성토한 것은 물론이고 실력 행사까지 했다고 하던데……."

"본심이 그러했다면 대회에서 하지, 마음 놓고 회포를 푸는 연회 자리에서 했겠습니까? 술을 먹다 보니 젊은 혈기가 끓어올랐던 것이고……."

"쯧ー쯧! 젊은 사람들이 안됐어! 내 그래서 일전에 조심하라고 이르지 않았는가? 허나 자네와 상관이 없는 일이니 괘념치는 말게나."

장협은 혜성이 말하지 않아도 알았지만, 그에게 뭐라고 할 계제가 아니었다. 단지 그가 추천한 혜성이 직접 연계되지 않음으로써 조신하게 처신하라는 자기 말을 무시하지는 않았음을 알 수 있어 다행이었다.

장협은 여전히 관심 없다는 투로 일관했다. 자신이야 하등 손해날 일이 없었다.

"대인, 그런 자리에서는 아마 누군가 일부러 무모한 행동을 유발시키려 들었다면 쉽게 그리되었을 것입니다. 그러니 단순히 보아 넘길 일이 아닌 줄 압니다."

"……."

"만약 누군가의 계략이 숨어 있었다면 아무래도 잡혀간 젊은 장수들이 무사하지 못할 것이고……. 그러면 순망치한脣亡齒寒이라고 폐하는 물론이고 태자도, 그리고 대인께도 절대 이롭지 않으리라는 것쯤은 잘 아시지 않습니까? 대인, 때를 놓치면 큰 낭패를 볼 수 있습니다. 허나 지금 대인께서 나서기만 하신다면…….”

장협은 청년장수들을 살려내려고 몸부림치는 혜성의 모습에서, 그들과 연계된 것이 아닌가 하는 강한 의심이 들면서도 묘한 압박감을 느꼈다. 황실과 국상 중, 어느 쪽이든 알 바 아니지만, 지금 그들이 다치면 당신에게 결코 좋지 않을 것이라는 혜성의 말에 일리가 있었다.

장협이 자세를 고쳐 앉으며 물었다.

“내가 나선다고 해서 뭐가 달라지겠는가? 자네 말대로 모략이 숨어 있었다면 덫에 걸린 사냥감을 어느 누가 쉬이 내주겠는가?”

“대인께는 손쉬운 일입니다. 또한 절호의 기회가 될 수 있는 셈이기도 하고요.”

“절호의 기회라고? 그런 기막힌 방안이 있다는 말인가?”

“물론이옵니다. 파직시키고 조신하라는 황명을 받아내기만 하면 되는 것이지요. 대인께는 그야말로 일거양득이 아니옵니까?”

혜성이 미리 기다리고 있었다는 듯 지체 없이 대답했다.

“아—하!”

일순 장협의 입이 딱 벌어지더니 다물어지지 못했다. 혜성의 치밀한 상황 판단이 놀라웠다. 국상이 청년장수들을 제거하려고 작정했다면 쉽게 내주지 않을 것이니, 먼저 벌을 내려 빼내 오자는 주장이었다. 그 중재자 역할을 수행하는 속에서 양쪽 모두에게 자신의 입지를 강화할 수 있는 절묘한 방안이었다.

장협은 순간 너무 속내를 드러낸 것을 책망하며, 다시 마음을 다잡고 점잔을 빼며 입을 열었다.

"설마 촉망받는 장수들을 그 정도 사건으로 죽이기야 하겠는가? 괜한 걱정이 아닌가 싶네. 허나 내 힘써 볼 것이니 걱정하지 말게."

장협은 혜성에게 노력하겠다고 했으나, 결코 그의 말을 당장 쫓을 생각이 없었다. 시간은 그의 편이었다. 시간이 흐를수록 황실이나 국상 쪽에 그의 존재 가치를 높일 기회였다. 국상과 황실에 중립적 입장을 취하면 황실 쪽은 더욱 안달할 것이고, 국상은 그의 눈치를 볼 것이다. 그러면 자연스레 국정의 일부 주도권이 자신에게 할애될 것이었다.

장협이 시간을 끄는 사이 청년장수들이 반역 음모를 꾀했다고 하는 소리가 국상 쪽에서 흘러나왔다. 두우의 의도가 서서히 그 정체를 드러내면서 상황은 긴박하게 돌아갔다. 하지만 황실 쪽에서는 주목할 만한 어떤 조치도, 움직임도 없었다.

두우의 일방적인 조치에 어떤 세력도 감히 맞서지 못하자, 권력의 저울추는 급속히 두우 쪽으로 기울고 있었다.

이러할 때, 장협은 연거푸 헛기침해대며 고국양왕을 찾아갔다. 드디어 나설 때가 되었다고 판단한 것이다.

고국양왕의 안색은 전혀 당황하거나 놀라워하는 기색이 아니었다. 도리어 장협이 올 것을 예상이나 한 듯 덤덤한 표정을 짓고 있었다.

장협이 제법 걱정스러운 어조로 청년장수들의 문제를 상소하자, 고국양왕이 그들의 죄를 당연히 물어야 한다는 투로 물었다.

"어찌 처리하면 좋겠소?"

"비록 젊은 장수들이 계획적으로 조정을 반대한 것이 아닌 줄 아오나, 관직에 있는 몸으로 이런 불상사를 일으킨 것은 대왕 폐하께 큰 불충을 저지른 일이라 사료되옵니다."

"그러면 어떤 처벌을 내려야 하겠소?"

"관직을 파하고 당분간 조신토록 명하심이 마땅한 줄로 사료되옵니다."

고국양왕은 고개를 끄덕이며 아무 말 없이 국상에게 전달할 황명을 장협에게 직접 내렸다.

장협은 달리는 수레 속에서 위엄을 뽐내며 고국양왕이 내린 교지를 손으로 만지작거렸다. 그것은 그가 새롭게 웅비할 수 있는 무기였다. 이 보검으로 이번 일을 잘 처리하면 앞으로 탄탄대로가 열리는 것이다.

부푼 꿈에 들뜬 장협은 고국양왕의 행동이 문득 이상하다는 생각이 들었다. 예전 같지가 않아 보인 것이다. 태연하게 요구를 선선히 받아주는 것도 이상하거니와, 뭘 요구하고 있는 것까지 다미리 예견한 듯한 태도였다.

'도대체 뭘까? 누가 먼저 얘기해 줬다는 건가? 혹시 태자가······

설마…….’

장협이 이런저런 생각을 하는 와중에 거침없이 달려온 수레는 벌써 두우의 사저 앞에 도착하고 있었다. 장협은 수레에서 내려 위세 당당하게 일단의 병사를 대동하고 국상의 사저 앞에 나섰다.

"국상 두우는 황명을 받들라!"

장협이 대동한 병사 하나가 큰소리로 외쳤다.

장협의 등장에 어리둥절한 두우는 황명이라는 말에 마지못해 무릎을 구부렸다.

"국상이 조정을 성토하며 불온한 말을 일삼은 무리들을 체포한 것은 나라에 충성을 다하려는 마음에서 비롯된 것인바, 국상의 충심을 치하하노라. 더욱이 관직에 있는 몸으로써 젊은 장수들이 사냥놀이를 빌미로 소요를 유발케 하는 원인을 제공했으니, 그 죄가 매우 막중하다 아니 할 수 없다. 그러나 후연 정벌에서 그들이 세운 공을 특별히 감안하는바, 삭탈관직하고 삼가 조신토록 하는 엄벌을 내리노라. 국상은 이를 즉시 시행토록 하라!"

조서를 전달받은 두우는 불쾌한 표정을 감추지 못했다. 뭔가 일이 잘못되어 가고 있었다. 그 옛날 소수림왕과 장협이 협동해 그를 고립시키는 현상이 재현되는 것 같았다.

두우는 젊은 장수들이나 황실 각각은 무섭지 않았다. 그러나 그들의 연합이 두려웠다. 그 힘은 의외로 막강하여 상대하기가 쉽지 않았다. 처음부터 그 싹을 단호하게 잘라야 했다. 그래서 바리로 하여금 이를 치밀하게 준비토록 했다. 바리는 그의 믿음을 저버리지 않았고, 이제 조금만 있으면 그 두통거리를 해결할 수 있게 된 상황이었다. 그런데 난데없이 황실과 장협이 반격을 가해 온 것이다.

두우는 애써 태연함을 되찾으며 상황을 파악하려 들었다. 냄새를 맡으려는 동물적 감각이 반사적으로 반응하면서, 벌써 그의 뇌리는 비상하게 돌아가고 있었다.

"국상의 공이 매우 컸소이다. 조정을 비난하다니……. 안 될 일이지요. 초장에 그 뿌리를 뽑았으니 얼마나 다행한 일이오."

"……."

"대왕 폐하께서는 국상의 공을 크게 치하하셨소이다. 대왕 폐하께서는 이를 꼭 전하라 엄명하셨소이다."

장협이 황실과 국상의 관계에서 그가 조정자라는 것을 은근히 과시했다.

두우의 표정이 일순 일그러졌다. 심사가 뒤틀렸다. 대왕이 공을 치하한다고 하나 그것은 빈말일 뿐이었다. 오히려 은근히 비꼬는 듯한 냄새마저 풍겼다. 더구나 입만 살아 움직이는 허수아비 같은 장협을 내세워 황명을 전하는 모습이었다.

"대왕 폐하의 성은에 망극하옵니다."

두우는 자신이 얕보인 듯하여 목구멍까지 화가 치밀어 올랐으나, 겉으로는 대왕에 대한 예를 갖췄다. 자기 살을 베는 고육지책을 펴는 황실에 침착하게 대응해야 했다. 그러나 막상 성은을 얘기하는 대목에 이르자 얼굴이 후끈거렸다. 패배를 시인하지 않을 수 없는 처지가 된 것이다.

'으―음! 내가 이렇게 당하다니! 실상은 석방하라는 것이나 다름이 없지 않은가? 벌을 내려도 대왕이 하고 석방을 해도 대왕이 한다? 이런 제―길!'

역모를 획책했다고 주장하면 죽일 수도 있었다. 따라서 삭탈 관직은 결코 엄한 벌이 아니었다. 그것은 이미 챙겨놓은 바이고, 최소한 자기를 반대하고서는 무사하지 못한다는 것을 과시해야 했다. 그리됐다면 기세 싸움에서 승리하는 것이었다. 그러나 이것은 빛 좋은 개살구마냥 보기 좋게 어긋나 버리고, 도리어 말 한 번 제대로 못 하고 황명을 따를 수밖에 없는 볼썽사나운 모습만 심어준 꼴이었다.

"내 국상의 충정을 대왕 폐하께 꼭 진언하겠소이다."

장협이 이번에는 두우의 요구를 대왕께 전달하겠다고 나섰다. 양쪽의 단순한 매개자가 아니라 실질적인 조정자라는 것을 확인시키고 싶은 것이다.

지금껏 황실과 국상은 그를 꿔다 놓은 보릿자루처럼 무시해 왔다. 이제는 아니었다. 이들이 서로 다투는 동안 그 틈을 비집고 들어가 둥지를 틀게 된 것이다. 아직은 힘이 없다지만, 그 둥지를 근거로 태학을 잘만 움직여 힘을 키운다면 지금의 처지는 달라질 것이었다.

"자, 그럼 이만……."

장협이 득의양양하게 그 자리를 나섰다. 군사들의 호위까지 당당히 대동하며 떠나가는 그의 뒷모습은 이 싸움의 승자가 진정 누구인지를 실감케 했다. 황실과 국상의 힘겨루기에 장협이 그 열매를 고스란히 챙긴 것이다. 그의 입가에는 알지 못할 미소가 흘러내렸다.

13

고국양왕 3년(386년) 9월. 늦더위가 기승을 부렸다. 살짝 몰려오는 바람에 산채의 더운 공기가 흩어졌다. 어린 티를 완전히 벗어 던지진 못했지만 담덕은 늠름한 청년의 기골을 갖춰 나갔다. 작년에 후연 원정을 다녀올 때보다 훨씬 장성한 모습이었다.

담덕은 386년 정월에 조정 대신들의 만장일치로 태자에 주대되었다. 그의 성숙된 면모는 건장한 체격과 당당한 태도, 기품 서린 용모 등에서 느낄 수 있었다. 그러나 무엇보다도 준수한 외모와 빛을 발하는 안광에서 천하를 호령하고도 남을 기개가 흘렀다.

그가 검을 뽑아 들었다. 그의 칼에는 생기가 감돌며 대지를 빛내는 듯했다. 그는 이미 단군검법의 기초원리를 터득한 상태였다.

그가 단군검법의 원리를 깨우치게 된 계기는 올 초봄이었다. 어느 정도 기력과 체력이 다듬어지자 사부 신 노인은 그에게 칼의 이치를 먼저 깨우치라고 주문하였다. 대장장이가 보검을 만들려면 쇠의 속성을 잘 알고 있어야 하듯, 검을 잘 다루자면 칼의 원리를 파악해야 한다는 것이었다.

그는 이 원리를 터득하기 위해 한겨울의 혹한 속에서도 하루도 거르지 않고, 긴 검을 들고 이곳저곳을 뛰었다. 얼마나 뛰었는지 겨울의 혹한 속에서도, 온몸에 김이 모락모락 솟아올랐다. 이런 각고의 노력 끝에 칼의 원리가 몸으로 체득되었다. 그런데 그다음이 문제였다. 더 이상의 무술 진전이 이뤄지지 않았다.

그의 고뇌와 몸부림은 계속되었다. 그런데 도무지 그 해결의 실마리조차 잡히지 않았다. 그러던 어느 날 지쳐버린 심신을 풀며 산 위에서 국성을 내려다보았는데, 이전에는 볼 수 없었던 광경과 마주쳤다. 사람의 발길이 한 번도 닿지 않은 듯 무성한 수풀로 둘러싸인 숲 지대였다. 도저히 저런 곳에서 국성이 건설되었다고 생각할 수 없는 모습이었다.

'아니 이게 어떻게 된 거지? 아주 옛날 저런 곳을 사람의 힘으로 개척해서 지금의 국성이 되었다는 것인가? 이렇게 되기까지 얼마나 많은 노력이 필요했을까? 그렇다면 결론은 사람이 이 거대한 자연을 극복했다는 것이 아닌가. 사람의 의지가 결국 대자연의 형세도 바꾸어 놓는 것이라면…….'

그가 이런 생각을 하며 다시 국성을 유심히 살펴보려 하자, 그 형상은 어느새 사라져 버렸다. 단군검법의 원리를 찾는 데 몰두하다 보니 환상이 잠시 나타난 모양이었다. 그 순간 사부와 나눈 대화가 떠올랐다.

"지금까지 네가 배운 모든 초식과 검법은 다 버리거라!"

"네-에? 그럼 왜 그런 것을 배워온 것이옵니까?"

"한 치의 오차가 없을 정도로 검의 기초가 튼튼해야 한다만, 그 단계를 뛰어넘으려면 그것은 걸림돌이 될 뿐이니라. …… 칼을 움직이는 것은 다름 아닌 사람이지 않으냐? 단군조선의 기본이념이 홍익인간이듯, 단군검법의 기본원리도 인간을 이롭게 하는 사람의 이치에서 찾아야 하느니라."

"그렇다면 무예인들이 꿈꾸는 검심일체의 경지라는 것은 무엇이옵니까?"

"검심일체? 모든 것을 버리라고 했거늘, 왜 아직도 미련을 두고 버리지 못하느냐? 살육과 욕망에 가득 찬 검은 차라리 촌부의 식칼에도 미치지 못하는 법이다. 내 다시 말하건대, 지금껏 배웠던 모든 것을 다 잊어버리고, 대신에 검의 주인이 되어라. 검이 너를 따르도록 말이다. 그것이 홍익인간을 구현한 단군검법을 익히는 유일한 길이니라."

사부의 말을 되새기자 불현듯 단군검법의 원리가 손에 잡힐 듯했다. 어렴풋하게 느껴지는 것은 있었으나, 딱히 무엇인지 끄집어낼 순 없었다. 알 듯 모를 듯한 상태에서 조금은 흥분되고 조금은 애가 탔다.

담덕은 몸을 솟구쳤다가 다시 땅을 힘 있게 밟아 보았다. 그러나 그 대지는 그가 밟은 발자국만 살짝 남기고 요지부동이었다.

'검의 주인이 되라고 하였는데……. 그런데 이렇게 작은 힘으로 어떻게 검을 내 맘대로 움직일 수 있단 말인가? 어떻게 해야 그 엄청난 힘을 모아낼 수 있을까? …… 이게 아닌가? 그럼 도대체 뭐란 말인가?'

또다시 오리무중으로 빠져들었다. 그때 단군검법의 원리가 이해되지 않거든, 산 정상을 올라가 보라는 사부의 말이 떠올랐다.

그는 지푸라기라도 잡은 심정으로 다시 산 정상을 향했다. 이미 수십 번도 더 올라가 본 바였지만, 알쏭달쏭한 마음만 안고 하산하였을 뿐이었다. 하지만 꼭 깨치고 말겠다는 의지로 지친 발걸음을 옮겼다.

길 따라 올라가는 산행길 옆에는 푸른 싹이 대지를 뚫고 자라나고 있었고, 새순의 내음이 코끝에 향기롭게 풍겨왔다. 처음엔 무심코 걸었는데, 오를수록 그 새싹의 수는 줄어들고 있었다.

'아직 안 자랐을 거야, 산 정상에는. 더 기다려야 하겠지.'

이런 생각을 하며 산 정상을 쳐다보자, 산봉우리는 말없이 푸른 하늘 한가운데에 홀로 우뚝 솟아 있었다. 그 어떤 것도 감히 대적하지 못할 정도로 도도하게 유유한 자태를 뽐내고 있었다.

'푸른 싹은 도도하게 보이는 그 자양분일 터인데, 정상은 그것도 없으면서 도대체 어떻게 해서 저렇게 자신만만할까? 무슨 밑천이 있기에 저렇게 배짱 좋게 홀로 우뚝 솟아 큰소리친단 말인가?'

새삼 이해되지 않는 사실에 담덕은 고개를 갸우뚱하며 계곡과 벌판을 내려다보았다. 계곡은 내려가면서 더 많은 물을 모아 대하의 바다로 향하고 있었고, 산의 밑동은 끝없이 펼쳐진 벌판으로 이어지고 있었다. 정상은 이 모든 것을 자양분으로 하여 굳건히 서 있으면서, 자기를 떠받치고 있는 산의 밑 부분을 자기 몸체로 하여, 계곡의 물을 바다로 이르도록 이끌고 있었다.

그 순간 뭔가 홀린 듯한 기분이었다. 매우 단순한 이치가 눈에 선하게 들어온 것이었다.

'정상의 힘은 바다의 힘이자 산 밑 벌판의 힘이었던 거구나. 그러니 산은 저처럼 당당하고 도도할 수밖에. …… 바로 그거였어. 인간의 위대한 힘은 한 개인의 힘이 아니었던 거야. 정상의 힘이 바다의 힘이자 산 밑 벌판의 힘이었듯이, 수많은 사람들의 힘에서 나왔던 거야. 어찌 한 사람의 발자국으로 지금의 국성이 건설될 수 있었겠는가? 수많은 사람들의 단결된 힘으로 개척된 것이지.'

담덕이 뛰는 가슴을 안고 다시 정상을 살펴보니, 그것은 조금 전까지와는 전혀 달라 보였다. 바다와 산 밑 벌판 위에서 군림하듯 굽어보는 것이 아니라, 바로 이들에게 고개 숙여 경의를 표하는 모습이었다. 이런 그의 마음을 알았는지 정상은 그에게 손짓을 보냈다.

그는 그 손짓을 따라 신들린 듯 검술을 펼쳤다. 서서히 움직이기 시작한 그의 검은 벌써 끝없이 펼쳐진 벌판과 거대한 바다를 향했다. 변화무쌍한 그의 검은 점차 단순해져 갔다. 계곡에서 하천으로, 하천에서 강으로, 강에서 바다로 그의 검은 계속 앞으로 나아갔다. 마침내 바다에 이르자, 그의 검에서 모든 것을 삼켜 버릴 듯 강렬한 힘이 뻗쳐나오면서 모든 것을 휩쓸고 지나갔다. 대해의 바다검법의 시전이었다.

검법이 완벽하지는 않고 흐트러짐이 조금 있었으나 위력적이었다. 몸부림치고 고뇌하며 찾았던 단군검법의 이치를 깨우친 것이었다.

담덕은 검을 뽑아 든 지 두 시진이 지난 후에도 미동조차 하지 않았다. 그만큼 그는 결단 내리기가 힘들었다. 편치 않은 마음을 가다듬기 위해 긴 호흡으로 들이쉬고 내쉬었으나 여전히 개운치 않았다. 청년장수들을 제거하기 위한 음모로부터, 이제는 자신을 직접 겨냥한 음모가 이뤄지고 있음을 감지했기 때문이다.

담덕은 일국의 태자였는데도 두우 일당에 잡혀간 청년장수들을 구해 올 수 없었다. 부살바와 모두루 장수는 누가 뭐래도 그를 가장 잘 이해하는 측근임이 분명했다. 그런데도 손을 쓸 수가 없었다. 단지 장협이 상소하면 그의 말대로 황명을 내리시라는 계책만 부황인 고국양왕께 아뢰었을 뿐이었다.

그 아픔은 가슴 한가운데에 아련한 상처로 남았다. 아픔을 느낄수록 그는 자신을 더욱 채찍질했다.

'무엇보다 먼저 힘이 있어야 한다. 힘을 키워야 해. 그 어떤 외부의 입김에도 흔들리지 않는 강력한 힘…… 그러자면 중심부터 세워야 할 것이다. 바로 여기에 대제국 건설의 꿈이 달려 있는 거야.'

그는 가슴이 쓰라릴수록 그것을 베어내기라도 할 듯 칼을 휘둘렀다. 그러나 두우 국상 일당은 그런 그를 그대로 내버려 둘 리 만무했다. 청년장수들이 파직되자 이제 그 기세를 이용해 그를 직접 공격하기에 이르렀다.

이제 담덕은 떠오르는 세력이었고, 국상 일파는 지는 세력이었다. 나라의 통치에 영향력을 행사하고 있는 각 부의 세력들은 눈치를 보며 저울질했다. 두우 일파는 시간이 흐르는 것을 두렵게 여기고 있었다. 한시바삐 승부를 내려고 혈안이었다.

두우는 조정 대신을 모아놓고 백제를 응징해야 한다고 새롭게 목소리를 높였다.

이미 고구려는 서부 변방의 안정을 이룩한 386년 8월에 백제에 대한 공격을 시도했다.

삼국사기에 의하면 고국양왕 3년 가을 8월에 왕이 군사를 출동시켜 남쪽으로 백제를 쳤다고 하였다.

그러나 백제의 완강한 반격에 패배하고 말았다.

두우는 이를 두고 백제를 재차 응징하자고 주장했다. 후연에는 화평정책을 취해야 한다고 하더니 백제에는 단호했다. 그것도 백제군에 패했다는 소식이 전달되기가 무섭게 다시 제기할 정도로 기민했다.

조정 대신들은 두우의 갑작스러운 변화에 어리둥절하며 서로의 눈치를 살폈다. 장협은 서부 변방이 조용할 때 백제를 징벌하는 것이 나라의 안위를 위해 옳다며 두우에 동조했다. 그러자 백제를 응징하자는 쪽으로 대세가 기울었다.

그러나 정작 논란이 된 것은 누구를 보내야 할 것인가였다. 유능한 청년장수들은 이미 파직된 상태였다. 의견이 분분한 속에서 백제의 징벌을 성공시킬 수 있는 사람을 보내자고 합의한 정도에서 첫 논쟁은 끝이 났다.

새로운 목소리를 내면서 두우는 나라의 위엄을 세우는 충신이라도 된 것처럼 보였다. 고구려의 원수인 백제를 징벌하자고 하니 그렇게 보일 수밖에 없었다. 그러나 문제는 이것이 아니었다.

시간이 지나면서 백성들 사이에서 이상한 소문이 나돌기 시작했다. 먼저 태자에 대한 칭송이 회자되더니, 태자가 직접 나서서 백제를 응징한다는 소문으로 이어졌다. 급기야 이제 곧 남평양성을 향해 출정할 것이라는 말까지 나돌았다.

누군가 담덕을 국성에서 떠나보내려는 계략이었다. 그렇지 않고서야 백성들 속에서 갑자기 담덕이 거론되더니, 남평양성에 출정한다는 소문이 떠돌 리 없었다.

이 무렵 담덕은 국정에는 관심을 두지 않고, 오로지 무예 수련에 열중이었다. 더구나 아무리 태자 신분이라고 하지만, 정상인이라면 아직 나이 열세 살에 이른 어린애를 백제 출정에 보내야 한다고 얘기할 사람은 없을 것이었다.

이제 담덕은 자기 뜻과는 상관없이 보이지 않은 음모에 휩쓸릴 수밖에 없었다. 그 어떠한 결정도 담덕에게는 덫이 될 수밖에 없었다. 출정하지 않는다면 태자에 올라 처음부터 기가 꺾이는 정치적 타격을 감수해야 했다. 반대로 출정한다면 그것은 용기 있고 기백 있는 태자의 모습으로는 보이나, 과연 백제와의 전투에서 승리할 수 있느냐 하는 문제가 남아 있었다. 고국양왕도 소수림왕의 명을 받고 부친의 원수를 갚기 위해 평양성에 나가 백제와 싸웠으나, 그 기세를 쉽게 당해내지 못했다. 백제에 대한 응징에서 패배하거나 발목이 잡힌다면 장래가 암담해지는 꼴이었다.

담덕은 심란한 마음을 뒤로하고 검을 움직였다. 어차피 망설이다가 뽑았다 해도, 한번 뽑은 칼은 휘둘러야 하는 것이 세상의 이치였다.

그는 바람에 흔들리면서도 우뚝 서기를 포기하지 않는 소나무처럼 검법을 시전하기 시작했다. 일단 칼이 허공을 가르면서 검법이 전개되자 어느새 그 속으로 몰입되어 갔다.

그의 칼에는 영혼의 힘이 스며들었다. 검의 기세는 변화무쌍하기 그지없었다. 아니 단순하기 짝이 없었다. 단순한 가운데 변화무쌍하고, 변화무쌍한 가운데 지극히 단순했다. 검법이 펼쳐질 때마다 엄청난 바다 물결이 몰아치듯 주위를 휩쓸었고, 빈틈없이 허공을 가르는 칼날에는 일진광풍이 몰아치는 듯했다. 단군검법의 완성이 눈앞에 다가온 것이다.

담덕은 칼을 거두고 왼쪽 소매로 땀을 훔쳤다. 이때 사부 신 노인이 얼굴에 흡족한 빛을 띠며 나타났다.

"으-음. 단군검법의 원리를 깨우치더니 무예가 날로 진전되고 있구나. 이제 완성될 그날도 멀지 않았어."

"과찬이시옵니다. 아직도 멀었사옵니다."

"담덕아! 이 세상사는 복잡하지만, 진리는 복잡한 데에 있지 않단다. 단순한 데에서 찾아야 하느니라. 네가 산 정상의 힘이 바다와 산 밑 벌판의 힘이라고 깨달았듯이 말이다. 자, 그러면 저 드넓은 바다와 산 밑 벌판은 이 인간 세상사에서 무엇을 의미하겠느냐?"

"백성이라고 생각하옵니다."

"바로 그것이니라. 이제 그것을 새겨 두고 단군검법을 전개하면 그 위력이 더욱 배가 될 것이니라."

"명심하겠사옵니다. 그런데 사부님……."

담덕은 말을 하려다 말고 신 노인을 응시하다가 다시 말을 이었다.

"백제 원정에 나갈까 하옵니다."

"으-음! 비겁자라는 소리가 듣기 거북하더냐? 너로서도 힘들었을 게야."

예상했다는 듯 신 노인이 탐탁지 않게 여기며 말했다.

"비겁자라는 오명이 좋을 리 있겠사옵니까? 이 제자, 저들의 장단에 놀아날 생각도 없지만, 피할 생각도 없사옵니다. 그러나 그 때문만은 아니옵니다."

"허면 다른 이유라도 있다는 말이냐? 청년장수들이 당하는 걸 눈으로 보면서도 그 아픔을 참지 않았더냐? 이제껏 인내해 왔으면서 지금이라고 뭐가 특별하게 달라진 것이 있단 말이냐? 조금만 더 참고 수련에 박차를 가해 너의 힘을 키우도록 하거라!"

"바로 그것이옵니다. 사부님! 저는 힘을 키우고자 백제 원정에 출전하려는 것이옵니다. 제가 힘을 키우고 싶지만 지금 국성에서는 그럴 형편이 못 되옵니다. 아니 오히려 더 위험스럽게 되고 있습니다. 청년장수들을 지킬 수 없었듯이, 저 자신 또한 지키지 못하고, 결국 앉아서 당하게 될 것이옵니다."

"네 자신도 지키지 못하는 마당에 출정하겠다는 것이 어찌 가당키나 하느냐? 그게 도망치는 꼴이 아니고 뭐란 말이냐? 그리해서 뭐가 달라지겠으며, 또 뭘 할 수 있겠느냐?"

사부의 호된 질책에도 담덕은 여전히 확신에 찬 태도로 그의 생각을 밝혔다.

"국성이 그러하다는 것이옵니다. 사부님! 저에게는 강력한 힘을 키울 새로운 땅이 필요하옵니다. 새롭게 웅비할 그 기반만 마련할 수 있다면, 이 제자 그 어떤 역경도 마다하지 않을 것이옵니다. 비록 처음엔 제 뜻에 의한 것은 아니지만, 굳이 지금에 와서 마련해준 기회를 마다할 이유는 없지 않겠사옵니까?"

두우 일파의 공격에 주저앉아 미리 포기할 것인가, 아니면 이를 적극적으로 이용해 넘어설 것인가의 기로에서, 담덕은 어린 나이였지만 정면으로 마주쳐 넘어서는 길을 선택한 것이었다. 그 누구의 힘이 아니라, 자기 자신의 힘으로 풀어나가겠다는 결의의 표명이었다.

사부는 그제야 얼굴을 풀며 물었다. 한순간의 충동에 사로잡혀 결정한 게 아니라, 오랜 고심 끝에 내린 결론임을 확인한 것이다.

"그럼 그에 대한 대책도 있어야 할 터……. 어떻게 하겠다는 것이냐?"

"청년장수들을 데리고 갈 생각이옵니다. 만만치는 않겠지만 결코 못 풀 문제는 아닐 것이옵니다."

담덕은 이제 청년장수들과 손을 잡고 자신들의 둥지를 틀고자 고된 장정의 길을 내딛고자 하는 것이었다. 묵묵히 침묵을 유지하며 잠자던 영웅호걸이 드디어 기지개를 켜고 일어선 것이었다.

'어느 누가 이런 대담한 결정을 열세 살의 어린 나이에 내렸다고 믿겠는가? 장하구나, 장해! 드디어 단군조선의 계승과 단군족의 통일! 반천 년에 걸친 이 숙원 사업이 드디어 막을 올리기 시작한 거야. 암 꼭 해내야 하고말고.'

신 노인이 만족스럽게 고개를 끄덕이며 결단을 내려주자, 담덕은 더욱 힘이 솟았다. 단군조선의 이념을 계승한 단군족의 대제국 건설을 갈구하는 사부가, 그에게 희망을 걸고 응원을 보내주니 가슴이 찡하게 뭉클해져 왔다.

8월의 뜨거운 태양이 내리쬐는 가운데 산채에 신선한 바람이 불어왔다. 계곡의 물이 바다로 향하고 산 정상이 산 밑의 벌판으로 계속 이어지듯, 담덕의 의기 넘친 기운이 벌써 국성을 넘어 남평양성을 향해 나갔다. 그의 가슴에는 찬란한 고구려대제국의 꿈이 뭉클뭉클 자라나고 있었다.

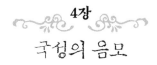

4장
국성의 음모

14

고국양왕 4년(387년) 5월, 국성은 군사들의 움직임으로 분주했다. 백제를 징벌한다는 조정의 방침이 확정된 때로부터 군사들이 국성에 집결되고 있었다.

담덕 태자가 출전한다는 소문은 이미 퍼진 상태였으나, 사람들은 그것을 떠도는 헛소문에 불과하다고 여겼다. 그런데 그것이 사실로 확인되자 백성들은 고무되었다. 거기에다 유능한 청년장수들이 파직된 것을 안타깝게 여기던 마당에, 그들까지 함께 출병한다는 소식은 국성 전체에 커다란 파문을 일으켰다.

그러자 백제 원정군에 자원하는 지원병이 쇄도했다. 그 바람에 결전의 의지가 드높아지면서, 이번에야말로 기필코 백제를 응징하고야 말겠다는 결의가 고조되었다. 뜻밖에 국성의 기운이 한순간에 전변되어 갔다.

부살바는 살아 꿈틀거리는 국성의 분위기에 저 스스로 감동되었다. 몸에는 활력이 돌고 손에는 힘이 뻗쳤다. 이제야 사내대장부로서 품은 꿈을 펼쳐 보일 수 있을 것 같았다. 그만큼 나라와 백성에 대한 그의 사랑은 컸고, 그래서 그동안 모진 고뇌에 시달려 온 것이다.

국성에 처음 올라올 때만 해도 부살바는 부푼 꿈에 들떠 있었다. 담덕이 아직 나이 어린 왕자이기는 하나 미래의 희망이 되기에 충분했고, 담덕이 태자로 책봉되면서 그런 꿈들이 만사형통으로 잘 풀려갈 것처럼 보였다. 사냥놀이를 통한 청년대회의 개최 추진도, 바로 그런 실천의 일환이었다. 그러나 그것이 화근이 되어 꿈을 펴보기도 전에 체포되는 수모를 겪었다.

"내 너의 사부와의 인연을 생각해서 선처할 터이고, 네 앞날도 보장해 줄 것이야. 나를 따르겠느냐?"

두우가 사부와의 옛 인연을 미끼로 유혹하려 들었다. 사부께서 그토록 하산을 막으며 나라에 대한 사랑을 가슴에 체현하라고 했던 말들을 이제야 어렴풋이 이해할 수 있을 것 같았다.

부살바의 대답이 없자, 두우 옆에 있던 바리의 채근이 이어졌다.

"왜 대답이 없느냐? 국상께서는 네가 비록 조정에 큰 해악을 끼쳤지만, 네 사부와의 옛정을 생각해, 특별히 너를 수하로 삼으시겠다고 하시니, 승낙만 하면 네 벗들도 풀어주고, 네 하기에 따라서는 더한 것도 들어주시겠다고 말씀하고 계시니라. 그리하겠느냐?"

"우리가 무엇을 잘못했단 말입니까? 예로부터 상무정신은 고구려의 전통 기풍인데, 그것을 기리자는 것이 왜 죄가 되는지 도무지 모르겠소이다. 사냥놀이는 나라에서 장려하는 정책이 아닙니까? 그런데 그 전통이 잘못되었다는 것입니까?"

"허허! 이렇게 답답하기는……. 정녕 네가 살기를 거부하겠다는 것이더냐? 조정을 욕보이고 반대해 나서는 것은 역모에 해당하거늘, 아직도 정신을 못 차리고 있군."

그는 두우의 유혹을 단호히 뿌리쳤다. 그러자 두우는 청년장수들을 역모로 몰아 제거하려고 하였다.

다행히 황실과 장협에 의해 석방되기는 했으나 관직은 박탈되었다. 현실의 벽을 실감하는 순간이었다. 이런 일을 겪으면서 한때 실의에 빠져 초조한 나날을 보냈다.

'후연은 서부 변경을 위협하고 백제는 남쪽에서 압박해 오는데, 언제 이를 해결하고 거란에 복수할 수 있을까?'

국성에 올라올 때 달래에게 한 약속은 시간이 지날수록 요원해져만 갔다. 그러나 달래에게 확약한 사나이의 맹세를 지켜야 했다. 패배자의 몰골을 보여줄 수는 없었다.

혜성과 모두루, 창기는 그의 든든한 믿음이 되어 주었다. 한 번 실패했다고 해서 주저앉을 정도로 심지가 허약한 사람들이 아니었다. 그들은 이번 사건을 교훈 삼아 다시 힘을 내자고 서로 다짐했다. 그러나 예전과 다르게 많이 의기소침해져 있었다.

아무래도 두우가 건재하는 한, 청운에 품은 포부가 한갓 희망 사항에 불과한 것이 아닌가 하는 의구심을 떨쳐버릴 수가 없었다. 더욱이 두우 일당은 담덕 태자마저 국성에서 몰아내어 제거하고자 백제 출정을 획책하고 있었다. 그가 마지막 보루라고 여긴 태자마저 무너져 가고 있다고 생각하니 앞날이 깜깜했다.

마침내 그는 자기 한 몸을 희생하더라도, 두우를 제거하기로 마음을 굳히고 청년장수들에게 얘기했다.

"지금껏 여러분과 함께한 나날들이 얼마나 기쁘고 마음 뿌듯했는지 모르겠소. 아마 영영 잊지 못할 거요."

"영영이라니요? 무슨 일이 있소? 어디 멀리 떠나기라도 한단 말이오?"

모두루가 긴장의 빛을 띠며 물었다. 혜성과 창기도 심상치 않은 얼굴로 부살바를 바라보았다.

"두우는 만악의 근원이요. 그자가 존재하는 이상, 우리의 꿈은 실현 불가능할 것이오. 하니 내 그자를 제거해야 되겠소."

"당연히 그 대가를 치르게 해줘야지요. 허나 우리는 정정당당하게 응징하는 날까지 참자고 하지 않았소?"

부살바의 심중을 알아본 창기가 다시 차분한 어조로 부살바를 달랬다.

이들은 언제나 패기 넘치고 낙관적인 사람들이었다. 그러나 부살바의 비장한 결심 앞에서 자못 신중했다.

"두우가 이제 담덕 태자님까지 노골적으로 겨냥하고 있소. 담덕 태자마저 당한다면 우리 고구려에 더는 희망이 없을 것이오. 어찌 이것을 두고 본단 말이오."

"그것은 안 될 말이오."

"지금의 상황에선 다른 선택의 여지가 없소. 이 나라의 백년대계를 위해서도 이 한 몸 바쳐서 두우를 기필코 제거하고야 말 것이오."

"어허! 그것은 안 된다고 하지 않았소."

모두루가 목청을 높였다. 그런데도 부살바는 물러서지 않았다.

"내가 하고자 하는 일은 누군가가 꼭 해야만 할 일이오. 부디 내 뜻을 꺾지 말고 대신 응원해 주시구려."

"정 그렇다면 좋소! 나도 함께하겠소. 우리는 한길을 가기로 맹세했던 사람들이 아니오. 그러니 내 말 또한 응당 받아들여야 할 것이오."

부살바의 결심을 꺾지 못할 것을 안 모두루가 그 또한 동참하겠다는 의사를 밝혔다.

"모두루 장수마저 왜 그러시는지……. 좋소, 두 분이 정 그리 생각한다면 나도 가겠소. 나라를 위한 그 의로운 길에 왜 나라고 함께하지 않을 수 있겠소."

창기까지 가세하고 나섰다.

"아니 될 말씀……. 한 사람의 목숨도 아깝거늘 왜 여러 사람의 목숨을 버린단 말이오. 나 혼자서도 능히 감당할 수 있소. 여러분들은 남아서 뒷일을 맡아주시오. 이것이 진정 나를 도와주는 것이오."

"우리는 의리로 뭉친 사이가 아니오. 그런데 어찌 죽으러 가는 동지를 못 본 체한단 말이오. 그건 안 될 일이오. 암, 안 되고 말고요."

세 사람이 어우러져 옥신각신하는 가운데 누군가 먼저랄 것도 없이 서로 눈시울이 붉어졌다. 혜성의 눈도 충혈되었다. 이들의 의기와 순수한 충정을 헤아리고도 남았다. 이들은 의로운 길이라 한다면 설사 불구덩이 속이라도 서슴없이 뛰어들 사람들이었다.

혜성은 이들이 두우 일당에 잡혀 고문받을 때 피가 마르는 듯했다. 역습을 충분하게 대비하지 못한 것을 자책하며 괴로워했다. 한번 농락당한 나라를 올곧게 세우는 일은 수많은 사람의 피를 필요로 함을 모르는 바는 아니지만, 그런 식으로 허무하게 희생당하게 할 수는 없는 일이었다.

"여러분들의 심정은 충분히 이해할 수 있소이다. 하지만 이건 아니오."

"……"

"여러분께서 지난날 체포되어 고문당하고 있을 때, 정작 청년 대회를 제기한 나는 편안하게 있었소. 두우 일파의 음모에 조금만 대비했다면 그렇게 되지 않았을 터인데……. 생각해 보셨소. 그때의 내 심정을……."

"아니 무슨 말씀이오? 혜성 박사가 우리를 구명하기 위해 사방팔방으로 뛰어다닌 것을 다 알고 있소이다."

"지금 여러분께서는 내 앞에서 서로 목숨을 버리겠다고 하고 있소. 이제 나보고 고문당하는 것도 모자라 죽음까지 지켜보라고 하지 않습니까? 어찌 이리도 가슴이 찢어지게 만드는 것입니까?"

혜성의 질책에 모두들 대꾸하지 못했다. 격정에 사로잡힌 그들은 혜성의 심정을 헤아리지 못했다. 혜성이 목소리를 가다듬고 다시 말을 이었다.

"부살바 장수! 두우를 제거한다고 해서 또 다른 두우가 나타나지 않는다고 장담할 수 있겠소? 많은 이들은 고국양왕이 대왕에 즉위하면 두우의 전횡을 막아 낼 것이라고 믿었소. 하지만 두우는 아직껏 건재하오. 도대체 그 원인이 어디에 있겠소?"

"······."

"그 원인은 두우의 간악함에도 있지만, 그보다는 그의 전횡을 단호히 막아 낼 힘이 부족한 데에 있었던 것이오. 지금은 우리의 힘을 키워야 하오. 또다시 두우 같은 자가 나타나도 단번에 부숴 버릴 수 있는 강력한 힘이 필요하단 말이요. 그 힘을 마련하는 것, 바로 여기에 모든 활로가 있소."

"두우가 그것을 막고 있지 않소? 그래서 내가······."

"어찌 하나만 생각하고 둘은 생각하지 못하오. 두우가 없다고 해서 힘이 저절로 형성되겠소? 더군다나 두우는 고작 간신배에 불과하오. 그런 두우와 부살바 장수의 목숨을 맞바꿀 수는 없는 거요. 두우 같은 자 수백 명과도 결코 바꿀 수 없단 말이오."

"바로 그거요."

모두루와 창기가 동시에 소리치며 부살바에게 생각을 바꾸라고 촉구했다.

부살바는 이들의 진한 우정에 눈이 가물가물해졌다.

"알겠소. 내 생각이 미쳐 모자란 것을 용서하시오. 여러분들의 뜻에 따르겠소."

"생각 잘하셨소. 우리에게는 앞날의 꿈이 있소. 환난에 휩싸인 이 나라를 일으켜 그 위용을 만방에 떨칠 그 포부가 있다는 말이오. 비록 이것이 어렵고 힘들더라도 주저앉을 수는 없소."

혜성의 말에 여덟 개의 숭고한 눈동자가 겹쳐졌다. 그리고 동시에 서로의 억센 주먹이 한데 모아졌다. 심장이 끓고 있었다.

동지 간의 뜨거운 우정과 사랑을 확인한 가운데, 모두루가 다시 차분하게 입을 열었다. 대의로 뭉친 이들 앞에는 당장 헤쳐가야 할 문제가 산적해 있었다.

"앞서 부살바 장수가 말했다시피, 담덕 태자를 음해하기 위한 음모가 서서히 모습을 드러내고 있소이다. 이에 대한 대책을 세워야 하지 않겠소?"

"지금의 상황으로선 담덕 태자의 출전은 거의 기정사실로 되었소. 이런 상태라면 우리 쪽에서 먼저 자원하는 것이 좋을 듯싶소. 그러면 태자도 수월하게 결단을 내릴 것이오."

혜성이 제시한 방법은 태자의 행동반경을 넓혀 주면서 그와 연계를 가져갈 수 있는 좋은 방안이었다.

"역시 청년박사시오. 그런데 우리가 자원하면 정말 담덕 태자가 출전할까요?"

모두루가 믿기지 않는다는 표정으로 물었다.

"그 결정이야 담덕 태자께서 하는 것이니 지켜보면 알지 않겠소?"

혜성이 의미 있는 웃음을 지었다.

혜성의 예측은 항상 사람들의 예상을 뒤엎을 정도로 예리했다. 그런 그가 이번엔 담덕의 출정 사실과 청년장수들의 재기를 거론하고 있었다.

"좋소. 내 혜성 박사의 말을 믿겠소. 기꺼이 자원하지요."

"당연하지요. 누구 말씀인데 여부가 있겠소이까. 나도 그리하지요"

모두루와 창기가 혜성이 제시한 안에 즉각 동참의 뜻을 보였다.

부살바는 미소 어린 혜성의 얼굴을 보면서 그가 얼마나 뜨거운 가슴을 지녔으며, 강심장의 소유자인가를 새삼 확인하고 있었다. 그는 가슴 속에서 끓어오르는 분노를 삼키며, 승리를 보기 전까지는 함부로 목숨을 버리지 말고, 미래에 대한 낙관적 입장을 견지하면서 냉철한 대응을 호소하고 있었다. 그가 있는 한 절대 실패하지 않을 것이란 확신이 들었다.

"나도 여러분과 함께 자원하겠소."

부살바의 말에 혜성과 모두루, 창기가 환하게 웃었다.

이날 이후 청년장수들은 백제 출정을 자원하고 이에 대한 준비를 다그쳐 나갔다. 그리고 혜성의 예측 그대로 담덕이 백제 출정을 결정했을 뿐만이 아니라, 그들을 대동하겠다는 뜻도 강력히 피력하였다. 혜성과 담덕은 서로 떨어져 있어도 한마음인 것처럼 보였다.

"정말로 담덕 태자께서 백제 징벌에 출전한다면서?"

부살바가 길가 주막집을 지나는데 그곳에서 흘러나온 소리였다. 담덕에 관한 얘기가 나오자 그는 귀를 쫑긋 세우고 주막집에 들러 주모를 불렀다. 안쪽에서는 목소리가 계속 새어 나왔다.

"그 소식을 여태 몰라서 물어? 세상천지가 다 아는 것을."

"그 나이에 그런 결심을 하다니."

"그러니 그 기개가 얼마나 대단한가? 어린 나이지만 그 배짱과 뱃심이 우리하고는 비교가 안 되는 모양일세."

"그러게 말이네. 태자가 영걸은 영걸인 모양이야. 후연의 콧대를 꺾어 놓더니, 이제는 백제까지 제압하려고 직접 출전하시겠다고 하니 말이야. 그런데 그 청년장수들도 출병한다면서?"

"그러니 이번에는 백제 놈들도 맥을 못 출 것이야."

부살바가 안에서 들려 나오는 소리를 듣고 있는 사이 주모가 나와 물었다.

"나리, 뭘 드릴까요?"

"큰 통으로 탁주 좀 주시게."

부살바는 주모가 준 술통을 짊어지고 국성의 중심거리를 빠져

나와 산으로 향했다. 혜성과 모두루, 창기와 함께 국성이 내려다 보이는 위내암성에서 회합하기로 한 날이었다. 백제의 출정을 축원하는 자리이자 이별의 아쉬움을 한잔 술로 달래는 자리였다.

그가 산을 오른 지 얼마 안 되어 멀리서 혜성이 앞서 오르는 모습이 보였다. 혜성을 보니 기쁜 마음에 덩달아 발걸음이 빨라졌다. 혜성은 따뜻한 마음으로 동지를 아꼈고, 그들의 포부를 통크게 설계한 기획자였다. 미래를 언제나 낙관적으로 확신하며, 어려운 고비를 맞이해도 그때마다 해결 방안을 제시하는 그 혜안은 청년장수들을 탄복시켰다.

부살바와 혜성은 거의 동시에 약속 장소에 다다랐다. 모두루와 창기는 벌써 도착해 있었다. 제법 군침이 돌게 살코기 냄새가 코를 찔렀다. 모두루가 돼지고기를 장작불에 익히고 있었다. 이미 자리도 마련되어 있었다.

"이런……. 내 도와주지도 못하고, 그저 입만 가지고 온 꼴이 되었소그려."

약속 시각에 늦게 온 게 아니련만, 이미 준비를 끝내버린 이들을 보고 혜성이 한 말이었다.

"아니 무슨 말씀을 그리하시오, 진짜 차례는 인제부터인데……. 푸짐하게 먹는 것, 바로 그것이 진짜 차례가 아니겠소. 어서 이리로 앉으시구려."

"허허! 맞습니다. 앉읍시다."

모두루의 말에 창기가 맞장구쳤다.

혜성이 가져온 안주를 내려놓으며 자리에 앉았고, 부살바도 따라 앉았다. 이들이 둥그렇게 둘러앉자, 앞으로 다가올 세계의 중심이 위내암성으로 쏠리는 듯했다. 이들은 하나같이 이 세상을 떠받들 기둥이 될 나라의 인재들이었다.

"날이 날이니만큼 오늘은 맘껏 마셔 봅시다."

"술이 네 통이니 아예 하나씩 들고 통째로 마시는 것이 어떻겠소?"

"그거 좋지요."

서로 통을 들고 부딪치며 한 모금씩 걸쭉하게 마시고 난 후, 모두루가 아쉬운 표정으로 입을 열었다.

"이리 헤어지면 언제 다시 만나게 될지……."

"그러게 말이요. 혜성 박사만 이리 남기고 간다는 것이……."

"아주 보지 않을 사람처럼 말씀들 하시기요? 또 만나게 될 텐데. 이별이 있어야 만남도 있을 게 아니오?"

"그야 그렇지만 혼자 남게 된 혜성 박사가 걱정이지요."

"두우 국상이 국성을 휘저어 놓을 텐데……. 이거야 원 참. 우리까지 떠나고 나면 누가……."

모두 혜성의 안위가 걱정되었다. 모두의 얼굴이 근심스러운 표정으로 변했다. 과연 두우가 혜성을 내버려 두겠는가. 아무리 생각해도 그럴 것 같지가 않았다.

"그렇게 비관적으로만 생각하지 맙시다. 다 길이 있을 것이요. 우리가 힘을 키워 빨리 돌아오면 되지 않겠소. 안 그렇습니까?"

"맞소이다. 그러니 여러분들이 해야 할 일이 참 많소이다. 자!
우리 한잔 더 합시다."

창기가 분위기 전환을 위해 일부러 화제를 돌려 말하자, 혜성
이 이를 맞받았다.

그들은 재차 술을 들이켰다. 술이 제법 들어가자 얼굴이 붉게
상기되었다.

"오늘 이 자리가 참으로 좋지 않습니까? 뜻깊은 자리이기도 하
고요."

혜성이 감회에 젖어서 하는 말이었다. 그러자 모두루가 그게
아니라며 반박했다.

"기분이 좋은 자리라니요? 이별하게 되었으니 섭섭한 자리지요."

"아니지요. 그건 절대 아니지요. 우리의 꿈에 한 발 더 다가서
게 되었으니 축하하는 축배를 들어야 하는 자리지요."

혜성의 말에 모두들 도무지 영문을 몰라 어안이 벙벙한 모습이
었다. 그런데 혜성의 표정은 단지 그들을 위로하기 위한 것이 아
니고, 강한 확신과 낙관이 깃들어 있었다.

"우리의 꿈에 한 발 더 다가서다니요? 백제 원정으로 국성의 분
위기가 살아나긴 했지만, 우리야 실상 쫓겨 가는 판이 아니오?"

"쫓겨 가다니요? 허허! 그건 정말 잘못 보신 것입니다. 우리의
근거지를 마련하기 위해 가는 것이니까요."

부살바가 무슨 얘기인지 모르겠다는 투로 되물었다.

"근거지라니요?"

"우리의 역량을 강력히 구축할 기지가 필요했는데, 이번 원정은 그것을 모색하는 것이지요."

"하지만 두우가 국성을 완전 장악하고 있는 상황인데……. 그 때문에 후연 원정도 제대로 마무리 짓지 못하고 난관을 겪지 않았소이까? 그런데 어떻게?"

모두루가 여전히 납득이 안 된다며 반문했다.

"두우 때문에 난관이 있을 수는 있겠지요. 그러나 그때와 지금은 다르오. …… 그때는 우리가 모이지 못했지만, 지금은 이렇게 함께하고 있지 않습니까? 그러니 이제 뭉친 우리 힘을 급속히 성장시킬 그 기지가 필요한 게지요."

청년대회를 개최한 이후 두우 일당의 반격으로 큰 타격을 받고 백제 원정을 떠나는 것이지만, 혜성은 그것을 패배로 볼 것이 아니라 내일을 위한 전진으로 봐야 한다고 역설하고 있었다.

"그렇다면 그 근거지가 어디라고 생각하오?"

혜성의 혜안에 신선한 충격을 받은 부살바가 흥분이 채 가시지 않은 기색으로 물었다.

"그곳이 어딘지 아직 속단할 수는 없소. 그러나 예측할 수는 있소. 그곳은 우리 꿈과 고구려대제국의 이상을 실현할 지역이어야 하기 때문이오. 자! 모두들 일어나 보시구려."

혜성이 자리에서 일어나 손으로 국성을 가리켰다.

국성인 국내성은 졸본 땅에서 옮겨온 지 400년이 되어가고 있었다.

삼국사기 유리명왕 21년(기원 2년) 조항에 위내암 지방이 산과 물이 깊고 험한 데다 오곡이 잘되고, 사슴, 물고기, 자라 등의 물산이 풍부해 수도로 삼기에 알맞다고 하여, 9월에 왕이 직접 기세를 확인하고, 그 이듬해 겨울 10월에 도읍을 국내로 옮기고 위내암성을 쌓았다고 한다.

국내성의 위치는 오늘의 중국 길림성 집안현의 현성 자리이다. 그러나 기원 3년에 위내암성을 쌓았다는 기록은 있으나 국내성을 쌓았다는 것은 없다. 고구려의 도성은 평지성과 그 가까이에 있는 산성의 배합으로 이루어져 있다. 이로 볼 때 국내성은 평지성과 위내암성을 아울러 부르는 명칭으로 보는 것이 옳을 것이다.

수도성을 졸본에서 국내성으로 옮기게 된 가장 큰 원인은 고구려의 국력이 강화되었기 때문이다. 고구려는 기원전 107년에 한나라 현도군에 대한 공세를 가한 이후, 기원전 80년대와 70년대의 연속된 침략에 대한 응징을 통하여 혼하 태자하 중상류 산악지역을 거의 다 차지하였다. 그 결과 서북쪽으로 영토를 수백 리 넓히게 되었고, 그에 걸맞게 더 넓고 비옥한 옥토가 필요했다. 또한 역량에 맞게 외적을 방비해야 했다.

졸본성은 동남쪽으로 큰 골짜기를 끼고 있고, 서남 동북쪽에 약간 낮은 곳이 있으나, 서쪽과 북쪽 및 동북쪽 대부분은 깎아지른 수십 미터 높이의 낭떠러지를 이루고 있었다. 이런 험요險要한 지대를 이용하여 성을 쌓았다. 한마디로 천연요새지에 자연지세와 인공적인 방어시설을 잘 배합해 건설한 성으로 난공불락의 요새였다. 그러나 졸본성은 고구려의 국력이 강화되자 너무 좁았다. 그래서 고구려는 국성을 국내성으로 옮긴 것이다.

국내란 지명은 조선 고대의 불내, 부루나(벌판)를 한자로 옮겨 쓴 것에서 알 수 있는 바와 같이, 압록강 중류 일대에서는 제일 넓은 벌이 있는 지대이며 토지도 비옥했다. 또한 5부의 중심지역에 위치하고 사방으로 통하는 교통의 요충지였으며, 압록강을 이용한 수상운수로 조세와 공물의 운반이 용이했다. 그리고 험한 주변의 산세를 이용하여 외적을 방어하기에도 유리했다.

이들이 위내암성에서 내려다본 국성은 황성의 성곽을 중심으로 관청이 들어앉아 있고, 그 주위 사방에는 두우와 장협, 진 장군, 돌벼, 달삼 등 조정 대신들의 집이 우뚝 솟아 있었다. 그중에서도 두우의 집은 단연 으뜸이었다.

"국성이 비좁아 보이지 않소?"

혜성의 말을 듣고 보니 그들의 포부를 펼치기에는 국성이 한참 비좁아 보였다. 혜성이 다시 말을 이었다.

"국성의 기운은 이제 다해 가고 있소. 이제 단군족을 통일하고 동방을 호령할 고구려대제국의 위상에 걸맞은 지역을 찾아야 하오."

"단군족의 통일? 동방을 호령한다?"

이전까지는 전혀 들어 보지 못한 말이라는 듯, 부살바가 입속으로 그 말을 되뇌었고, 이를 받아 혜성이 다시 얘기를 이어 나갔다.

"다음의 수도는 부강 번영할 단군족의 정치, 사상과 경제, 문화의 중심지가 될 수 있어야 하오. 한마디로 단군족을 통합할 새로운 중심지가 필요하다는 것이지요. 물론 땅은 비옥하고 자원은 풍부해야 하며, 대제국의 요구를 충족하고 외적을 효과적으로 방비할 수 있어야 하겠지요."

"혹시 이번 백제 원정을 떠나는 평양성을 염두에 두고 하시는 말이오?"

창기의 물음에 혜성이 대답했다.

"그렇소이다. 이번 원정에서 이를 확인해야 할 것이오. 그곳에서 역량을 마련해 우리의 꿈과 포부를 실현할 강력한 기지를 꾸려야 하오."

혜성의 말은 두우가 그 정적들을 쫓아내며 국성 장악을 꿈꿀 때, 이를 기회로 삼아 그에 대항할 강력한 근거지를 마련하자는 묘책이었다. 두우의 의도를 역이용하는 통쾌한 방안이었다. 아니 그 이상이었다. 먼 훗날까지 내다본 큰 그림이자 설계안이었다.

"탁견이구려. 과연 혜성 박사로소이다."

"역시……. 그렇게까지 웅대한 포부를 가지시다니……. 하하하!"

"놀랍습니다. 자! 우리의 근거지 마련을 위해 한잔합시다."

"좋습니다."

모두루가 흥분에 겨워 제안하자 모두가 화통하게 화답했다. 이들은 다시 자리에 앉아 통째로 술을 들었다. 궁지에 몰려 어쩔 수 없이 밀려나게 된 것이 아니라, 이제 드디어 새 출발의 닻을 올렸다고 생각하니, 절로 흥분되어 자리가 들썩거렸다.

그들은 계속해서 술을 마셨고, 오래간만에 홀가분한 마음으로 흥을 즐겼다. 그런 분위기 속에서 이번에는 창기가 혜성의 안위에 관한 문제를 들고나왔다.

"이번 원정에서 우리 생각을 두우가 간파하기라도 한다면 더욱 혈안이 되지 않겠소. 그러면 혜성 박사의 안위가 더욱 걱정이 아닐 수 없소."

결국 얘기가 혜성의 안위 문제로 되돌아왔다. 백제 정벌도 정벌이지만 혜성의 안위도 이들로서는 큰 걱정거리가 아닐 수 없었다. 더구나 혜성은 앞날을 환히 내다보며 실제 그들을 이끌어가고 있는 셈이었다. 그런 그에게 문제가 생긴다면 큰 타격이 아닐 수 없었다.

"여러분의 마음을 모르는 바 아니오. 허나 그렇게 염려하지 않아도 될 것이오."

"만약 우리의 의도를 두우가 조금이라도 눈치챘다면 반드시 보복하려 들 것이 불을 보듯 뻔한데, 어찌 걱정이 안 되겠소?"

"두우의 의도대로만 되지는 않을 것이오. 황실의 눈치도 살펴야 하고, 진 장군도 버티고 있지 않소? 장협이 일정한 거리를 유지하려 들 것처럼, 조정 대신들도 대세를 보고 눈치를 보아가며 판단하려 할 것이오. 이제 두우 일당의 맘대로만 하기가 어려울 것이란 말이지요."

"그렇지만 만에 하나라도……."

"맘 놓으십시오. 중요한 것은 대세가 여기 국성이 아니라 근거지를 얼마나 튼튼히 꾸리는가에 따라 결정되니까요. 승패가 모두 거기에 달려 있으니, 일단 백제 정벌에 심혈을 기울여 꼭 성공시켜 주시오."

모두루가 혜성의 손을 뜨겁게 잡으면서 나머지 사람들도 서로 손을 맞잡았다. 굳게 잡은 손들은 그 어떤 장애도 뚫고 나갈 결의로 다져졌다.

잠시 후 모두루가 큰 소리로 제안했다.

"혜성 박사의 말대로 오늘은 뜻깊은 날이 아니오? 자, 우리의 새로운 도약을 축원하는 축배를 듭시다."

"그럽시다."

이들은 어떤 난관 앞에서도 기죽을 사람들이 아니었다. 더욱이 웅대한 대제국 건설을 위한 원대한 과업을 앞두고 그들의 기세는 달아오를 수밖에 없었다.

위내암성의 바람이 멀리 남쪽을 향해 나아갔다. 그에 따라 백제를 징벌하려는 기운도 벌써 남쪽으로 흘러갔다. 이에 따라 위용을 갖춘 만년 제국의 꿈도 그 흐름을 타고 멀리 평양성으로 날아가는 듯했다.

이들의 얼굴에 한결같이 새로운 결의가 새겨지고 있었고 그것은 점점 강한 확신으로 바뀌고 있었다. 이들은 다시 술통을 크게 소리 나게 부딪쳤다. 마시는 술이 목줄기를 타고 시원스럽게 흘러 내려갔다.

✤ 15

7월 말, 담덕 태자를 위시한 부살바, 모두루, 창기 등의 백제 원정군은 국성을 출발하여 평양성에 도착했다. 고국양왕과 두우 어느 쪽도 일방적 우세를 점하지 못한 상황에서, 담덕이 백제를 징벌하기 위해 떠나되, 청년장수를 대동하여 출전하는 것으로 암묵적인 타협이 이루어졌다.

평양성의 성주 고연 욕살은 담덕 일행을 극진하게 환대했다.

고연은, 고국양왕이 소수림왕 시기에 백제와의 전투에서 사망한 부친 고국원왕의 원수를 갚기 위해 평양성에 오랫동안 머물렀을 당시, 고국양왕을 최측근에서 모신 장군이었다. 그는 고국양왕의 절대적 신임을 받고 있었고, 평양성 성주로서 욕살의 직책을 맡고 있었다.

고구려에서 큰 성(주급)의 장관은 욕살褥薩, 군급 고을의 장관은 태수太守, 수守라고 했고, 현급의 장관은 재宰라고 하였다. 그런데 주급의 욕살은 중국의 도독과 맞먹는다.

고연은 어떻게 해서든지 담덕을 평양성에 머무르게 하여 직접 전장에 나가는 것만은 한사코 막으려고 하였다. 담덕의 인물됨은 소문을 통해 익히 알고 있었지만, 백제의 전력은 만만치 않았다. 그만큼 태자의 안위가 걱정되었다.

백제는 한반도 남부를 중심으로 해서 일본과 만주, 산동반도를 연결하는 대제국을 꿈꾸는 나라였다. 그런데 태자는 아직 나이가 어렸다.

그는 고국양왕을 받들고 직접 싸워 보았기에, 백제가 결코 호락호락한 상대가 아님을 잘 알고 있었다. 만에 하나 있을 수 있는 불상사를 미연에 방지해야 했다. 만일 태자가 패하거나 부상이라도 당한다면 그것은 나라의 안위와 직결되는 큰 문제였다. 태자를 지켜드리는 것 또한 충신의 도리였다.

담덕은 고연의 마음을 잘 알고 있었다. 이미 국성을 떠나올 때 부황으로부터 얘기를 들은 바였다. 고국양왕도 처음엔 그의 백제 출전을 반대했다. 그러나 청년장수들과 함께 가면 문제가 없을 것이라고 주장하며 고집을 꺾지 않자, 고연 장군과 의논해서 움직이라는 조건으로 승낙하였다. 이미 고국양왕의 명을 받아서인지, 고연은 그의 직접적인 출병만큼은 한사코 막으려고 하였다.

고연의 충정은 고마웠으나 순순히 따를 수는 없었다. 이번 백제 출정이 갖는 의미는 막중했다. 그의 운명을 결정짓고 고구려의 미래를 가늠하는 출전이었다. 그런데 직접 부딪쳐 보지도 않고 운명에 맡긴다는 것은 담덕으로서는 용납할 수 없었다. 더구나 청년장수들과 함께 처음으로 전투를 치르는 일이기에 기세를 돋워야 했다.

담덕은 고연에게 그런 뜻을 분명하게 밝혔다.

"일찍이 단군조선을 연 천손 단군은 단군족의 영예를 위해 누구보다 앞장섰고, 고구려를 연 천손의 아들 추모대왕도 고구려의 영광을 위해 선두에 서서 싸웠습니다. 그렇듯 나라의 기상을 세우기 위해서는 어려움을 피하려고 해서는 안 되지 않겠습니까?"

"하오나 태자 저하! 보령을 생각하셔야지요. 다음을 기약해도 늦지는 않사옵니다."

"내 나이를 생각하고 겁쟁이처럼 뒤꽁무니를 뺀다면 강성한 대제국의 나라를 세울 수 없을 것입니다. 나 자신부터 몸을 사리며 싸우려 하지 않는데 어느 누가 앞에 나서려고 하겠습니까?"

담덕의 말을 듣는 고연은 그에 대한 소문이 헛소문이 아니었음을 확인했다. 그래서 그의 마음을 바꾸려고 하는 대신, 유능한 젊은 장수 수라바로 하여금 태자의 안전을 책임지고 수행하라는 명을 내렸다.

담덕은 고연 성주가 마련해 준 처소에서 수라바를 기다렸다.

수라바는 평양성의 무술대회에서 우승한 자로 장래가 촉망되는 젊은이였다. 그가 뇌성벽력처럼 시원스럽게 내리치는 월도는 감히 막아 나설 자가 없었다. 주위 사람들은 그가 펼치는 벼락타법의 무서움을 아는지라, 국중대회國中大會에 나가보라고도 권했지만, 그는 참가하지 않았다. 그냥 평양성에 머물러 고연 성주를 모셨다.

평양은 단군이 단군조선을 건국하고 도읍을 정한 유서 깊은 곳이었다. 수라바는 그런 평양을 좋아했다. 그리고 고구려가 더욱 강성하려면 평양을 더욱 튼튼히 다져야 한다고 여기고 있었다.

수라바에 대한 고연의 칭찬은 대단했다. 그래서 담덕은 그를 만나 보려고 한 것이다.

담담한 표정으로 자리에 앉아 있는 담덕에게 오골승이 수라바의 도착을 보고했다. 장승처럼 생긴 오골승은 담덕의 경호대장이었다.

담덕이 일어서서 수라바를 맞이하자, 그가 태자에 대한 예를 취하며 말했다.

"태자 저하! 찾으셨사옵니까?"

수라바는 한눈에 보기에도 거구였다. 그러나 그의 음성은 작지도 크지도 않고 차분한 목소리였다.

"평양성에 와 보니 수라바 장수에 대한 칭송이 자자하여 직접 만나 뵙고 싶었습니다."

"황공하옵니다. 저하께서 저같이 미력한 사람을 친히 찾아 주시니 영광일 따름이옵니다."

담덕은 수라바를 처음 보았지만 낯설지 않았다. 아마 가식 없이 수수하게 생긴 외모 때문인 것 같았다.

국성에서 평양성으로 오는 길목에 잡초들이 수수하게 자라고 있었는데, 수라바는 바로 그런 들풀 같았다. 누가 알아주지 않아도 상관하지 않고, 태양과 대지를 원천으로 삼아 끝없이 자라난 씩씩한 풀잎 같았다.

"평양에 남다른 애착을 가지고 있다고 들었습니다."

"평양은 선인 왕검이 자리 잡은 유서 깊은 곳인데 어찌 저만 그러하겠사옵니까? 이곳 사람들 모두가 그럴 것이옵니다."

"그렇습니까? 과연…… 평양에 대한 사랑이 남다르기에 잘 아시겠지만, 우리 고구려를 부국 강성한 대제국으로 만들려면 평양성은 물론이고 남평양성을 튼튼한 요새로 만들어야 합니다. 이번 백제 징벌은 이를 해결하기 위한 그 출발점이 될 것입니다. 아니 그렇습니까?"

수라바는 깜짝 놀랐다. 국성에서 내려온 어린 태자의 입에서 그런 소리를 듣게 되리라고는 생각도 못 했다. 그는 평양의 중요성을 누구보다 잘 알고 있었지만, 남평양성까지는 미처 생각하지 못하고 있었다. 그런데 담덕은 평양성의 발전은 물론이고, 남평양성 건설의 전망까지 내다보고 있는 것이었다. 그의 인물됨은 익히 들었던 바나, 이런 정도일 줄은 몰랐다. 담덕에 대한 놀라움은 진정으로 신하의 예를 갖추게 했다.

"저하! 명만 내려주시옵소서. 소장 보잘것없는 사람이오나 태자 저하를 위해서라면 신명을 다 바치겠사옵니다."

붉게 상기된 얼굴로 수라바가 허리를 깊이 숙여 예를 표했다.

"이리 받아주시니…… 고맙습니다."

담덕이 수라바의 두 손을 불끈 쥐었다. 수수한 수라바의 두 눈에 담덕이 맑게 비춰들었다. 바로 그 순간 그의 뇌리에 다기가 스쳐고 지나갔다. 그 이유는 정확하지 않았으나 그냥 떠올랐다. 어쩌면 다기가 태자를 모신다면 두 사람 모두 날개를 다는 격일 것 같았다.

'다기가 태자 저하를 모신다면 얼마나 좋을까? 아마 태자 저하라면 다기를 세상 밖으로 나오게 하실 수 있을지도 몰라.'

다기는 초야에 묻혀 단군사당을 지키고 있었다. 그는 오랜 기간의 심신 수련을 통해 고상한 인격을 갖추고 있으면서도 무술에도 재능이 출중한 사람이었다. 수라바와는 벗이었으나 초야에서 나오려 하지 않았다. 하지만 단군족의 영예를 위해서라면 필히 태자를 따를 수 있을 것 같았다.

"태자 저하! 저하께서 한번 만나보셨으면 하는 사람이 있사옵니다."

"그래요. 하하하! 이리 수라바 장수를 만난 것도 천운인데, 제가 마다할 이유가 없지요. 수라바 장수처럼 훌륭한 사람이 또 있다는 말씀입니까?"

"다기라는 청년이온데, 그에 비하면 소장은 보잘것없는 사람에 불과하옵니다. 비록 지금 단군사당을 지키며 초야에 묻혀 있지만, 백제 원정에 출전시킬 수만 있다면……."

담덕은 수라바의 얼굴을 유심히 바라보았다. 거구에 걸맞지 않게 수수하고 겸손한 그의 태도가 더욱 믿음직스러웠다.

담덕은 다기를 꼭 찾아보겠다고 수라바에게 약속했다. 담덕은 날이 어두워지기를 기다렸다. 평양성 백성들이 칭찬해 마지않던 수라바가 그토록 겸허하게 추천한 다기란 인물에 대한 궁금증이 가시지 않았던 것이다.

다기에게 끌린 것은 수라바가 추천했다는 것에만 있지 않았다. 그가 단군사당을 지킨다는 말을 꺼낼 때부터 자신도 몰래 마음이 그쪽으로 쏠렸다.

'수라바도 평양을 떠나려 하지 않고, 다기도 단군사당을 모시고 있다. 평양이 단군조선의 성지여서 이를 잊지 않는 사람이 많은 것일까?'

다기를 한 번도 보지 않았건만 왠지 모르게 옛 사람을 만나는 것인 양 친근감이 몰려왔다.

어둠이 서서히 평양성의 하늘을 덮자, 담덕은 평복으로 갈아입고 처소를 나섰다. 옆에는 오골승이 따르고 있었다. 두 사람은 민첩한 동작으로 평양성의 동문을 빠져나와 말을 달렸다. 큰 당산나무 밑에 이르자 벌써 한 사람이 기다리고 있었다. 부살바였다.

부살바와 모두루는 원정군의 재편을 위해 바삐 움직이고 있었다. 그들은 담덕으로부터 강력한 기마부대를 편성하라는 명을 받았다. 그래서 이들은 담덕이 이번 전쟁에 기마병을 주력으로 활용할 것임을 알고 이를 은밀하게 준비하고 있었다. 그런데 난데없이 오골승이 나타나 오늘 저녁 술시에 변복하고 당산나무 밑에서 기다리라는 담덕의 전갈을 보내왔다. 그래서 이곳에 있게 된 것이다.

부살바는 두 인형의 그림자가 보이자, 담덕과 오골승임을 알아보고 다가섰다. 담덕은 부살바를 보고 동쪽 방향을 가리키고는 계속 말을 달렸다.

부살바는 담덕이 어딘가를 찾아가는 것 같았으나 묻지 않고 그의 뒤를 묵묵히 따랐다.

십 리가량을 달리자 한적한 마을이 나타났다. 담덕은 어둠을 뚫고 주위를 살피더니 말에서 내렸다. 부살바와 오골승도 말에서 따라 내렸다.

부살바는 영문을 몰라 담덕과 오골승의 얼굴을 교대로 쳐다보았다. 오골승도 모르기는 마찬가지인 모양이었다.

담덕은 궁금해하는 그들에게 멀찍이 새어 나오는 불빛을 가리켰다. 이들은 숨을 죽이며 조용히 말을 끌고 나아갔다. 불빛은 사당에서 새어 나오고 있었다.

"이곳은 사당이 아니옵니까?"

오골승이 묻자 담덕이 조용히 하라는 시늉을 했다.

부살바는 사당에 가까워지면서 누군가 무술을 연마하고 있음을 감지했다. 담덕도 이를 알아차린 것으로 보아 그의 공력이 이미 대단한 경지에 이르렀음이 틀림없었다.

누가 먼저랄 것도 없이 발길은 벌써 앞마당으로 향했다.

앞마당에서는 검은 물체가 새처럼 훨훨 날아다니며 번개같이 움직이고 있었다. 한눈에 보아도 무술의 초절정 고수임을 알 수 있었다.

부살바의 눈이 놀라움으로 휘둥그레졌다. 검은 물체의 칼은 그 사람의 마음을 따라 자유자재로 움직였다. 이것은 지금까지 부살바가 보았던 검법과는 차원이 달랐다. 물결치듯 자유자재로 현란하게 움직이는 검은 강함과 부드러움이 적절히 조화되어 막힘이 없었다.

부살바가 담덕을 힐끔 살펴보니 놀라는 기색이라기보다는 뭔가 알고 있다는 표정이 역력했다. 담덕이 부살바를 향해 고개를 돌리자 서로의 두 눈이 마주쳤다. 마음이 이심전심으로 눈빛을 통해 전달되었다. 부살바는 그자와 겨뤄 보고 싶었고, 담덕은 그것을 부탁하고자 함이었다.

이내 부살바가 몸을 비호처럼 날려 검은 물체에 다가가 검법을 펼쳤다. 검은 물체의 사나이는 이를 예상이나 한 듯, 당황하지 않고 부살바의 검법에 맞서 초식을 전개했다. 놀라운 반응이었다. 그것도 어두운 밤에 소리 없이 날아드는 암습자를 맞아, 이렇듯 초연한 대응은 이 사람의 비상한 무예가 어떠하리라는 것을 단적으로 보여주는 것이었다.

부살바는 그자의 검법이 대단했기에 폭포검법으로 응수하였다. 폭포검법의 위력은 칼이 움직여질수록 강해지는 검법이었다. 그는 이 검법을 사부를 제외하고는 무술대회에서 단 한 번, 그것도 초식만 간단하게 전개하였을 뿐이었다. 그토록 폭포검법의 위력은 대단했다.

폭포검법이 펼쳐지자 사나이의 검법 또한 더욱 강력하게 대응해 왔다. 단 한 번의 휘두름으로 수천수만의 섬광이 뻗쳐 나왔다. 수천수만의 섬광이 쉼 없이 때려 치는 폭포의 칼날과 부딪쳤다. 서로 부딪칠 때마다 뇌성이 일고 천지가 진동했다. 두 사람 모두 한 치의 물러섬이 없었다. 한참 동안을 싸우는데도 전혀 흐트러짐이 없었다. 초인의 검법으로 대접전을 치르는 이들은 가히 용호상박이었다.

그때 담덕이 헛기침을 하며 그들 앞으로 걸어 나가자, 두 사람은 서로 검을 거두었다. 오골승은 넋을 놓고 보다가 담덕의 움직임에 그제야 정신을 차렸다.

부살바가 먼저 상대를 바라보며 정중하게 예를 취했다.

"한 수 배우고 싶어 무례를 범했소이다. 사죄드리오이다."

"악의가 없다는 걸 알고 있었으니 괘념치 마시지요."

"그리 받아주시니 고맙소이다. 나는 부살바라 하오이다."

"오―오! 그 청년영웅 부살바 장수란 말이오? 이거 영광이외다. 난 다기라고 하오."

"평양성에 이런 실력 있는 고수가 숨어 있었다니……. 정말 대단합니다. 당신의 무예에 경의를 표하는 바이오."

"아닙니다. 나야말로 영웅의 소문이 허명이 아님을 분명히 깨닫게 되었소이다."

다기는 부살바에게 얘기하고 나서 그 옆에 서 있는 담덕과 오골승에게 고개를 돌렸다. 한 사람은 아직 앳된 모습이 채 가시지 않았지만 범상치 않은 위엄이 서려 있었고, 그 옆에 서 있는 자는 심복인 듯한데 우락부락한 얼굴에 눈이 부리부리한 것이 용맹스러워 보였다.

담덕은 다기를 유심히 살펴보았다. 한 번도 본 적이 없었지만, 옛 사람을 만난 듯 친근하게 여겨진 이유를 알 것 같았다. 다기가 펼치는 검법은 단군검법의 초식에 바탕을 둔 것이었다. 이상한 일이었다. 사부와 자신 말고, 또 다른 누군가가 단군검법을 알고 있다는 것은 사부에게서도 듣지 못한 바였다.

'단군검법을 우연히 배울 수는 없었을 것이고…….'

"정말 대단했습니다. 초면에 실례되는 줄 알지만, 방금 전개한 검법을 어떻게 터득하게 되셨는지 얘기해 줄 수 있을는지요?"

"그것은 왜 묻습니까?"

"제가 알고 있는 검법과 비슷해서요. 혹시 단군검법이라고 아십니까?"

담덕의 말에 모두들 두 눈이 커지며 놀라워했다. 그들도 모르는 검법을 그가 파악하고 있다는 사실에 다들 의아했다.

다기는 일대 영웅호걸인 부살바가 깍듯이 대하는 것이라든가, 담덕의 얼굴에 서린 기상을 보고서 범상한 인물이 아님을 알았다. 하지만 자기가 펼친 검법이 단군검법이라는 것까지 알아볼 줄은 꿈에도 생각지 못했다. 설사 단군검법을 배웠다 하더라도 이를 응용해서 전개한 검법을 저만한 나이에 알 수는 없었다. 다기는 담덕에게서 결코 쉽게 대할 수 없는 어떤 위엄을 느꼈다.

"맞소이다. 단군검법을 응용하여 전개한 것이오. 내 사부께 전수받았소만 그대는 어찌 단군검법을 알고 계시오?"

"사부님은 누구십니까? 아니 그분은 어떤 분이십니까?"

담덕이 반가워하는 표정으로 다시 묻는 말에 다기는 혼란스럽기만 했다. 분명 앳된 얼굴이 완전히 가시지 않았는데, 무언가를 알고 있는 듯한 태도였다.

'사부를 알고 있는 건가? 검법까지 정확하게 파악하고 있는 것으로 보아 사부님과 무슨 인연이 닿아 있는 모양인데…….'

"안타깝게도 나도 잘 모르오. 단지 그분의 존함이 신 노인이라는 것만 알 뿐이지요. 단군검법을 가르쳐 주시고는 어느 날 홀연히 떠나셨으니……. 그 뒤로 행방을 잘 모르고 있소."

"혹시 5년 전의 일이 아닙니까?"

"그렇긴 한데, 그것을 어떻게……."

"사형!"

담덕이 너무도 기쁜 나머지 다기의 손을 꽉 잡았다. 다기는 손을 뿌리치지는 않았으나 그의 갑작스러운 행동에 어리둥절할 뿐이었다.

"그분은 저의 사부님이십니다. 그러니 저의 사형이 되시지요. 저에게 사형이 있을 줄은 꿈에도 생각 못 했습니다."

담덕이 의문을 풀어 주기라도 하듯 베일에 가려진 그 내막을 시원스레 밝혔다. 담덕의 말에 모두들 깜짝 놀라면서도 오늘 저녁 그 의문의 실타래를 풀 수 있었다. 담덕은 이미 단군검법에 정통하고 있었고, 다기를 보자마자 단군검법을 익힌 것을 알고, 이를 확인하기 위해 부살바에게 일전을 겨루게 한 것이었다.

다기도 그제야 사제를 만났다는 반가움에 담덕이 부여잡은 두 손에 힘을 주었다.

"그럼 사부님은 지금 어디에 계시는가?"

"국성에 계십니다."

"그래. 때가 됐다고 하시면서 길을 떠나셨는데 그곳에…… 그런데 사제는 어떻게…….."

"이분이 바로 담덕 태자님이시오."

오골승이 일러주자, 다기가 놀란 얼굴로 무릎을 꿇고 태자에 대한 예를 갖추었다.

"네―에? 아니 이런……. 태자 저하를 미처 몰라보고 무례를 범한 소인을 벌하여 주시옵소서."

다기는 정신을 차릴 수가 없었다. 누구도 알아보지 못한 검법을 척척 알아맞히더니 사제라고 하고, 이제 담덕 태자라고 했다.

'백성들로부터 칭송받고 있는 태자가 바로 사제라니. 하기야 일대 영웅인 부살바 장수를 대동하고 다닐 정도이니.'

"아닙니다. 어찌 이러십니까? 내 신분을 밝히지 않고 무술 연마까지 방해했는데, 잘못이라면 제게 있지요. 내 사형이 되시니 사제로 대해 주시기 바랍니다."

담덕이 다기의 손을 잡고 일으켜 세웠다.

"황공하옵니다. 어찌 제가……. 대접할 것은 없사오나 안으로 드시옵소서."

"아닙니다. 우선 단군 영정을 배알하고 들어가는 것이 좋겠습니다."

담덕의 말에 다들 사당 안으로 들어갔다. 그러나 오골승만은 밖에서 경계를 섰다. 담덕의 신변 보호는 그의 영예로운 임무였다.

단군 영정은 이들을 다정하게 맞아들였다. 이들은 다기의 안내로 단군족의 시발을 연 단군에 경의를 표했다.

삼국유사의 왕력에는 고주몽이 단군의 아들이라고 기록되어 있고, 제왕운기에는 고구려 사람들이 단군의 후손이라고 쓰여 있다. 그런데 광개토호태왕릉비문에 의하면 고구려 시조 추모왕은 북부여 출신이다. 그리고 삼국사기 백제 본기에 고주몽의 아들 온조가 주민집단을 이끌고 남쪽으로 내려가 백제를 세웠다고 하였으며, 삼국사기 신라본기 시조 혁거세거서간 1년에 조선의 유민들이 6개의 마을을 이루고 있다가 서라벌徐那伐을 세웠다고 하였다. 이로 볼 때 단군조선이 멸망한 이래 한반도와 만주 등은 모두 단군의 단일족이라고 할 수 있으며, 이 중에서 특히 고구려는 단군조선의 정통 계승자로 자처하고 있었음을 알 수 있다.

이후 이들은 사당에서 나와 다기의 방으로 옮겨 앉았다. 자리를 잡자 다기가 조심스럽게 먼저 입을 열었다.

"그런데 태자 저하께서는 어인 일로 누추한 이곳까지……."

"수라바 장수가 좋은 분을 추천하기에 참을 수가 있어야지요. 그래서 이렇게 한걸음에 달려와 보니 사형을 만나게 되지 않았습니까? 기쁘기 짝이 없습니다."

"그러셨군요. 그런데……."

"편히 말씀하십시오."

"이번에 태자 저하께서 직접 백제 원정을 하신다고 들었사온데 정말이시옵니까?"

그때까지 기쁜 표정을 감추지 않던 다기가 어두워지는 안색으로 물었다.

"그러지 않아도 그 때문에 왔는데……. 사형께서 도와주셔야 하겠습니다."

담덕의 부탁에 다기가 곤혹스러워하며 대답하지 않았다. 그러자 담덕이 재차 물었다.

"왜 그러십니까? 무슨 문제라도……."

"태자 저하! 용서해 주시옵소서. 다른 것이라면 몰라도 이번 전쟁만큼은 참여할 수가 없사옵니다."

분명한 어조로 거절의 뜻을 밝혔다. 다기는 어차피 입장을 밝혀야 할 바엔 자기 소신을 명확히 할 필요가 있다고 생각했다. 마음 같아서는 태자로서의 권위와 허세도 다 벗어 버리고, 자신을 만나기 위해 불원천리 찾아온 사제의 부탁을 기꺼이 받아들이고 싶었다. 그러나 그로서는 들어줄 수 없었다.

"무슨 말 못 할 사연이라도 있습니까?"

"송구하오나 솔직히 저는 속세에는 별반 관심이 없사옵니다."

다기의 가족은 고구려와 백제의 전쟁 중에 모두 몰살되었고, 우연히 신 노인에 의해 다기와 그의 누이인 누리만이 목숨을 건지게 되었다. 그 후 신 노인은 다기에게 단군검법을 전수하면서 단군족의 영예를 위해서만 검을 사용하라는 가르침을 내렸고, 그는 그것을 받아들이기로 맹세한 몸이었다. 그렇기에 같은 단군족인 백제에게 칼을 겨눌 수는 없는 일이었다.

그런데 담덕은 태자였다. 태자의 직위는 단군조선의 이념보다는 현실 정세 속에서 나라를 직접 이끌고 나가야 하는 위치였고, 그것은 이번 백제 원정으로 나타나고 있었다. 태자라는 직책은 단군조선의 이념과 양립할 수밖에 없으니, 그는 담덕과 함께 길을 갈 수 없다고 판단한 것이다.

"속세에는 관심이 없으시다니…… 내 듣기로는 사형께서 단군조선의 정신을 이어 가시려고 이렇게 사당을 모시고 있다고 들었는데, 제가 잘못 안 것입니까?"

"맞사옵니다. 저는 단군조선의 정신을 지킬 것이옵니다. 사부님께도 단군족의 영예를 빛내는 일에만 검을 사용하겠다고 맹세했사옵니다. 제 뜻을 아신다면 이제 그만, 저를…… 더는 다그치지 말아 주시옵소서."

다기의 말 속에는 비록 초야에 묻혀 살고 있지만, 단군조선의 영예를 지키고 살아간다는 자부심이 배어 있었다.

"무슨 말을 하시는지 알겠습니다. 그럼 단도직입적으로 한

가지만 묻겠습니다. 왜 백제를 징벌하는 것이 단군족의 영예를
위한 길이 아니라고 생각하시는지 듣고 싶습니다."

　서로의 상이한 입장 속에서 만남의 기쁨이 채 가시기도 전에
두 사람 사이는 불거지기 시작했다. 자기 행동의 정당성을 확인
하는 차원인지라 서로는 물러설 수 없었다.

　"고구려가 단군조선의 후예이듯이 백제 또한 그렇사옵니다. 서
로 도와주지는 못할망정 싸움이나 벌이고 있으니, 그것이 어찌
단군족을 위한 길이라고 할 수 있겠사옵니까?"

　"단군족 간의 싸움을 마땅치 않게 생각하는 사형의 마음을 이
해합니다. 그러나 두 나라가 서로 싸운다고 해서 그 의미가 똑같
은 것은 아닙니다."

　"똑같지 않다니요? 서로 자기 쪽 욕심만 채우기 위한 것이 아
니옵니까? 그것이 아귀다툼과 다를 바 뭐가 있겠습니까?"

　"사형! 그렇지 않습니다. 원래 두 나라는 모두 단군조선의 후예
로 힘을 합쳐 한나라의 침략에 맞서 싸웠습니다. 하지만 백제는
영토를 넓히려는 야욕을 갖고 우리가 외세와 싸우는 때를 이용해
배후를 공격하였고, 그로 인해 단군조선의 일부 영토가 외세에
유린당하는 치욕과 고통을 겪었습니다. 백제의 이런 행동은 단군
조선의 후예로서의 입장을 포기한 처사입니다. 이런 백제를 응징
하는 것은 분열 행위가 아니라, 잃어버린 단군족의 자존심을 찾
고 그 영예를 고수하기 위한 싸움입니다."

　논쟁의 중심은 무엇이 단군조선의 정신을 참답게 계승하느냐

하는 문제였다. 담덕 또한 단군조선의 정신을 지키겠다는 신념을 확고히 표명한 것이다.

다기는 담덕의 논리를 반박하기가 어려웠다. 그로서는 두 나라 간의 싸움을 외형적인 면에서만 살펴보고 그 이상은 미처 따져 보지 못했다. 하지만 담덕의 말을 그대로 따를 수는 없었다.

"현 상황에서 전쟁이 서로 다른 의미를 지닌다는 점을 살펴 보지 못한 건 소인의 불찰이옵니다. 하지만 그렇다고 해서 고구려까지 백제처럼 행동하는 것이 온당한 처사라고 볼 수는 없을 것이옵니다. 저는 오직 단군족의 이익을 위해서만 나설 것이옵니다. 그렇지 않은 경우엔 그 누가 요청하고 강요해도 수용할 수 없사옵니다."

다기는 속세의 일에 일절 간여하지 않고 올곧게 단군조선의 영예를 위해 초연하게 살아가려는 입장이었다. 담덕은 딱 부러지게 자기 심정을 표명하는 다기의 말에서 그런 그의 진심을 읽었다. 사부께 약속한 바도 있겠지만, 오직 단군족을 위한 길에 한 생을 바치려는 정열과 지조가 없이는 나오기 어려운 말이었다.

"단군족의 행복을 바라는 사형의 마음을 이해합니다. 이 싸움을 가슴 아프게 여기는 것 또한 잘 알겠습니다. 그 점은 저 또한 마찬가지입니다. 그런데 이런 불행한 현실을 언제까지 계속 답습해야만 합니까?"

다기는 불행한 현실을 헤치고 미래를 개척하자는 담덕의 말에 마음이 움직였다. 미래에 대한 열정이 가득 찬 담덕의 모습에서

진실을 찾고자 하는 듯 다기가 담덕의 눈을 좇았다.

"단군족의 영예를 드높이자면 그 명예를 더럽히는 자들을 응징해야 합니다. 그들을 징계하는 것은 본질적으로 단군족 간의 싸움이 아닙니다. 배신자와 반역자의 처벌이 어찌 단군족 간의 싸움이 되겠습니까? 아니지요. 그런 세력을 그대로 놔두고서는 단군족의 영광이 있을 수 없을뿐더러 단군족의 존엄마저도 세울 수 없습니다."

다기는 담덕의 계속되는 신념에 찬 그의 말들이 왜 호소력 있게 들리는지 이제야 깨달을 수 있었다. 담덕의 애기는 사부께서 그토록 강조했던 말과 일맥상통하고 있었다.

사부는 위만조선이 망한 가장 큰 이유 중 하나가 반역자들 때문이라고 주장했다. 사부는 단군족이면서 단군조선을 배신한 반역자들을 매우 증오하였다.

단군조선의 거수국渠帥國이었던 위만조선의 우거왕은 한나라의 침략을 맞아 물러섬 없이 싸워 승리를 이끌었다. 한나라는 위만조선을 어떻게 해볼 도리가 없었다. 이런 상황에서 한나라는 내부의 분열을 획책하며 배신자들을 이용하려 들었다.

한나라의 장단에 놀아난 조선상朝鮮相 노인路人, 상相 한도韓陶, 이계상尼谿相 참參 등 배신자들은 우거왕에게 투항을 권고하고, 급기야 이계상 참 같은 자들은 우거왕을 암살하고 투항 변절하는 반역 행위까지 저질렀다.

하지만 위만조선(단군조선의 거수국)은 이에 굴하지 않고, 대신

성기의 지휘 아래 반역자들을 처단하고, 왕검성을 굳게 지키며 한나라에 대항했다. 그러자 단군조선의 배신자들은 또다시 대신 성기를 살해하고 투항 변절하는 역적 행위를 저질렀다.

제왕운기에는 요동으로부터 만주와 한반도 전 지역이 고조선의 강역이었다고 설명한 후, 그 가운데 사방 천 리가 조선이었다고 표현하고 있다. 그리고 고려사를 비롯한 우리나라 역사책에는 고조선이 3개의 왕조가 있었다고 하였다.

이를 놓고 볼 때 고조선은 3개의 왕조로 이어져 왔지만, 한반도와 난하, 만주 영역의 일부인 사방 천 리만이 고조선 강역의 전부라고 할 수는 없다. 그 가운데 사방 천 리가 단군조선 중앙의 직할지였고, 주변의 각 지역은 거수渠帥들이 다스리는 땅이었다고 볼 수 있다. 따라서 서한 무제가 위만조선을 멸망시키고 그 지역에 사군 설치 계획을 세웠는데, 그 안에 낙랑군 조선현이 있었고, 그곳은 단군조선의 전체 영역이 아니라 단지 서부 변방에 위치한 거수국 중의 하나인 위만조선 땅의 일부분이라고 볼 수 있을 것이다.

배신자들의 반역 행위로 말미암아 단군조선의 거수국이었던 위만조선은 한나라에 의해 왕검성이 함락당하는 비운을 당했다. 그래서 사부는 단군검법을 가르쳐 주면서 단군족의 영예를 위해 검을 사용하라고 요구한 것이었다.

다기는 담덕의 얼굴을 한참 동안 바라보았다. 영롱한 눈망울은 단군조선의 존엄이자 위엄 같았다.

'사부님께서 이곳을 떠나 국성에 가신 뜻이 여기에 있었구나. 태자 저하가 사부님의 뜻이었어. 내 비록 사형이라고는 하나, 나는 단군조선의 정신을 이어받는다고 고상한 척했지만, 실상은 현실을 속수무책 바라보기만 한 거였구만. 반면 태자께선 벌써 이를 타개할 열의에 불타 있어. 단군조선의 영광이 어찌 고상한 바람으로만 실현되겠는가? 이분이야말로 진정한 단군조선의 계승자가 아닌가? 그 옛날의 영광이 되살아나고 있단 말인가?'

"저하! 소인의 생각이 짧았사옵니다. 저하의 명을 받들겠사옵니다. 단군족의 영광을 위해 기꺼이 한목숨 바치겠사옵니다."

진실 앞에서 깨끗이 승복하는 모습은 순수한 열정을 간직한 사람만이 할 수 있는 행동이었다. 그게 바로 다기의 단군검법 정신이었다.

"사형!"

"태자 저하!"

담덕이 다기를 부르며 얼싸안았다. 다기도 담덕을 힘껏 끌어안았다. 단군족을 위한 참다운 길이 무엇인지에 대해서 처음엔 견해를 달리했지만, 순수하고 뜨거운 사랑이 있었기에 끝내 하나가 되었다. 두 사람의 가슴이 환하게 열리며 강한 전류가 이들의 심장을 타고 들어갔다.

부살바는 대제국 고구려의 참다운 기상이 단군조선의 계승에 있다는 이들의 주장에 강렬한 인상을 받았다.

부살바는 담덕을 지금까지 고구려를 부국강병한 나라로 일으켜 세울 인물로 여겨 왔다. 그런데 담덕은 고구려대제국을 넘어 단군족의 영예와 영광까지 머릿속에 넣어놓고 있었다. 저만한 나이에 어쩌면 저렇듯 뜻이 원대할 수 있는지 그로서는 상상이 안 되었다. 더욱이 이런 얘기는 평양성으로 내려올 때 혜성이 했던 것과 일치했는데, 어찌 그럴 수 있는지 알다가도 모를 일이었다.

어쨌든, 그에게 담덕은 거대한 태산이었다. 담덕이 있는 한 한반도와 만주, 난하를 아우르며 대륙을 호령했던 동방의 강국, 바로 단군조선을 계승한 고구려대제국이 건설될 것 같았다. 부살바의 머리에는 벌써 단군조선의 옛 영화를 되찾는 광대한 대제국의 나라 고구려가 그려지고 있었다.

16

9월에 이르러 고구려와 국경을 접하고 있는 백제의 전선은 비상사태에 돌입하였다. 고구려의 5천 군사가 백제의 국경을 향해 몰려온 것이다. 담덕을 위시해 청년장수들이 평양성에서 남평양성을 지나 국경선으로 진격한 것이었다.

전황 보고를 받은 백제의 진사왕은 아연 긴장에 휩싸였다.

삼국사기에 의하면 백제 진사왕은 근수구왕(근구수왕)의 둘째 아들이며 침류왕의 아우이다. 사람됨이 용맹하고 총명하며 지략이 뛰어났는데, 침류왕이 죽자 태자의 나이가 어렸기 때문에 태자의 숙부인 진사가 즉위하였다고 서술되어 있다.

진사왕은 지략과 용맹을 갖춘 왕으로서 고구려의 움직임을 냉철히 파악하고, 이미 고구려가 후연의 기선을 제압하고 난 이후 백제를 공격할 것이라고 예견하고 있었다.

그의 예측대로 고구려는 385년 후연을 공략하여 서부 변경을 안정시킨 후 남쪽의 백제를 제압하려 들었다. 고구려는 386년 8월 백제에 대한 공격이 실패하자 이를 나라의 안위와 관련시켰다. 서부 변경의 전투가 소강상태에 들어간 이 시기에 백제를 눌러 놓고자 한 것이다. 나중에 후연과 백제로부터 받게 될 양면 협공을 우려한 것이었다.

진사왕은 385년 왕위에 즉위한 이래, 중원의 동진과 교류하고 왜국에 사신을 보내는 등 대제국 백제를 건설하기 위해 노력했다. 또한 백제 북방의 방위를 튼튼히 하기 위해, 이제 갓 소년 티를 벗은 사람들까지 동원하여, 청목령에서 시작하여 북으로는 팔곤성, 서로는 서해의 바다에까지 관문關門의 방어시설을 설치하였다. 이런 철저한 준비로 백제는 386년 8월 고구려의 공격을 격퇴할 수 있었다. 그러나 그는 여기서 멈추지 않고 387년 봄 정월에 진가모를 달솔達率에, 두지를 은솔恩率로 임명하면서 고구려의 움직임에 대비했다.

이런 준비까지 끝낸 진사왕이 담덕의 출전 소식에는 안절부절 못했다. 담덕을 잘 모르는 사람은 애송이에 지나지 않는다고 여겼지만, 그는 벌써 담덕에 대한 인물됨을 파악하고 있었다.

진사왕은 고뇌 끝에 유능한 장수 달솔 진가모를 직접 불러 황명을 내렸다. 그의 목소리는 가늘게 떨렸다.

"달솔 진가모는 들으시오. 지금 당장 장군이 출전하여 고구려군을 막으시오. 이번 전쟁은 대제국의 건설을 가늠하는 일전이 될 수 있으니 꼭 승리해야 하오. 내 승전보를 기다리고 있겠소."

진사왕은 명을 내려놓고도 진가모에게 고구려군을 절대 얕잡아 보지 말고, 전력을 면밀히 탐색하여 대응하라는 말을 거듭 당부하였다. 그만큼 이번 일전의 중요성을 알고 걱정하였다.

진가모는 황명을 받고 곧장 전선으로 달려 나왔다. 그는 관미령을 사이에 두고 고구려군과 대치하며 적정을 은밀히 살펴보았다.

고구려군은 열네 살 먹은 어린애가 이끌고 있었고, 이를 따르는 장수들도 다 애송이들이었다. 하지만 어찌 된 일인지 규율이 철저히 확립되어 있었고 기세가 드높았다. 한눈에 보아도 쉬운 상대가 아니었다. 진사왕이 왜 그토록 불안해하는지 이해할 만했다. 초전에 이들의 기세를 꺾어 놓아야 나라의 안위 보장은 물론이고, 대제국 백제 건설의 길로 승승장구하며 뻗어 나갈 수 있었다.

진가모는 고구려군의 지휘관들 대다수가 애송이라는 것에서 희망을 찾았다. 이들에게 공명심을 불러일으켜 군사를 끌어들인 다음 역습한다면 승리할 수 있을 것 같았다.

진가모는 즉시 휘하 장수들을 불러 모아 놓고, 이들을 유인할 계책을 지시하였다. 그의 명에 따라 백제군은 신속히 움직였다.

마침내 모든 것이 준비된 가운데 전선은 폭풍전야처럼 적막감 이 감돌았다. 바로 이때 출전 차림을 한 한진 장군이 그의 막사로 급하게 찾아왔다. 한진 장군은 고구려군과 실전 경험이 많은 유 능한 장수로서 이번에 백제군의 선봉으로 나설 사람이었다.

"드디어 고구려군의 선봉대가 백제 국경을 넘었사옵니다."

"선봉장이 누구라고 하오?"

"수라바라고 하는데, 아직 애송이인지라……."

"다시 한번 말하지만, 애송이라고 너무 얕보지 말고 논의한 작 전대로 수행하기 바라오. 아시겠소?"

"여부가 있겠사옵니까? 심려 놓으시옵소서."

"대제국 백제 건설의 활로가 장군의 손에 달려 있소. 장군의 무 운을 비오."

계책을 확신하는 진가모의 눈길은 승리의 일념으로 불타올랐다.

한진은 막중한 임무를 느끼며 진가모의 막사를 나왔다. 그 또 한 이번 전쟁이 향후 고구려와 백제의 싸움에 중대한 시금석이 되리라는 것을 잘 알고 있었다. 고구려에서 새롭게 흥기하는 세 력과의 첫 일전인 만큼 기필코 꺾어 놓아야 했다.

그는 말에 올라타 언제든지 출격할 태세를 갖추고 있는 군사들 앞으로 나섰다. 그의 눈은 비장한 각오로 빛났다.

"고구려는 호시탐탐 백제를 침략해 왔다. 가소롭게도 이번에는 애송이들까지 끌고 와 공격해 오고 있다. 애송이들의 콧대를 납작하게 꺾어 버리고 대제국 백제의 위용을 보여 주자. 자! 고구려 군을 격멸하고 대제국 백제 건설을 휘황하게 열어나갈 자, 나를 따르라!"

한진이 소리치며 앞장서 나가자, 백제군도 함성을 지르며 그 뒤를 따랐다. 순식간에 관미령은 백제군과 고구려군의 아우성으로 가득 찼다. 불안과 초조, 공포가 한데 어우러진 관미령은 전쟁의 참상으로 붉게 얼룩졌지만, 사생결단을 각오한 양군은 한 치의 양보도 없었다.

한진 장군이 먼저 고구려군을 향해 큰 목소리로 외쳤다.

"고국양왕도 대제국 백제를 어찌하지 못했거늘, 고작 똥오줌도 못 가리는 열네 살짜리 어린애를 데리고 어찌해 보겠다고 하다니, 참으로 가소롭기 짝이 없구나. 내 그 호기를 높이 사는 바이나, 여기는 어린애의 응석을 받아주는 곳이 아니니, 집에 가서 젖이나 더 빨고 오너라."

"요망하게 생긴 것이 찢어진 입이라고 함부로 놀리는구나. 죽으려고 환장하면 무슨 말인들 못 하겠느냐마는 네놈의 처지부터 똑바로 알거라. 고구려는 단군조선을 이어받은 대국인 데다 형님의 나라이거늘, 너희들은 고작 소국인 주제에 아우의 나라로서 어찌 이민족과 짝이 맞아 틈만 나면 기어 올라오느냐? 너희들은 정녕 단군족이기를 포기한 것이냐? 단군족을 배신한 너희들의 몰염치한 행위를 내 오늘 단호히 응징하고야 말겠노라."

수라바가 즉각 한진의 말을 받아쳤다.

"애송이가 제법 성깔을 부리는 모양인데, 허-허! 감히 여기가 어디라고……. 어디 내 칼을 받고도 그렇게 말할 수 있는지 보자꾸나. 어서 내 칼을 받아라!"

"좋다. 바라던 바다. 내 너를 상대해 주마"

한진이 제법 흥분한 양 칼을 쳐들고 달려들자, 수라바도 월도를 휘어잡고 단박에 땅을 박차며 말을 몰았다.

이들이 휘두른 월도와 칼은 큰 소리를 내며 부딪쳤고, 그 기세는 실로 험악했다. 증오와 분노, 복수의 마음이 그대로 날카로운 무기가 되어 꽂혀 나갔다. 심장을 먼저 찌르기 위해 칼날이 날카롭게 번뜩였고, 이에 물러서지 않는 월도에 불꽃이 튀겼다. 그러한 불꽃은 고구려와 백제의 메울 수 없는 간격이었다.

한진도 무예가 출중하였지만 수라바에겐 미치진 못했다.

'고구려에 이런 고강한 무예를 지닌 자가 있다니!'

한진은 수라바의 뛰어난 무술을 보고 고구려의 전력이 만만치 않다는 것을 즉각 깨달았다. 지금까지 싸운 고구려 장수 중에서 제일 무서운 상대였다. 그는 이자를 어떻게든 살려 보내서는 안 되겠다고 생각했다.

그 싸움을 시작으로 양편의 군사들도 서로 뒤얽혔다. 찌르고 막고 넘어지는 군사가 양편에서 속출하였다. 치열한 살육의 전투가 시작된 것이다.

한진은 시간을 끌다가 도저히 당해 낼 수 없다는 듯 뒤로 도망치며 후퇴 명령을 내렸다. 백제군이 꽁무니를 빼자 고구려군은 기세 좋게 추격하였다.

그는 도망치면서도 수라바와 일정한 거리를 유지했다. 수라바도 함정에 걸리지 않기 위함인 듯, 조급하게 따라나서지는 않았지만 추격은 계속되었다.

십 리 정도를 패주한 뒤 한진이 돌연 반격 명령을 내렸다. 이미 양 측면에 매복해 있던 백제 군사가 고구려군을 무찌르기 시작했다. 백제군의 기습 공격에 고구려군의 예봉이 꺾이기 시작하면서 이내 상황은 역전되었다. 이제는 고구려군이 백제군에 몰리며 달아나기에 급급해했다.

"전 군사는 공격하라! 적장이 저기 있다. 저자를 잡아라!"

한진이 수라바를 뒤쫓으며 소리쳤다. 이내 한진은 수라바의 뒤를 바짝 뒤쫓아 서로 일전을 겨룰 정도의 거리가 되었다. 수라바가 미처 빠져나가지 못한 사이 백제군이 몰려와 포위하고 말았다.

위기에 몰린 수라바는 도망치기를 포기하고 되돌아섰다. 그의 표정은 전혀 두려운 기색이 아니었다. 드높은 기세로 매섭게 월도를 휘두르는데 그것은 조금 전에 한진과 몇 합을 겨룬 솜씨가 아니었다. 많은 수의 백제 군사들이 수라바를 제압하지 못했을 뿐만 아니라, 도리어 그의 월도에 백제 군사들의 목이 추풍낙엽처럼 떨어져 나갔다.

수라바가 백제군의 포위 속에 난전을 치르는 동안, 언제 나타났는지 모르게 고구려군이 백제 군사를 맞받아쳐 왔다. 양 측면에서도 말을 탄 기병들이 흙먼지를 일으키며 달려오고 있었다. 정면에는 담덕이 황색 깃발을 휘날리며 반격해 왔다.

　한진은 담덕의 출현에 놀라움을 금치 못했다. 직접 전장에 나올 것이라고는 생각지 못한 바였다. 그러나 그 놀라는 표정도 잠시, 양 측면에서 기병부대를 이끌고 달려오는 두 장수의 칼 놀림에 얼굴이 창백하게 변했다. 이들의 칼 솜씨는 번개 같아 한 번 휘두를 때마다 백제 군사들이 허수아비처럼 쓰러졌다.

　한진은 정신을 가다듬으며 후퇴 명령을 내렸다. 그러나 때는 너무 늦었다. 기마병을 앞세워 양면에서 협공한 고구려 군사들은 백제 군사들을 가차 없이 짓밟고 있었다.

　한진 장군은 눈물을 머금고 홀로 도망쳤다. 그러나 그도 얼마 가지 못해 뒷덜미를 잡혔다. 고구려의 장수가 말을 타고 바람처럼 대기를 가르며 질주해 온 것이다. 한진을 가로막고 나선 장수는 다기였다. 절세의 무공으로 단련된 듯한 다기의 모습에 한진은 패배를 인정할 수밖에 없었다.

　한진이 생각했던 것 이상으로 고구려군의 사기는 높았다. 이미 지난날의 고구려가 아니었다. 더구나 담덕은 대담하기 짝이 없는 인물인 데다 지략가였다. 담덕은 백제의 책략을 이미 눈치채고 그것을 역이용했다. 애송이라 여겨 유인책을 쓸 것이라 예상하고 함정에 걸린 척하고는, 백제군이 매복을 풀자 기마부대로 반격하여 전세를 단번에 반전시킨 것이다. 백제군은 자기 꾀에 자기가 넘어간 꼴이었다.

'무섭게 성장하는 고구려 앞에 대제국 백제 건설의 꿈이 이렇게 허무하게 끝나는 것인가?'

백제의 앞날에 대한 근심이 앞을 가려 한진의 눈에서는 눈물이 흘러내렸다. 한진은 고구려 장수로부터 달아나기 위해 칼을 휘둘렀으나, 몇 합도 부딪치기 전에 그의 목은 땅에 떨어지고 있었다.

이 전투에서 백제군은 거의 전멸하고 말았다. 살아남은 자는 겨우 수백에 불과했다. 이렇게 처참하게 패배당하기는 백제의 건국 이래 처음 있는 일이었다.

관미령 전투에서 대승을 거둔 고구려는 크게 자축했다. 이 전쟁 승리로 부살바와 모두루, 창기 등의 청년장수들은 문책당한 죄가 면책되고 다시 복권되었다. 그리고 한진의 목을 벤 다기와 선봉에서 싸운 수라바는 그 공로로 큰 포상과 관등을 수여받고 각각 평양성의 참모로 등용되었다.

17

한편 국성에서는 군사들의 출동이 심상치 않게 잦았다. 그중의 일부 군사들은 수시로 두우 국상의 집을 들락거렸다. 두우가 병권을 마음대로 조종하고 있었다.

이런 상황에서 돌벼는 무장을 한 네다섯 명의 병사들과 함께 집을 나섰다. 두우의 초대를 받고 가는 길이었다.

돌벼의 집은 황성 북쪽의 팔 리 정도에 있었다. 그는 자신의 사저를 나서며 지붕을 쳐다보았다. 여전히 건물은 지난날의 영화를 대변이라도 하듯 변함없이 웅장했지만, 건물의 색조는 이미 퇴색하여 위엄이라곤 찾아볼 수 없었다.

하지만 여전히 그의 가문은 고구려 권력층을 형성하고 있는 뼈대 있는 집안으로 권력의 한 축을 이루고 있었다. 조상들은 부침 속에서도 언제나 변함없이 권력의 한 지분을 차지했다. 언제나 대세를 파악하고 그에 동참해 온 가문의 내력 때문이었다.

고구려의 역대 통치구조는 대왕을 중심으로 여러 귀족층의 보좌를 받아 나라를 다스렸다. 처음에는 고구려의 전신인 구려국에서 발전하여, 그 기본 구성족으로 연노부, 절노부, 순노부, 관노부, 계루부 등 5부 체제로 다스려졌다.

상서 전(주관 제22)에는 기원전 12세기에 구려, 부여, 한, 맥 등이 주나라와 통하였다는 기록이 있다. 또한 기원전 12세기의 사실에 대하여 썼다는 일주서 왕회해편에 대해, 진나라 사람 공조의 주석에도 고이高夷는 동북이인데 고구려라는 말이 있다. 그리고 위략에도 부여가 건국되기 전에 고리국이 있었다고 전하므로 고리, 구리, 구려 등이 오래전부터 오늘의 중국 동북지방에 있었다고 볼 수 있다.

고구려라는 나라 이름은 고구려 시조 동명왕이 구려라는 종전의 나라 이름에 좋은 뜻을 가진 글자, 높을 고高자를 덧붙여 지어낸 이름이다. 고구려 국가는 뛰어난 무술과 지략의 소유자인 동명왕(고주몽)이 졸본부여(구려국)왕의 부마(사위)로서 나라의 통치권을 이어받고 강화함으로써 기원전 277년에 창건되었다.

삼국지나 후한서에는 기원 2~3세기 이후의 고구려왕들이 계루부(과루부) 출신이었음을 강조하면서도, 그 이전에는 고구려(구려) 5부 5족 가운데서 연노부(연나부)에서 왕이 나왔다는 것을 지적하고 있다.(『고구려사(1)』, 손영종 저, 민족문화, 1995)

고구려는 건국 이후 비류국, 행인국, 북옥저 등을 통합하여 영역을 확대해 나갔다. 그래서 5부는 왕기(경기) 5부로 전화되어 갔으며, 이들은 남다른 특권을 차지했다. 하지만 영역을 확장한 지역이 다 5부 체제에 포괄되지 못했고, 또 5부 세력 말고도 더 많은 귀족층이 생겨나는 것을 보았을 때 5부 체제가 계속 공고하게 유지되었다고 보기는 힘들 것이다.

무릇 권력이란 한군데로 집중되는 특성이 있어서 점차 대왕의 권력이 강화되어 갔다. 그 과정에서 중앙집권체제를 강화하려는 황실과 지분을 지키려는 귀족층 간에는 수시로 갈등이 빚어졌다. 그러다 보니 황실이 내분을 겪거나 대왕이 병상에 오랫동안 누워 있게 되면 국정의 장악력이 떨어지고, 이런 기회를 활용해 새로운 실권자가 등장하기도 했다.

새로운 권력자는 자기 기반을 다지기 위해 황실의 권한을 약화시키고, 대신이나 귀족층의 지분을 강화하면서 세력을 확대하려고 하였다. 그것은 황실과 돈독한 관계를 맺지 못한 귀족 세력들의 이해와 상통했다. 그러나 황실의 힘이 계속 강화되어 온 관계로 새로운 권력자 또한 대왕의 칙서를 통해 그 권력을 수행하지 않을 수 없었다. 그만큼 중앙집권적 권력이 강화되었고, 그 중심에 대왕만이 나라를 통치할 수 있다는 정치체제가 형성되었다.

소수림왕은 태학을 설립하고 율령을 반포하여 중앙집권적 체제를 더욱 강화하고 국가체제를 정비하고자 했다. 그러나 오랜 병상 생활로 인해 그것은 그다지 실효성을 거두지 못했고, 이런 상황에서 두우가 새로운 권력자로 등장해 국정을 전횡할 수 있었다.

돌벼의 가문은 권력 싸움이 시작될 때마다 처음에는 중립적 입장을 견지하다가 그 저울추가 한쪽으로 기울 기미가 보이면 약삭빠르게 새 실권자에 달라붙었다. 이것이 지금까지 돌벼 집안이 권력의 부침 속에서도 큰 파벌을 형성하고 권력의 한 축을 지키게 만든 요술 방망이였다.

돌벼는 젊은 시기, 소수림왕이 태자 시절이었을 당시에는 부친의 권고로 그와 행동을 같이했다. 그러나 소수림왕이 병으로 눕고 두우의 권력이 강화되자 재빨리 중립적 입장으로 선회했다. 조상 대대로 뼛속 깊이 흐르는 처세술이 발동된 것이다. 이제 그는 거기서 한 발 더 나가 두우의 편에 가담할 때가 되었다고 판단했다.

그가 이런 결정을 하게 된 것은 얼마 전에 있었던 조정 대신들의 회의를 지켜보고서였다.

담덕을 위시한 청년장수들이 평양성으로 떠난 이후에도 군사들은 해산되지 않았다. 두우가 은밀하게 지시를 내리고 있었다.

그런 와중에 백제군을 대파했다는 소식이 전해지면서 국성의 분위기는 한껏 고조되었다. 담덕의 영웅담이 많은 사람들의 입에 오르내렸다. 사람들은 담덕과 청년장수들이 빨리 국성으로 돌아오기를 고대했다.

하지만 두우는 나라의 군사들을 그의 사병처럼 다루면서 출동시켰다. 그의 명령에 군사들은 부산하게 움직였다. 꼭 무슨 일이 일어날 것 같은 험악한 분위기였다. 어떤 군사적 행동이 실질적으로 취해지지는 않았지만, 무장한 병사들의 등장 자체만으로도 위협이 되었다. 국성의 거리는 정적이 감돌았고, 인적도 뜸해졌다.

이런 상태에서 두우는 조정 대신들이 모인 자리에서 청년장수들이 크나큰 공훈을 세웠다고 치하했다. 그렇지만 백제의 재침을 막기 위해서는 남부가 확실히 평정될 때까지 평양성에 머물러 근본적인 대책을 세우도록 해야 한다고 주장했다.

두우의 제기에 아무도 이의를 달지 않았다. 아니 못했다. 그의 말은 일면 그럴듯한 타당성을 가지고 있었던 데다가 군사적 무력을 동반한 위협을 가하고 있었기 때문이었다.

하지만 그의 제안에는 무서운 함정이 도사리고 있었다. 청년장수들을 그곳에 묶어둠으로써 담덕이 국성에 오지 못하게 하거나,

올라온다 해도 그들과 떨어져 홀로 상경하게 하는 양날의 칼이 숨어 있는 것이었다.

두우의 속셈을 간파한 고국양왕은 두우가 괘씸했지만 달리 어떻게 해볼 방도가 없었다. 다만 아무렇지도 않은 듯 내색하지 않으려고 애썼다. 고국양왕은 두우의 주장에 아무도 반대하지 않자 장협을 바라보았다.

"대인의 생각은 어떠하오?"

"소신의 생각으로도 백제의 재침에 대비해야 한다고 사료되옵니다. 그런데 그 일을 할 만한 인재는 그 청년장수들밖에 없다고……."

이미 두우에게 권력이 기운 이상 두우의 눈 밖에 나는 것은 곧 몰락을 의미한다는 것을 장협이 모를 리 없었다.

"으─으─음."

고국양왕의 입에서 가늘게 신음이 새어 나왔다.

장협의 말은 태자를 국성으로 불러들이려는 고국양왕의 기도에 쐐기를 박은 꼴이었다. 장협은 황실과 국상의 세력 관계에서 중립적인 입장을 보이고 있지만, 실상은 황실에 가까운 사람으로 인식되었다. 지난번 청년장수들을 살리기 위해 황명을 직접 수행한 사람도 바로 장협이었다. 그런 그가 두우의 주장에 동조했으니 사태의 진행은 이미 결정된 바나 다름없었다.

상황이 이러한데도 고국양왕은 여전히 미련을 버리지 못하고 대신들을 훑어보았다. 황실의 안위는 물론 태자의 미래와 관련된 문제였다. 애비로서 그 어떤 굴욕을 감수하더라도 아들을 지켜주고 싶은 것이다.

고국양왕의 안타까운 시선에 모두들 고개를 외면하였다. 하지만 고국양왕은 다시 돌벼를 불러 소견을 물었다. 돌벼는 대세의 추종자인 만큼 그의 의견은 바로 사태 파악 그 자체였다.

돌벼는 당혹스러웠다. 그러나 그는 재빨리 황실과 척지지 않으면서도 두우의 편에 가담하여야 한다는 생각에 이르렀다.

"대왕 폐하께 심려를 끼쳐 드려 소신은 고개를 들지 못하겠사옵니다. 차마 소신의 입으로 말씀드리기 송구스럽사오나, 나라의 안위를 생각한다면 소신도 국상의 의견이 옳은 줄로 사료되옵니다."

돌벼가 말하는 동안 고국양왕은 담덕의 신세를 헤아리고 있었다. 이미 돌벼의 대답을 예측하고 있었던 것이다.

청년장수들을 대동하지 않고 태자가 홀로 국성에 돌아오게 하는 것은 그를 사지로 끌어들이는 격이었다. 굳이 그들을 평양성에 붙잡아 두어 태자와 떨어뜨려 놓으려는 것을 보면 만약 혼자 올라왔을 때, 해할 의도가 없다고 단정할 수도 없었다.

'나이 어린 태자가 국성에 혼자 올라오게 할 수는 없어. 아무래도 마음에 걸려. 차라리 평양성에 남게 하는 것이 좋겠어. 평양성 성주 고연은 튼튼한 울타리가 되어 줄 것이고, 청년장수들도 가까이서 지켜줄 것이야.'

마음의 결정을 내린 고국양왕이 황명을 내렸다.

"대신들은 들으시오. 백제는 철천지원수 나라인데 아직도 그 원수를 갚지 못하고 있었소이다. 이것이 항상 가슴에 걸렸소. 이번에 태자가 큰 승리를 거두어 나라의 숙원이 조금이나마 해결된 바 기쁘기 한량이 없소. 그런데……."

이 대목에 이르자 가슴이 복받치는 듯, 고국양왕이 잠시 말을 끊었다가 다시 이어 나갔다.

"백제는 아직도 헛된 망상을 버리지 못하고 있소. 이에 만반의 대비책을 강구하여 다시는 우리 고구려를 넘보지 못하게 해야 할 것이오. 이에 이런 막중한 임무를 태자와 그 청년장수들에게 내리는 바 소임을 소임을 다하라 전하시오."

고국양왕과 조정 대신들이 참석한 백관 회의에서, 황실과 국상의 싸움은 두우의 승리로 끝났다. 이로부터 며칠 뒤 조정에는 권력에 변동이 일어났다. 두우 일파의 승진이 눈에 띄게 두드러졌다. 두우의 아들 헌칠은 국성의 수비부장에서 수비대장으로 승진되었고, 돌벼의 아들 바기도 국성의 수비부장으로 진급되었다.

두우는 국성의 수비대장을 아들 헌칠에게 맡김으로써 국성의 군사권을 사실상 아들에게 승계시켰다. 군사적 측면에서 지배권을 계속 뒷받침하려는 의도였다.

돌벼는 빛바랜 건물을 바라보면서 다시 가문을 크게 일으킬 야심에 젖어 들었다. 그의 파벌은 큰 세력 중의 하나였지만 명색만 그러했을 뿐 그 지위에 걸맞은 힘을 갖추지 못했다.

'가문을 다시 일으켜야 해. 암 그래야 하고말고……. 바기 녀석이 국성 수비부장으로 되었으니 군사적 기반이 강화될 것이고 이제 불가능할 것도 없지.'

돌벼는 기마병의 호위 속에 수레에 오르며 출발하라고 지시했다. 무슨 화를 당할까 봐 아무도 나다니지 않는 거리를 신나게 활주하자 기분마저 상쾌했다. 권력의 중심에 다가서고 있다는 게 실감 되었다. 이런 기분을 언제 느꼈는지 까마득하기만 했다. 오랫동안 황실과 두우, 양쪽의 눈치를 살펴야 했던 줄타기 곡예가 끝나고, 이제 한편에 서기만 하면 되는 것이다.

두우의 집 근처에 이르자 무장을 한 군사들이 삼엄한 경계를 서고 있었다. 조정의 실권자인 두우의 위상이 그대로 드러나 보였다.

돌벼의 눈살이 찌푸려졌다. 두우의 위상 앞에 그의 위치를 생각하지 않을 수 없었다. 하지만 애써 그런 마음을 지웠다. 자기를 함부로 대하고선 두우의 권력도 완전하지 못할 것이라고 애써 위안 삼았다. 더욱이 두우는 그의 아들을 국성 수비부장으로 발탁한 사람이었다.

돌벼가 수레에서 내리자, 두우의 책사로 있는 바리가 미리 대기하고 있다가 다가왔다.

"대인, 어서 안으로 드시지요."

두우의 기세 좋은 권력을 나타내듯 바리 또한 기세등등해 보였는데, 그런 그가 정중히 환대하자 돌벼는 조금 전에 가졌던 근심이 가뭇없이 사라졌다.

"어- 그래. 오랜만이구만."

"벌써 기다리고 계십니다."

"으-음! 알겠네."

바리의 안내에 돌벼는 뜰을 지나 안채의 문을 통과하여 회랑에 이르렀다. 벌써 두우가 문밖에 있다가 기쁨을 과장한 얼굴로 맞이했다.

"어서 오시지요. 그렇지 않아도 기다리고 있었소. 마침 달삼 대인도 오셨소이다."

"그렇습니까?"

돌벼가 안으로 들어가자 푸짐하게 차려진 상 앞에 달삼이 일어났고, 서로는 예를 취했다.

"자! 자리에 앉읍시다."

"그럽시다."

자리를 잡은 후 두우가 다시 입을 열었다.

"우리가 일찍이 이런 자리를 가졌어야 했는데, 이제야……. 어쨌든 이렇게 세 사람이 한자리에 모이게 되니 기쁘기 한량이 없소이다."

"동감이외다. 이런 자리를 마련한 국상께 뭐라 감사해야 할지 모르겠소이다."

돌벼의 화답이었다.

"아니 별말씀을……. 지난번 조정회의 때 대인께서 나를 도와주지 않았소. 내 그 보답을 꼭 하고 싶었소."

두우의 말에 돌벼는 가슴이 찔렸다. 그가 두우를 도와준 것은 없었고, 도리어 두우가 아들을 국성 수비부장으로 발탁시켜 준 것이다. 그런데도 이리 말하는 것을 보면 '이제 당신이 나를 위해 뭔가 해줄 차례'라고 은근히 속내를 내비친 것이나 다름없었다.

"아니지요. 내, 국상의 은혜를 어찌 모른 척하겠소."

"허-허! 그리 생각하시다니…… 그건 오해요. 내 무슨 보답을 바라고 그리했겠소. 바기의 인물이 똑똑하다는 것이야 세상이 다 아는 일인데."

두우가 고개를 흔들며 아니라고 부정하더니 이내 자리에서 일어났다. 그리고는 벽장에서 뭔가를 꺼내어 돌벼 앞으로 내밀었다.

"넣어 두시구려!"

"아니 이 귀한 것을."

돌벼의 입이 길게 늘어졌다. 그것은 바로 서역에서 공물로 바친 진귀한 보석이었다.

돌벼는 방금 전까지만 해도 두우가 그에게 뭔가를 원한다고 생각했는데 그렇지 않았다. 두우의 배포를 보니 그와 함께하면 결코 손해 볼 것 같지 않았다.

돌벼가 고마움을 표시하며 받아들이자, 이를 본 달삼이 돌벼를 보고 입을 열었다.

"우리 세 사람이 힘을 합친다면 못 할 일이 없겠지요. 아니 그렇습니까?"

"그야 그렇겠지요."

"말이 나왔으니 하는 말이지만, 지난날 창조리 국상은 대왕까지도 제거하고 그러지 않았습니까? 그에 비한다면 우리야 단순히 우리의 권리를 행사하자는 것인데……. 사실 우리가 나라에 세운 공이 얼마입니까? 그런데다 나라의 중추를 담당하고 있기도 하고요. 헌데 그에 상응한 대접을 못 받고 있어요. 그렇지 않습니까?"

달삼의 얘기는 창조리 국상이 폭정을 일삼은 봉상왕에게 반정을 꾀해 미천왕을 내세웠던 지난날의 일을 거론하고 있었다. 그만큼 국상과 대신들의 힘은 막강했기에 그들이 맘먹기에 따라서는 무슨 일도 할 수 있다는 것을 암시한 것이었다. 돌벼가 조심스럽게 화답했다.

"하긴……."

"말씀 한번 잘하셨소이다. 내 그래서 이리 보자고 한 것이지요. 이제부터라도 우리가 나서야지요. 나라의 대소사에 적극 관여해 그 소임을 다 해야지요."

달삼의 제안을 돌벼가 긍정적으로 받아들인다는 것을 확인한 두우가 그의 의중을 내비치자, 달삼이 두우의 의견을 거들고 나섰다.

"옳으신 말씀입니다. 백번 천번 지당한 말씀이고말고요. 이제부터라도 우리가 적극 나서야지요. 우리가 아니면 누가 나서겠습니까? 아니 그렇습니까?"

돌벼가 고개를 가볍게 끄덕이자 달삼이 다시 말을 이었다.

"여기에 동의하시니 드리는 말씀이지만, 이를 추진하자면 진두지휘할 사람이 있어야 할 것입니다. 내 생각으로는 국상께서 이를 맡아 주셨으면 하는데……."

"내가 무슨 그런 능력이 있다고 그러십니까?"

"능력이 없으시다니요? 국상을 빼고 어느 누가 그런 막중한 일을 담당할 수 있겠습니까? 국상께서 맡아 주셔야지요. 그리 생각지 않습니까?"

두우와 달삼은 돌벼 앞에서 노골적으로 그들의 결탁을 드러냈다. 새삼스러울 것도 없었다. 사실 이들 모두는 소수림왕이 태자 시절일 때 다 같이 행동한 사람들이었다. 그러나 세월이 흐르면서 소수림왕과 두우는 대립했고, 돌벼는 중립적 입장으로 선회했으며, 달삼은 두우의 편에 가담했다. 이제 이들은 돌벼에게 손을 뻗친 것이다.

이들의 제안에 돌벼는 뿌듯하기만 했다. 이것이야말로 이들이 그를 믿고 있다는 표시이자 필요로 한다는 의미였다.

이미 그의 마음도 결정되어 있었다. 이들이 서로 힘을 합친다면 아무도 대적하지 못할 것인바 이들의 천하가 될 것이 분명했다. 가문을 일으킬 절호의 기회가 마련된 셈이었다.

"나도 그리 생각합니다. 그 일은 국상께서 받아들이셔야 합니다."

"정 그러시다면……. 여러모로 부족한 몸이지만 여러분이 이리 원하니 한번 맡아보겠소이다."

"잘 생각하셨습니다. 이제 우리는 한배를 탄 운명이 되었습니다. 그러니 국상께서 잘 이끌어 주시지요."

"고맙소이다. 내 두 분을 믿고 힘써 노력하겠소이다. 많이 도와주시구려."

"그야 여부가 있겠습니까? 우리는 국상만 믿겠습니다."

"내 두 분의 믿음을 저버리지 않겠소이다. 자, 오늘처럼 기쁜 날 이제 그런 얘기는 그만하고 술 한잔 거하게 들도록 합시다."

"그럽시다."

"자, 우리의 무궁한 앞날을 위해……."

세 사람은 화색이 만연한 얼굴로 술잔을 크게 부딪쳤다. 황실의 힘이 약화된 계기를 통해 서로의 지분 강화를 꿈꾸고 결탁한 것이다. 이들의 가슴 저마다에는 천하를 움켜쥐게 될 꿈에 부풀었다. 그런 만큼 이들의 술잔도 거듭 비워졌다.

5장
빈궁 시기

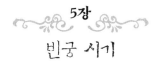

고국양왕 6년(389년) 1월, 담덕과 청년장수들이 국성을 떠난 지도 어언 1년 반이 다 되어 갔다.

매서운 찬바람이 평양성의 하늘을 휩쓸었다. 물도 얼고 땅도 얼고 하늘도 얼었다. 짐승들은 땅굴 속으로 몸을 숨겼고, 앙상한 나무들도 꼼짝하지 않았다.

모든 것이 얼어붙어 숨을 죽인 가운데, 몇몇 사람들이 거센 바람을 뚫고 나아갔다. 담덕과 청년장수들, 그리고 수라바를 수행하는 병사들이었다. 담덕 일행은 거센 찬바람을 맞으며, 남평양성으로 출발하는 수라바를 환송하고 있었다.

삼국사기에는 371년과 377년에 백제가 평양성을 공격한 것으로 되어 있다. 그런데 이때의 평양성은 평양이 아니라 남평양임이 분명하다. 4세기 중엽에 안악3호 같은 왕릉을 비롯한 큰 무덤이 평양 아래쪽 안악 지방에 건설된 것이라든가, 고구려의 국토방위 구성 체계를 통해 볼 때 그렇게 파악할 수 있다.

고구려는 전연에 의해 미천왕의 시신이 도굴당하자 국력이 강했음에도 시신을 돌려받기 위해 고육지책으로 일시적이나마 전연에 굴복하는 자세를 취했다. 이런 전례를 겪은 고구려가 백제군이 평양까지 올라와 공격했다면 그렇게 쉽게 짓밟힐 수 있는 지역에 왕릉이나 최고위급 귀족들의 무덤을 만들 리가 없을 것이다.

또한 고구려는 427년에 평양으로 수도를 옮겼으며, 이를 위해 391년에 즉위한 광개토호태왕은 9개 절간을 구축하는 등 수도로 삼기위한 준비를 본격적으로 취해 나갔다. 427년에 평양 천도가 이루어졌다면 고구려의 수도 방위체계상 늦어도 4세기 중엽 이후에는 남평양은 이미 군사 행정적으로 튼튼한 기반을 갖춘 곳으로 되어야 했다.

고구려는 국토를 방위하기 위하여 별성체계를 마련해 방위망을 구축하였다. 별성체계라 함은 왕권의 강화와 나라의 방위를 높이기 위해 기본수도 이외에 여러 개의 별도(부수도)를 둔 것을 말한다.

고구려는 국내성으로 수도를 옮기면서 본래의 수도 졸본성을 별도로 삼았고, 2세기 말~3세기 초에는 서쪽에서 공손씨 세력이 강화되자, 198년 2월에 환도성을 쌓았으며, 산상왕 13년(209년)에 수도를 환도성으로 옮겼다. 이와 같이 별도는 나라의 방위를 위해 국왕이 그곳에 자리를 잡으면, 언제든지 수도의 기능을 수행할 수 있으면서 수도성의 방위를 높이기 위해 마련한 부수도이다. 따라서 평양성이 커지자 남평양성을 구축하여 방어망을 높이려 했을 것은 분명하다.

이런 점을 볼 때 이 시기에 남평양이 존재했으며, 그곳은 예성강 좌안에서 얼마 떨어지지 않은 지금의 신원 일대로 추정할 수 있다. 왜냐하면 남평양성은 고구려가 백제와 대립하는 상황에서 남부 방위를 확고히 다지기 위해 군사 행정적으로 마련된 별성이고, 그리고 예성강 일대에서 고구려와 백제가 주로 싸움을 했기 때문이다.

세찬 바람이 요란한 소리를 내며 불어 닥치자 한 아름이나 된 나무마저 휘청거렸다. 지상에 있는 모든 것들을 삼켜 버릴 듯한 찬바람이 옷을 파고들어 살을 휘저어 놓자, 몸은 얼어붙는 것만 같았다.

수라바는 가늘게 뜬 눈으로 담덕과 다른 장수들을 살펴보았다. 열여섯 살에 이른 담덕은 어느덧 장대한 기골이 되어 있었다. 주저함이 없이 세찬 칼바람을 헤쳐가는 얼굴에는 웅혼한 기상이 서려 있었다. 그를 중심으로 청년장수들이 불어오는 바람을 가슴으로 맞받으며 앞으로 나아가는 모습에서 큰 산 같은 불굴의 의지가 엿보였다.

시련 속에서 단련된 용사들을 보노라니, 수라바의 가슴은 든든하고 힘이 솟았다. 이들과 함께라면 세상에 못 해낼 일이 없을 것 같았다.

수라바는 이들과 함께 평양을 튼튼한 기지로 꾸리기 위해 온 힘을 기울여 왔다. 그는 국성에서 내려온 청년장수들과 어울리면서 그들의 포부와 기개에 감동하며 자연스럽게 함께 행동하고 있었다.

담덕과 청년장수들은 백제군을 대파했으나 두우의 견제를 받고 평양성에 머물러야 했다. 하지만 그들은 좌절하기는커녕 그것을 기회로 삼아 평양성을 근거지로 만들어 힘을 키우려 했다. 그러나 그것도 잠시, 국성에서 들려온 소식은 심각했다.

두우는 국성의 군사적 기반을 명실상부 장악하였으며, 그로 인해 어떤 이도 그에게 감히 대적할 자가 없게 되었다는 것이다. 진 장군 또한 저 멀리 요동성 방면으로 쫓겨난 상태였다.

국성에서 온 청년장수들은 혜성의 안위를 걱정하지 않을 수 없었다. 그러던 차에 끝내 혜성이 두우에 의해 구금되었다는 소식이 전달되었다.

두우는 혜성에게 단군조선의 얼이니, 혼이니 상무정신 같은 것은 거론하지 말고, 국상을 비롯한 조정 대신들의 은덕으로 나라가 안정되고 백성이 평온하게 살게 되었다고 찬양하라며 압력을 가했다. 혜성은 그 요구를 일언지하에 거부하고, 청렴결백해야 할 조정 대신들이 사욕을 앞세우면 안 된다고 주장했다. 그러면 백성의 삶이 피폐해지고 나라가 존폐의 위기에 이른다고 반박했다. 그러자 조정을 비난하고 백성을 선동한다는 죄목으로 잡아들였다는 것이다.

혜성의 체포 소식에 부살바와 모두루, 창기는 물론이고 다기와 수라바마저 분통을 터뜨렸다.

"뭐! 태평성대를 이뤘으니 칭송하라고? 이놈이 제정신이야!"

주먹을 불끈 쥔 모두루는 두우를 단 일격에 박살을 내버릴 듯한 기세였다.

"아무리 권력에 눈이 멀었다고 해도 그런 꼴불견을 보이다니, 해도 해도 너무하는군."

수라바도 분을 참지 못했다.

혜성과 이들은 이미 고구려대제국을 건설해 가는 데 있어, 결단코 저버릴 수 없는 동지이며 형제애를 나눈 사이이기에, 그 분노는 더욱 클 수밖에 없었다. 물론 다기와 수라바도 혜성과 직접적인 교류를 나누지는 못했지만, 모두루와 부살바, 창기 등과 결의를 다지는 과정에서 자연스럽게 동지적인 교감을 나눈 터이기에, 두우에 대한 분노를 같이하고 있었다. 심지어 백제 원정에 자원하게 된 경위나 평양성을 근거지로 꾸려야 한다는 주장을 들으며, 혜성의 안목과 지략에 대해 경외심마저 품고 있었다.

"국성을 떠나오기 전 어떻게든 두우 그놈을 제거했어야 하는 것인데……."

혜성이 당하게 된 원인이 자신에게 있는 양 부살바가 긴 한숨을 내쉬었다. 거기에는 자책감이 짙게 실려 있었다.

"두우 이놈을 박살 내고 구출해 내야 할 것이오. 자기 말을 듣지 않는 혜성 박사를 그대로 놔둘 리 만무하오. 생사조차도 알 수 없는 상황에서 당하는 걸 이대로 지켜보고 있을 수만은 없소."

당장이라도 국성으로 달려갈 듯이 얘기하는 모두루의 태도에 부살바가 동조하고 나섰다.

"맞소이다. 실제 지금까지 혜성 박사는 우리를 이끌어 왔소. 그 없이 우리들의 꿈을 생각할 수는 없을 것이오."

혜성의 체포 소식은 그들에게 있어 큰 충격이었다. 그만큼 혜성의 혜안을 신뢰했던 그들로서는 앞으로의 난관을 헤쳐 나갈 일이 꿈만 같았다. 그만큼 그의 존재는 단연 핵심적인 위치를 차지하고 있었다.

"두 분의 말에 동감하오. 하지만 잘은 모르겠지만, 혜성 박사가 제기했듯이, 이곳을 근거지로 튼튼히 꾸려야 하는 막중한 임무도 생각해야 할 것이오. 그래야 내일을 기약할 수 있지 않겠소? 여기 일 또한 중대하니……."

다기가 이들의 대화에 합류해 그들의 임무를 거론하며 분위기를 진정시키려 들었다. 그러자 모두루가 다시 반박했다.

"우리의 포부를 저버릴 수 없다는 말에는 동의하오. 허나 그렇다고 해서 혜성 박사가 당하는 걸 두 눈 멀거니 뜨고 지켜볼 수만은 없지 않소?"

"맞소이다. 그러니 혜성 박사도 구출하고 근거지도 구축해야 할 것이오. 이 일은 나하고 모두루 장수가 처리하겠으니, 나머지 분들이 여기 일을 맡아 주는 것이 좋겠소이다."

부살바가 일의 가닥을 잡아가듯 정리해 나갔다. 그러자 다시 창기가 나섰다.

"부살바 장수의 말씀대로 양쪽의 일을 다 처리해 나가는 것이 옳을 듯싶소. 그러나 여기 일 또한 절대 소홀히 할 수 없는바 부살바 장수가 남는 게 좋겠소. 내가 모두루 장수와 함께 가겠소이다."

"그건 아니 될 말씀…… 두우에 빚이 있다면 내가 더 많소. 사부께서 못다 푼 뜻도 풀어줘야 하고요."

"그러니까 더더욱 안 된다는 거요. 사부의 뜻이 그게 아니라는 것은 부살바 장수가 더 잘 알지 않소?"

이제껏 묵묵히 다른 이들의 의견을 따랐던 창기도 이 대목에 이르러서는 양보하려 들지 않았다. 생사를 건 사나이들의 의리였지만, 이곳의 일 또한 그에 못지않게 중요했으므로, 쉽게 포기해서는 안 된다고 생각했다. 국성으로 가는 문제도 한두 가지 어려움만 있는 것은 아니었다. 긴 여정은 그렇다 치더라도, 평양성에 남으라는 황명을 거역한 죄가 이미 먼저 기다리고 있었다. 더욱이 구출하는 과정에서 목숨을 잃을 수도 있었다.

"내 말을 달리 생각하지 마시고 들어 주시구려. 동지를 구하고자 하는 심정을 어찌 모르겠소. 허나 두 마리 토끼를 잡는다는 것이, 말은 그럴싸해도 자칫 잘못하면 둘 다 놓치는 상황이 될 수도 있소. 누가 가든지 간에 분명한 사실은 여기 일에 차질이 빚어질 것이라는 점이오. 그런데다 대역죄가 아닌 선동죄로 체포되었기에 쉽게 나올 수도 있는데, 섣불리 움직여 일을 그르칠 우려도 있소. 그러니 좀 마음을 가라앉히시고 차분하게 생각했으면 하오."

다기가 다시 한번 감정에 치우쳐 근거지를 강화하는 일이 간과됨을 지적했다. 여기 일은 그들의 활로와 직결된 중대한 문제였다.

"여기 일을 우려하시는 다기 장수의 말씀은 맞소이다. 허나 혜성 박사의 일은 촌각을 다투는 사안이 아니오? 여기서 국성까지 가려면 그 거리가 얼마인데, 사태의 추이를 지켜볼 여유가 없지 않소? 더욱이 혜성 박사가 잘못되는 그 만일의 경우를 우리는 절대 받아들일 수가 없소."

"맞소이다. 일이 다 저질러지고 난 다음에 후회하고 통곡해 봐야 무슨 소용이 있겠소? 급한 불부터 꺼야지요. 그러니 부살바 장수가 제안한 대로 역할 분담을 정해 당장 떠나도록 합시다."

부살바의 의견에 모두루가 찬성하면서 다시 누가 갈 것인가의 문제로 되돌아갔다. 그도 그럴 것이 구하러 가는 것 말고, 다른 방안이 없는 조건이라면 선택은 명확했다. 더욱이 시시각각 변하는 상황 또한 어떤 변수로 작용할지 예측이 불가능했다.

창기와 부살바는 다시 모두루와 함께 자신들이 가야 한다고 서로 주장했다. 창기는 부살바가 두우의 눈 밖에 났으니 자신이 적합하다고 주장했고, 부살바는 태학과 관계된 창기가 가면 더 큰 문제를 야기할 수도 있으니 자기가 가야 한다고 우겼다. 서로 가겠다고 옥신각신하는 것을 지켜본 다기가 입을 열었다.

"내 두 분의 심정을 모르는 바는 아니오. 그러나 여기 일의 중대성을 감안하면 그렇게 쉽게 결정할 수는 없소. 여기서 태자 저하를 잘 보필하는 것도 막중하다는 말이오. 국성에서 내려오신 분들은 태자 저하 곁에 있어야 할 것이오. 그런데다 만약의 경우를 대비하자면 혜성 박사와 아무 연관이 없는 사람이 나서는 것이 더 좋을 듯하오. 나와 수라바 장수가 가는 것이 옳을 듯하오."

"잘 말씀하셨소이다. 우리는 이미 뜻을 같이하기로 결의한 사람들이니 우리를 믿고 맡겨 주시구려. 단 모두루 장수께서 우리를 안내해 주시는 게 어떻겠소이까?"

다기와 수라바까지 가세하면서 상황은 더 복잡하게 얽혔다. 그러나 모두루가 이들의 말에 찬동하면서 부살바와 창기가 자신들의 주장을 굽혔다.

합의에 따라 다기 일행은 곧장 길을 떠났다. 그들을 떠나보낸 후, 부살바와 창기는 담덕 태자께 보고해 주라는 다기의 부탁을 받고서도, 한동안 그 자리에서 일어나지 못했다. 다기와 수라바의 의리에 새삼 가슴이 찡하게 울렸고, 그들이 아무 탈 없이 일을 잘 처리하고 돌아오기를 고대하는 마음만 간절할 뿐이었다.

부살바와 창기가 서로 아무 말도 하지 않고 걱정스러운 생각에 잠겨 있을 때, 담덕이 경황없는 몸짓으로 들이닥쳤다. 담덕은 오골승에게 모두루 등이 국성으로 길을 떠났다는 보고를 듣자마자 곧장 달려온 것이다.

"태자 저하! 어인 일로 이곳에……."

"다른 분들은 어디 있습니까? 아니……. 도대체 참…… 대체 언제 출발한 겁니까?"

"그것을 어찌……."

"그만 됐습니다. 어서 빨리 쫓아가야겠소. 어찌 이런 일이…… 당장 일어나시구려."

담덕의 채근에 부살바와 창기는 감히 대꾸하지 못하고 일어 섰다. 이처럼 화난 담덕의 표정을 그들은 지금까지 보지 못한 바 였다.

부살바와 창기의 안내로 담덕은 곧바로 모두루 일행의 뒤를 쫓 았다. 하나같이 무술로 단련된 그들을 따라잡자면 한 시각도 머 뭇거릴 수 없었다.

쉴 새 없이 말을 몰아 한나절을 달려서야 겨우 따라잡을 수 있 었다. 뒤쫓아 온 담덕을 보고, 그들은 깜짝 놀라 말에서 내려 태 자에 대한 예를 취했다.

"태자 저하께서 어인 일로……."

"내 솔직히 여러분을 믿고 이 난국을 타개하고 싶었습니다. 여러 분이 함께해 준다면 가능할 것이라고 확신하고 있었습니다. 이 믿 음이 잘못된 것입니까? 그런데 여러분께서는 이런 중대한 일을 어 찌 내게 한마디 언질도 없이 일방적으로 결정할 수 있단 말이오?"

"하오나 혜성 박사의 안위가 촌각을 다투는 일인지라…… 미 처……. 소장들이 죽을죄를 지었사옵니다."

모두들 안절부절못하며 부복을 했다.

"내 압니다. 그 마음이야 어찌 모르겠습니까? 허나 앞으로 막중한 일을 해야 할 분들이 이렇게 가벼이 몸을 움직여서야 어찌 되겠습니까?"

"하오나 저하! 이번 일만큼은 소장들의 뜻을 꺾지 마시옵소서. 일을 처리하고 난 연후에 그 벌을 달게 받겠사옵니다."

담덕의 질책에도 아랑곳하지 않고 모두루가 자기 뜻을 굽히려 들지 않았다.

"내 잘 알겠습니다. 허나 이번 일은 내게 맡겨 주시구려. 내 신의를 걸고 약속드리겠습니다. 그러니 어서 일어들 나세요."

청년장수들은 난처한 상황에 처한 그들을 대신해 직접 나서겠다는 담덕의 의도를 알아차렸다. 그러나 그것은 감격스러운 일이기는 하나 그들로서는 따를 수 없는 명이었다.

부살바가 먼저 나섰다.

"황공하옵니다. 저하! 소장들을 아껴 주시는 저하의 하해와 같은 은혜에 몸 둘 바를 모르겠사옵니다. 하오나 어찌 저하께서 이런 문제에 직접 나서시게 할 수 있겠사옵니까? 이는 씻을 수 없는 불충을 저지르는 것이옵니다."

"맞사옵니다. 이번 일은 소장들에게 그냥 맡겨 주시옵소서. 태자 저하께 누를 끼치는 일을 벌일 수는 없음이옵니다. 절대 아니되옵니다."

모두루의 의사 표명에 나머지 사람들도 용기를 얻어 이구동성으로 불가함을 외쳤다.

"허허! 어찌 이리도 답답하십니까? 걱정하지 않아도 되니 안심하세요. 국성의 세력관계를 따져보면 두우와 장협은 계속 적대할 수 없을 것입니다. 두우가 두려워하는 것은 젊은 사람들의 가슴에 기백과 혼을 심어주고 있는 점입니다. 그 싹이 트는 것을 두려워하는 것인데, 혜성 박사를 감금하면서 두우는 이미 그 목적을 달성했습니다. 따라서 관직을 파직하는 선에서 틀림없이 두우와 장협은 서로 절충할 것입니다."

"그렇게만 된다면야……. 그런데 두우가 어디 그럴 사람이옵니까?"

모두루가 믿을 수 없다는 투로 반문했다.

"맞습니다. 세력 관계가 그렇다는 것이지, 신변의 안전을 보장할 수는 없을 것입니다. 그러나 이 또한 걱정하지 않아도 됩니다. 만일의 경우를 대비해 사부님께 이미 부탁해 놓았습니다. 일이 잘못되는 순간 혜성 박사를 구출하실 것입니다. 이제 안심들 되십니까? 그럼 이 일은 내게 맡기시고 어서들 일어나세요."

청년장수들은 더 이상 반문하지 못했다. 담덕이 국성의 세력 관계까지 꿰뚫고 있는 데다 자칫 생길 수 있는 변수까지 대비해 이미 대책을 세워 놓은 터라 더는 할 말이 없었다. 그의 사부 신 노인이 나서 준다면 그것은 절대적으로 믿을 수 있는 일이었다. 청년장수들은 그의 지략과 결단에 설복당하지 않을 수가 없었다. 부복을 풀고 일어선 그들을 보고 담덕이 다시 말했다.

"내 여러분께 부탁드리고자 합니다."

"부탁이라니요? 천부당만부당하옵니다. 하명하시옵소서."

"여러분께서는 다른 그 어떤 것보다도 우선 이곳 평양성을 만년대계의 제국을 건설할 정치 군사적 진지로 꾸리기 위해 심혈을 기울여 주시기 바랍니다. 우리가 이곳을 튼튼한 기지로 꾸려낸다면 두우도 만만히 행동 못 할 것입니다. 아울러 하루빨리 힘을 키우자면 무엇보다 군사들을 정예강병으로 양성해야 합니다. 이런 것들이 우리가 해야 할 가장 시급한 일들입니다. 이 과업들이 성공적으로 완수된다면 두우 국상도 더는 무서울 게 없습니다."

담덕의 계획과 지시를 들은 일행들은 일순 머릿속이 환하게 밝아지는 느낌을 받았다. 그들 앞에 당당하게 서 있는 담덕의 모습은 오랫동안 숨겨진 진주가 때를 맞아 그 진가를 드러낸 것 같았다. 아름답게 빛나는 광채에 끌리듯 청년장수들은 담덕에게 기꺼이 충성을 맹세했다.

"소장들은 태자 저하의 명을 충심을 다해 따르겠사옵니다."

이날 이후, 청년장수들은 다시 각자 맡은 분야에서 분주히 움직였다. 그러는 가운데 그들의 관계는 더욱 돈독해졌고, 어느덧 그들 삶의 중심에 담덕이라는 인물이 크게 자리를 잡게 되었다.

청년장수들은 약조에 따라 열과 성의를 다해 평양성을 튼튼한 기지로 만들기 위해 온갖 노력을 기울였다. 그것은 군사 양성에서부터 성의 축성, 군량미, 백성들의 생활 안착 등 전방위에 걸쳐 진행되었다.

그러면서도 그들은 혜성에 대한 일말의 걱정에 조마조마한 마음으로 국성의 소식을 기다렸다. 그러는 가운데 혜성이 풀려났다는 반가운 소식이 전해졌다. 이제 그들은 더 이상 담덕의 말에 이의를 제기하지 않았다. 담덕의 말은 곧 자신들의 이상이고 마음이었다.

담덕이 내려온 지 1년 반 만에 평양성은 새로운 면모로 일신되었다. 무엇보다 군사 지휘체계가 확고히 수립되고, 군병들은 일당백의 강군으로 단련되었다. 거기에다가 군민이 하나로 모아지면서 백성들의 생활도 안착되고, 성 또한 견고하게 확충되었다.

이제 평양성의 근거지를 더욱 공고히 하면서도 그 주변 기지를 강화하는 새로운 임무가 제기되었다. 그중에서도 남평양성은 매우 중요한 지점이었다.

남평양성은 백제와의 전투에서 전진기지 사령부 역할을 맡고 있었다. 남부 방어체계의 공고화는 남평양성의 진지 강화와 직결되어 있었다. 고구려대제국을 건설하기 위해서도 필수적이었다. 대제국 고구려의 건설은 단군족을 통합해야 실현되는 일이었다. 그러자면 백제와 신라, 가야 등 남부 단군족과의 관계를 원만하게 처리해야 하는데 그 전초기지 사령부가 바로 남평양성이었다.

이것을 익히 알고 있던 수라바는 결심을 굳혔다. 무엇보다 담덕과 청년장수들을 위해 뭔가 뜻있는 일을 하고 싶었다. 그는 이들과 함께하면서 많은 것을 배웠다. 단군조선을 계승한 고구려대제국의 건설이라든가, 모든 단군족이 평화롭고 복된 삶을 누리게 하는 것, 이런 것들이 단지 희망 사항이 아니라 실현 가능한 것이라는 것도 이제 현실로 믿게 되었다. 이제껏 소리 없이 묵묵히 살아왔던 그의 가슴은 용광로처럼 뜨겁게 달아올라 거대한 산도 들어 올릴 정도였다.

수라바는 담덕, 청년장수들과 어울리면서 힘을 키우는 것이 얼마나 중요한가를 절실히 깨달았다. 자신을 희생해서라도 담덕 태자와 청년장수들의 앞길에 든든한 밑거름이 되어 주고 싶었다. 그러자면 평양성만이 아니라 남평양성을 공고한 진지로 꾸리는 것도 결코 미룰 수 없는 사안이었다.

부살바와 모두루, 창기는 국성으로 돌아가 담덕을 곁에서 보필해야 했고, 평양성을 더욱 공고히 하는 임무는 다기에게 더 적합했다. 그렇다면 남평양성을 담당할 적임자는 바로 자기밖에 없었다. 결심을 굳힌 그는 담덕과 청년장수들 앞에서 자기 의지를 밝혔다.

"남평양성으로 떠나려고 하옵니다."

"아니지요. 수라바 장수는 지금껏 평양성에서 일해 왔소이다. 내가 남평양성으로 가겠소이다."

수라바의 마음을 이해한 다기가 반대하고 나섰다.

남 앞에 결코 자신을 앞세우거나 자랑하지 않고 묵묵히 한자리를 지켜온 들녘의 들풀처럼, 그저 평양성이 좋아서 여태 이곳을 떠나지 않았던 수라바였다. 국중대회에 참석하지 않았던 것도 그런 이유 때문이었다. 그게 바로 수라바의 지고지순한 속마음이었다. 그런 그가 평양성을 떠나 남평양성으로 가겠다고 결심을 밝힌 것이다.

"내가 먼저 평양성에서 일한 것은 사실이나, 이곳은 우리의 원대한 꿈과 직결된 곳이오. 그러니 단군검법을 이어받고 단군조선의 정신을 체득한 다기 장수가 맡는 것이 옳소."

"수라바 장수! 그것은 아니 될 말이오."

다기가 극구 반대하고 나섰다. 이때 담덕이 나섰다.

"수라바 장수의 결심은 참으로 의롭습니다. 단군족의 미래를 위한 숭고한 결심 하나로, 그토록 사랑하는 평양성을 떠나 남평양성으로 기꺼이 향하는 그 순수성은 우리 모두의 귀감이 될 것입니다."

"황공하기 그지없사옵니다. 남평양성을 튼튼한 보루로 만들어 태자 저하의 신의에 꼭 보답하겠사옵니다."

수라바는 자신의 마음을 알아주고 믿어주는 이들이 한없이 고마웠다. 이들이 국성으로 귀환하여 큰일을 도모할 동안, 자신은 남평양성을 굳건히 지켜 대륙원정은 물론이고, 남부 단군족의 단합에 밑거름이 되기로 마음을 굳혔다.

그러나 어찌 된 일인지 남평양성으로 떠나는 날이 가까워지자 날씨는 급속히 얼어붙었다. 하루 사이로 기온이 떨어지고 바람이 거세게 불어닥쳤다.

"아무래도 날씨가 풀린 다음에 출발하는 것이 좋겠소."

청년장수들이 수라바에게 권고했다.

"아니요. 이 정도 날씨 가지고 늦출 수야 없지요."

"조금 연기한다고 해서 문제가 생기는 것도 아니지 않소?"

"날씨를 탓하고 이 핑계 저 핑계 대며 차일피일 미루다 보면 언제 큰일을 하겠소. 아니 될 일이지요. 내 이미 결심했고 태자 저하께 약속도 했습니다."

그의 가슴엔 이미 결심이 섰고, 결심이 선 마당에 하루라도 빨리 남평양성으로 달려가고 싶었다. 그래서 애초엔 다른 이들에게 알리지 않고 혼자 조용히 떠나려고 하였다. 하지만 담덕이 허락하지 않았다.

"우리는 언제나 하나입니다. 비록 수라바 장수가 혼자 떠나지만, 우리가 모두 떠나는 것이나 진배없습니다. 그러니 환송을 해주는 것이야 당연하지 않습니까? 자! 나가 보십시다."

이렇게 해서 담덕과 청년장수들은 수라바를 환송하러 나오게 된 것이다.

세찬 바람은 어느새 눈보라까지 몰고 왔다. 이들의 얼굴은 거센 눈바람에 빨갛게 붉어졌다. 수라바는 더는 따라오지 못하게 하기로 마음먹었다. 이미 몇 번이나 그만 들어가라고 일렀지만, 조금만 더 가자고 동행한 길이 어느덧 평양성의 남문을 훨씬 넘어선 것이다.

수라바가 걸음을 멈추자, 담덕과 그 일행이 그를 바라보았다. 헤어지는 것도 섭섭한 터에, 하필이면 이 추운 날씨에 떠나보내는 것이 더욱 안타까웠다.

"태자 저하! 더 이상은 아니 되옵니다. 어서 태자 저하를 뫼시고 들어가시지요."

"아닙니다. 조금만 더 가도록 하겠습니다."

"아니옵니다. 이미 오실 만큼은 다 오셨사옵니다. 소장은 이날을 평생 잊지 못할 것이옵니다. 태자 저하의 명대로, 남평양성을 단군족의 단합을 이룩할 굳건한 기지로 기필코 만들어 놓겠사오니, 안심하시고 들어가시옵소서."

수라바의 목소리는 완곡했으나 뜻은 분명했다. 담덕은 그 말뜻을 알아듣고 뜨겁게 포옹했다. 그것을 시작으로 다기와 부살바, 모두루, 창기 등도 차례로 수라바의 가슴을 안았다. 말 없는 가운데 더 많은 말이 가슴으로 오고 갔다.

이제 당분간 보지 못할 사람들임을 서로 알고, 이들은 서로를 가슴에 품었다. 이들의 의기투합은 굳건했고, 이미 하나로 뭉쳐져 있었다.

수라바는 이들의 눈동자를 뒤로하며 말에 올라타 수행 병사들에게 명했다.

"자! 출발하자!"

수라바는 뒤도 돌아보지 않고 말을 달렸다. 담덕과 청년장수들은 눈시울을 붉히며 그의 모습이 보이지 않을 때까지 지켜보았다. 이들의 마음은 언제나 수라바와 함께할 것이었다. 가슴 속에 흐르는 진한 사랑이 매서운 눈보라를 녹여 나갔다.

4월, 평양성은 담덕과 청년장수들의 피나는 노력 덕분에 새롭게 일신되었으나, 호사다마라고 지난해 농사를 크게 망쳤다. 오랜 가뭄과 병충해가 들끓어 흉년이 든 것이다. 그런 속에서도 어김없이 또 봄은 찾아왔다.

누리는 뜨락에 나와 가슴을 활짝 폈다. 봄바람이 살랑살랑 불어 대는 평양성의 하늘은 무척이나 높았다. 대지에는 새싹이 무럭무럭 돋아났고, 상큼한 초록 향기가 코끝에 실렸다. 숨을 깊게 들이마시자 따뜻한 봄기운이 몸속에 퍼지며 마음이 푸근해졌다.

그녀는 담장 밑으로 향했다. 담장 밑에는 싱그러운 풀잎이 햇살을 받고 새록새록 자라나면서 이름 모를 꽃들이 피어나고 있었다. 연한 풀 잎사귀와 꽃들은 그녀에게 있어서 담덕을 연모하는 사랑이자 그리움의 대상이었다.

담덕이 언제부터 그녀의 가슴에 자리 잡아 갔는지 꼬집어 내기는 어려웠다. 어쩌면 담덕을 처음 본 그때부터였을 것이다.

그녀가 담덕을 처음 보게 된 것은 그의 오라비인 다기가 백제 원정 승리의 공로로 나라의 은덕을 받은 시기였다. 그때 담덕과 청년장수들은 다기를 찾아와 단군사당에 참배하고 한데 어울려 축하를 했다. 담덕과의 인연은 여기에서 비롯되었다.

그녀의 시선과 마주친 담덕의 눈은 호방하고 서글서글한 눈매

를 가지고 있었다. 처음 마주한 사내가 그것도 자신을 빤히 쳐다
보고 있다는 사실에, 그녀는 부끄러워 고개를 돌렸다. 심장이 뛰
고 가슴이 두근거렸다. 이런 감정은 처음이었다. 지금까지의 경
험과는 전혀 다른 느낌이었다. 순간적으로 본 것이지만 부리부리
빛나는 눈동자에 그녀는 강렬하게 빨려들었다.

그들이 돌아간 이후, 다기로부터 그가 곧 담덕 태자라는 것과
한 스승 밑에 사형, 사제 간임을 알게 되었다. 이때부터 그녀는
남몰래 담덕을 가슴 한구석에 담았다.

그 후 담덕은 며칠 간격을 두고 단군사당에 들렀다. 그곳에서
그는 무예도 수련하고, 각종 병법서는 물론, 단군조선에 대한 책
자도 파헤치며 연구했다. 이럴 때 그녀는 담덕이 필요로 하는 것
을 파악해 불편함이 없이 도와주었다. 그녀는 지혜로웠을 뿐만
아니라 세심한 마음을 지니고 있었다.

담덕은 그런 그녀의 도움을 기꺼이 받아들였고, 필요시에 그녀
를 찾았다. 그러면서 담덕 또한 그녀에게 남다른 감정을 가지게
되었다.

둘은 스스럼없이 대화도 나누고 무술 연마도 함께하곤 했다.
담덕에게 비할 바는 아니지만, 그녀도 단군사당을 지키면서 오빠
에게 틈틈이 무술을 배워 두었던 것이다. 담덕은 그녀에게 무술
을 성심껏 가르쳐주기도 했다. 그러던 어느 날 담덕이 누리에게
물었다.

"소원이 있으시면 얘기해 보시구려. 단군사당을 지키고 있는

걸 보면 좀 색다를 것 같기도 한데……."

"소원 말이옵니까? 어찌 소녀가 그런 것을……."

그녀는 망설였다. 꿈이 없어서가 아니라 자기 말이 담덕의 심기를 불편하게 할 수도 있기 때문이었다.

그녀의 소망은 지난날 다기와 마찬가지로, 단군족이 서로 싸우지 않고 평화롭게 사는 것이었다. 이런 소원을 가슴에 품게 된 것은 전쟁으로 인해 오라비를 제외한 모든 가족을 잃은 쓰라린 기억 때문이었다.

그녀는 이것만 떠올리면 슬프고 마음이 아팠다. 같은 단군 후예인 고구려와 백제가 싸우는 것이 싫었다. 전쟁이 일어나면 우선 군사가 죽고 백성이 다쳤다. 생사 이별을 겪고, 고향을 등지고 떠돌아야 했다.

하지만 그녀의 바람과는 달리, 현실은 단군족끼리 더 날카롭게 대립하고 싸웠다. 그래서 그녀는 현실에서 벗어나 오라비와 함께 그저 단군사당을 지키며 살아온 것이다. 그런데 담덕이 찾아온 이후로 상황은 변했다. 오라비가 담덕을 도와 백제와의 전쟁에 참여한 것이다. 다기를 전쟁의 와중으로 몰아넣은 사람은 분명 담덕이었다.

오라버니는 백제의 징벌을 단군족의 단합을 위한 의로운 행동이라고 설명했다. 불가피하게 전쟁에 참여하는 것을 이해 못 하는 바는 아니지만, 아무래도 안타까운 마음이 우선 들었다. 전쟁보다는 평화적인 방법으로 단군족 간에 화합의 길을 찾을 수는 없을까 하는 점 때문이었다.

"내가 태자라고 해서 개의치 말고, 하고 싶은 말이 있으면 진솔하게 말해 주시구려."

그녀가 주저하는 빛을 보이자, 담덕이 부드러운 목소리로 재차 요구했다. 그의 말에 그녀는 용기를 내었다. 기분 상하게 할 수는 있지만, 일국의 태자라면 백성의 참마음을 알고 있어야 한다고 여겼다.

"소녀의 좁은 소견인 줄 아오나, 전쟁은 무엇보다 백성을 고통스럽게 만드옵니다. 그러할진대 어찌 단군족끼리 전쟁을 하는 것인지……. 이는 이치에 맞지 않는다고 사료되옵니다. 모든 단군 백성이 서로 화합하여 오순도순 행복하게 산다면 소녀는 더 바랄 것이 없사옵니다."

"단군 백성이 전쟁 없이 오순도순 행복하게 사는 것이라……."

담덕이 충격에 빠진 듯 중얼거렸다. 단군사당을 지키고 있다고 하더라도, 저처럼 수줍어하고 청순한 여인의 입에서, 단군 백성이라는 말이 너무도 자연스럽게 흘러나올 것이라고는 미처 생각지 못한 바였다. 그런데다 고구려와 백제의 현실적 이해관계가 아무리 상충된다고 하더라도, 단군 백성의 행복보다는 앞서지 못한다고 분명하게 대답하고 있었다.

"송구하옵니다. 괜한 말씀을 올려 심기를……."

"아닙니다. 말씀 잘하셨습니다. 나도 그러기를 바라오. 꼭 그 소원이 이뤄졌으면 좋겠습니다."

그녀는 확신에 찬 담덕의 대답에 다른 어떤 사람들에게서 느끼지 못한 위엄과 너그러움을 느꼈다. 그렇게 자신의 신념이 충실했던 오빠 다기를 설득시켰으니 그녀도 충분히 할 수 있으련만, 그렇게 하지 않고 기꺼이 그녀의 마음을 받아주는 품이 너무나 넓어 보였다.

누리는 이런 대화를 하고 난 이후부터 담덕을 더욱 존경하게 되었다. 그가 찾아오면 한 치도 소홀함이 없이 세심한 정성을 기울였다. 그러면서 백성의 아픔이나 곤궁한 생활도 알려주었다.

백성들은 지난해의 흉작으로 배고픔의 고통을 겪고 있었다. 누리는 이제 오라비가 평양성의 참모가 되어 녹봉을 받는 관계로, 지난날과 같은 빈궁한 생활을 면하게 되었으나, 여전히 지난날의 궁핍했던 생활과 다름없이 검소하게 살았다. 호의호식하고 사는 것은 애초에 바라지도 않았다. 그녀는 어렵게 사는 마을 사람들과 기꺼이 양식을 나누었다.

담덕은 이 소식을 어떻게 들었는지 그녀의 이런 행동을 매우 흡족해했다. 그리고는 춘궁기에 평양성의 창고를 열어 백성들에게 나눠주는 조치를 취했다. 또 평양성과 남평양성을 더욱 튼튼한 진지로 꾸리면서도 전쟁으로 황폐해진 땅을 적극 이용하도록 했다. 이런 조치들은 백성들이 굶주림에서 벗어나는 데 큰 도움이 되었다.

담덕의 인품에 반하면서 그녀의 가슴에는 그에 대한 사랑이 더욱 깊어졌다. 이것은 그녀의 행복이고 자랑이었다. 그러나 바로 이 때문에 그녀는 무척이나 혼란스러웠다. 이대로라면 그는 대왕이 되실 분이고 단군족의 지도자가 되실 분이었다. 담대하기 그지없는 모습을 보노라면 그의 연인이 된다는 것이 버거워 감당할 자신이 없었다. 그의 앞길을 가로막는 방해자가 되어서는 안 된다고 여기면서도, 그녀 자신도 마음을 종잡을 수 없었다. 어쩌다 마주친 청년장수들은 이런 누리를 보면 은근히 놀려댔다.

"어ー허! 요즘 누리 얼굴에 꽃이 활짝 피었구만."

"그러게 말이여! 꼭 새색시 얼굴이라니까!"

누리는 그게 아니라는 표정을 지으면서도 싫지는 않았다. 의지와는 다르게 그녀의 마음은 벌써 그것을 바라고 있었다.

누리는 혼란 속에서 한동안 계속 부대끼며 지냈다. 이런 낌새를 눈치챘는지 하루는 다기가 그녀를 불렀다.

다기는 평양성에 나간 이후로 단 하루도 쉬는 날이 없었다. 밤 늦게 돌아오는 것은 다반사였고, 심지어 집에 들어오지 않는 날도 많았다.

다기는 그녀를 단군사당으로 데리고 갔다. 그곳은 지금까지 그들이 힘들 때마다 힘을 북돋워 주는 성지나 다름없는 장소였다.

다기는 단군 영정 앞에서 무릎을 꿇었다. 누리도 따랐다. 다기는 명상에 잠긴 듯 눈을 감았고, 누리는 단군의 영정을 한참 동안 바라보았다. 그날따라 단군의 영정은 존엄하게 보이지 않고 환한 얼굴로 누리를 향해 웃고 있었다. 웃는 얼굴은 분명 담덕의 얼굴이었다.

그녀는 흔들리는 마음을 다잡으려고 눈을 감았다. 시간이 흐르면서 단군의 영정에서 발산하는 영롱한 기가 그녀의 가슴으로 스며들자, 마음이 편안해졌다.

한참 후 두 사람은 밖으로 나왔다. 시원한 바람이 두 사람의 몸을 쓸어 주었다. 그런 가운데 다기가 아끼고 사랑하는 눈으로 누리를 유심히 살펴보았다.

열여덟 살의 처녀가 된 누리의 모습은 깨끗하고 청초한 한 떨기 풀이 사뿐히 서 있는 것 같았다. 자연스러운 청순함은 고고함마저 느끼게 했다.

다기는 누리가 필요한 것이라면 그 어떤 것이라도 다 해주고 싶었다. 그러나 누리가 담덕을 사모하며 고민하는 것은 어찌해볼 도리가 없었다.

담덕은 영웅 중의 영웅으로서 앞으로 이 나라를 이끌고 갈 사람이었다. 동생 누리가 그런 담덕의 사랑을 받고 있다는 것이 자랑스럽고 기뻤다. 하지만 그 때문에 근심이 되었다.

"누리야!"

"왜요? 무슨 할 말이라도 있으셔요?"

"너도 알고 있겠지만, 태자 저하는 단군족의 미래이고, 청년 장수들을 이끌어 갈 지도자가 될 분이다. 이 점을 잊어서는 안 된다."

누리는 오빠가 무슨 말을 하려는지 알아차렸다.

"알고 있어요."

"나는 다만, 네가 걱정돼서⋯⋯. 물론 이 오라비는 우리 누리를 믿는단다."

누리는 오빠가 차마 꺼내지 못한 말을 짐작하고도 남았다. 사모하는 감정 때문에 담덕 태자의 짐이 되지 말라는 것이었다. 오라버니의 말을 듣고 보니 부끄러웠다. 언제부턴가 자기도 모르는 사이, 자신의 꿈도 잊어버리고, 연정에 눈이 멀어 서 있는 자신을 보게 된 것이었다. 단군족이 행복한 삶을 누리게 하는 꿈은 담덕을 잘 받드는 것에 있는 것이지, 연인의 감정이 아니었다.

"오라버니, 걱정하지 마셔요. 기대를 저버리지 않을게요."

그때 이후로 누리의 모습은 왠지 외로워 보였다. 이미 처녀의 가슴에 퍼져버린 연모의 정이 한순간의 다짐으로 해결될 수는 없었다.

이미 그녀에게 마음을 내주고 있던 담덕은 누구보다 먼저 이런 변화를 알아차렸다. 누리의 수정과 같은 눈망울과 순수한 마음이 그를 사로잡았다. 연한 새순처럼 곧고 보드라운 모습은 그 무엇과도 견줄 수 없는 아름다움이었다. 섬세하면서도 강인하고, 그러면서도 너그러운 덕을 갖춘 누리의 품성이 한없이 어여뻤다.

그러나 요사이 누리의 태도가 이상했다. 누리의 태도에 담덕이 안타까워하며 물었다.

"요즘 무슨 일이 있습니까?"

"아니옵니다."

"혹시 내가 무슨 잘못이라도⋯⋯. 행여 그렇다면 말해 주시지요. 내 무엇이든지 받아들이겠습니다."

"무슨 말씀이옵니까? 그런 것은 없사옵니다."

"그럼 무엇 때문에 이리도 나를 냉담하게 대하는 겁니까? 전과는 다르게 말이오?"

"아니옵니다. 그럴 리가 있사옵니까? 저같이 미천한 것이 어찌 감히 태자 저하를……. 그렇지 않사옵니다. 소녀는 전혀 달라진 것이 없사옵니다."

"허−허! 지금 말씀도 그렇지 않소?"

"결단코 아니옵니다. 그러니 이제 그만하시옵소서."

담덕은 그녀의 쌀쌀맞음이 자신에 대한 부담 때문으로 생각되었다.

"낭자! 아름다운 꽃과 새를 보면 마음이 가는 것이야 당연하지 않습니까? 자주 보다 보면 정이 가는 것도 자연스러운 것이고요. 미물에게도 그러하거늘, 하물며 사람이야 더 말해 무엇 하겠습니까?"

"……."

"누리 낭자! 왜 자기감정을 숨기려고만 하십니까? 애써 그리 한다고 지워지기라도 한답니까? 자연스럽게 흘러가는 대로 놔두시구려."

"태자 저하! 저하께서는 단군족의 희망이자 청년장수들의 꿈이옵니다. 고구려대제국의 미래가 저하께 달려 있사옵니다. 저하께서는 이 대의를 잊으시면 아니 되옵니다."

"대의라……. 그럼 나를 도와주면 되지 않습니까?"

"물론이옵니다. 소녀는 신명을 다 바쳐 맡은 바 소임을 다할 것이옵니다."

"또 어찌 그리 받아들이십니까? 내가 무얼 얘기하는지 아시면서……."

누리는 담덕의 얼굴을 애써 피했다.

"고개를 돌리지 말고, 날 똑바로 봐 주시오."

담덕의 얼굴을 바라보는 그녀의 눈은 이미 충혈되어 있었다. 애정이 듬뿍 담긴 그녀 눈빛 또한 사랑을 갈구하고 있었다.

"낭자께서는 대의를 얘기하셨지요. 잘 말씀하셨습니다. 내가 말하는 사랑이라는 것도, 낭자와 함께 대의를 실현하자는 것입니다. 그런데 왜 내 마음을 그런 통속적인 사랑으로만 받아들이시고, 대의와 사랑 중의 하나를 선택하려고만 합니까? 어디에 그렇게 하라고 정해진 것이라고 있습니까? 사랑도 대의도 결국 꿈꾸며, 도전하는 것에 의해 달라지는 것 아닙니까? 내 그래서 낭자가 정말 필요하다고 하는 것이고, 단군족을 위해 꿈을 꾸었듯이, 우리의 사랑도 키워가자고 말하는 것입니다."

여느 때와 달리 담덕의 말은 사뭇 떨리기조차 하였다. 그러나 누리는 대꾸하지 못했다. 입을 열면 그 자신이 간신히 거부하며 버티던 감정을 이겨내지 못하고 허물어질 것만 같았다.

"낭자 우리 감정을 속이지 맙시다. 사랑의 꽃도, 이상의 꽃도 함께 피워 보자고요. 나를 믿어 보시오."

담덕이 그녀의 손을 힘 있게 잡았다. 그러자 냉담하려고 했던 그녀의 가슴은 뜨겁게 달아오르며 마구 뛰기 시작했다. 이날이 오기를 그녀는 얼마나 오매불망 꿈꿔 왔는지 모른다. 담덕의 열정에 찬 눈동자에 그녀의 눈동자가 얹혀졌다.

"태자 저하!"

누리는 담덕을 향해 스르르 무너졌다. 그러자 그동안 그녀의 가슴을 옥죄였던 사슬도 쉽게 풀려나갔다. 담덕의 품은 그만큼 따스하고 포근했다.

누리가 담덕의 마음을 받아들인 후 두 사람은 더욱 가까워졌다. 함께 있는 것만으로도 기쁘고 행복했다.

이런 가운데 어느 날 두 사람은 뜨락을 함께 거닐게 되었다. 햇살이 내리쬐는 담장 밑에는, 매서운 추위가 다 가시기도 전에, 얼어붙은 대지를 뚫고 올라온 새순이 하늘을 향해 살짝 고개를 내밀고 있었다.

"어쩌면 이렇게 곱고 부드러울 수가……."

누리가 새싹을 보고는 걷다 말고 신기해했다. 그런 그녀의 모습은 새순과 어울려 더 청순해 보였다.

"그렇군요. 허나 어찌 환하게 빛나는 낭자의 얼굴에 비길 수가 있겠소?"

담덕의 눈빛은 모든 허식과 가식을 던져 버리고, 오직 그녀만을 향해 달리고 있었다. 그 순간 그녀는 얼굴이 확 달아오르면서 수줍어 고개를 돌렸다. 하지만 그녀의 마음은 담덕의 사랑으로 흠뻑 젖어 있었다.

이후부터 누리는 늘 담장 밑을 살피곤 했다. 담덕과 관련된 것이라면 아무리 사소한 것이라도 의미가 있었다. 담장 밑의 새순이던 싹이 연한 풀 잎사귀와 꽃으로 자라나는 것을 보면서, 그녀는 자신의 사랑도 저렇게 자라나는 것이라고 믿었다.

담장 밑을 한동안 바라본 그녀의 얼굴은 행복에 젖었다. 싹이 자라고 꽃이 붉게 물들어가자 그녀의 사랑도 붉게 물들어갔다. 풀 이파리와 꽃에는 담덕의 얼굴이 비껴들었고, 그녀는 그것을 고이 가슴에 담았다.

그녀는 스스로의 사랑에 붉어진 얼굴을 애써 진정하며 소쿠리를 들고 일어섰다. 들에 나가기 위해서였다. 봄에는 뭐니 뭐니 해도, 봄기운을 받고 쑥쑥 자라난 나물을 먹어야 입맛이 돌고, 생명의 기운을 느낄 수 있었다. 그런 봄나물을 자기 손으로 캐어 담덕에게 대접하고 싶은 것이다.

누리가 밖으로 나가려고 할 때 말발굽 소리가 집 앞쪽에서 멈췄다. 분명 담덕이 찾아오는 말굽 소리였다. 그녀의 직감이었다.

하지만 이내 그녀는 고개를 갸우뚱거렸다. 오늘은 담덕이 오는 날이 아니었기 때문이다. 그러나 벌써 두 발은 문가로 달려가고 있었다.

어느새 도착했는지 담덕이 안으로 들어섰다. 대체로 오골승과 함께 왔는데 오늘은 가벼운 평복 차림에 혼자였다. 담덕은 태자이면서도 그것을 내세우려 하지 않았기에 평복을 즐겨 입은 편이었다.

"안으로 드시옵소서."

누리가 말고삐를 잡으며 말하자, 담덕이 손을 저었다.

"아닙니다. 오늘은 바람이나 쐬러 가지요. 어서 준비하시구려."

담덕의 재촉에 누리가 못 이긴 듯 말을 끌고 나왔다.

따뜻한 햇살이 이들을 안내했다. 이들은 집을 나와 말을 힘껏 달렸다. 봄바람이 피부로 스며들 듯 따스하게 스치고 지나갔다.

얼마 지나지 않아 야트막한 야산이 보였다. 이들은 곧장 그곳을 향해 달렸다. 그곳에는 붉은 진달래와 개나리가 한데 어울려 활짝 피어나고 있었다. 그들이 올 것을 미리 알고 있기라고 한 듯, 그 꽃들은 청춘남녀의 사랑을 수놓아 주고 있었다.

서로 눈을 마주친 두 사람은 말을 멈추고 그곳에서 내렸다.

"참으로 아름답사옵니다."

담덕이 고개를 끄덕이며 꽃 무더기가 있는 곳으로 다가갔다. 그리고 가볍게 몸을 허공에 날리는가 싶더니 칼을 순식간에 놀렸다. 그러자 꽃 잎사귀가 누리의 머리 위로 휘황히 휘날리며 춤을 추었다. 그런 사이 그가 다시 둥그런 화환을 만들어 그녀의 머리에 씌워 주었다.

"꽃이 아름답다 한들 누리 낭자보다 못하구려. 아니 낭자가 있기에 이 꽃들이 아름답게 살아나는구려."

흘러내리는 꽃잎 사이로 담덕이 누리의 손을 힘껏 잡았다. 그녀의 얼굴은 진달래 꽃잎처럼 달아올랐지만, 부끄럼 없이 그에게 손을 고스란히 내맡겼다.

"누리 낭자! 모든 단군 백성이 행복하게 살아가는 날도 꼭 올 것이고, 우리의 가슴에 자라나고 있는 사랑도 이처럼 활짝 피어날 것입니다. 아니 그렇습니까?"

누리는 말없이 담덕의 손에 힘을 주었다. 힘이 들어간 두 개의 손이 하나로 포개졌다. 스승이자 동지요 연인인 담덕과 하나 된 기분에, 그녀의 몸은 붉은 꽃잎을 타고 하늘로 붕 떠가는 것 같았다.

구름은 이들의 모습을 지켜보고 하얗게 웃으며 둥둥 떠내려 갔다. 누리의 눈에는 이것이 단군족 모두가 하얀 옷을 입고 꽃을 피우는 것으로 보였다. 엷게 미소 짓는 그녀의 얼굴에는 붉은 꽃이 만개하듯 보조개가 피어올랐다.

10월, 하늘조차 무심한지 연 이태 동안이나 농사철에 비 한 방울도 뿌리지 않았다. 백성들은 가뭄과 병충해로 쭉정이만 남은 작물들을 보고 망연자실했다. 그런데도 두우 일당은 백성들의 삶을 보살펴주기는커녕 제 배를 채우려고 혈안이었다. 얼마 되지 않는 양을 수확이라고 했으나, 그것마저 가혹한 세금과 고리대에 치어 백성들의 손에는 아무것도 남지 않게 되었다. 백성들의 삶은 피폐해졌고 민심 또한 흉흉했다. 이런 현실에 의태는 분노와 무력감을 느꼈다.

삼국사기에는 고국양왕 5년 여름 4월에 크게 가물었고, 가을 8월에는 메뚜기 떼가 나타났다고 했으며, 고국양왕 6년 봄에는 기근이들어 사람이 서로 잡아먹으므로 왕이 창고를 풀어 구제하였다고 했다.

의태는 길동과 같이 태학에서 수학하고 있었다. 그는 혜성이 두우의 압력에 굴하지 않고 꿋꿋이 기개를 지키는 것을 보고 감동했다. 그런 이유로 혜성이 체포되었을 때, 길동과 함께 장협을 찾아가 간청도 하면서 그의 구명 활동에 발 벗고 나섰다. 그가 풀려난 이후에는 아예 사부처럼 섬기고 따랐다.

그는 혜성으로부터 나라의 미래상을 들으면서 백성이 행복하게 살게 되는 세상이 올 것이라고 굳게 믿었다. 그러나 시간이 흘러갈수록 상황은 악화되어만 갔다. 그런데도 혜성은 그에게 때를 기다리라고만 했다.

그는 답답함과 무력감에 빠져 넋을 놓고 걸었다. 그때 어디선가 시끄러운 소리가 들려 왔다. 칼이 부딪치는 소리였다. 정신을 차리고 보니 국성의 서쪽, 인적이 드문 산길이었다. 정처 없이 걷다 보니 거기까지 이르게 된 것이다.

그가 소리 나는 곳으로 다가가 살펴보니, 어떤 청년 하나가 네

명의 괴한과 맞서 싸우고 있었다. 다수에 밀린 듯 벌써 그의 몸은 상처를 입고 피가 흐르고 있었다. 한쪽 구석에는 촌가 부부와 미모의 처녀가 두려움에 떨고 있었다. 상황으로 판단하건대 괴한들이 힘없는 사람들을 괴롭히는 것 같았다.

"싸움을 멈추시오!"

의태가 큰 소리로 외치자 괴한들이 아니꼬운 눈초리로 째려보더니, 이내 혼자라는 것을 알고는 괴한의 우두머리 격인 자가 눈을 부라리며 말했다.

"여기는 네가 상관할 바가 아니니 네 갈 길이나 가거라."

위협 조로 내지르는 소리에 의태는 비위가 상했다. 그는 그자의 면상을 후려보며 싸움판 가운데로 걸어갔다.

"무슨 일인지 모르나 여럿이 한 명을 상대로 칼을 휘두르다니 부끄럽지도 않으냐?"

"아니……."

괴한들은 거침없이 다가오는 그를 보고 한순간 주춤했다.

"자! 지금이라도 어서들 물러가거라. 그렇지 않으면 내 용서치 않겠다."

"이런 시건방진 놈을 봤나? 우리가 누군지 알고 끼어드느냐?"

괴한 중의 하나가 간섭하지 말라는 투로 협박하며 계속 말을 이었다.

"우리는 바로 헌칠 장군의 수하이니라. 목숨을 부지하고 싶거든 너나 썩 꺼져라!"

헌칠의 수하라는 말에 의태는 더욱 화가 치솟았다.

"오호라, 그러니까 너희들이 바로 헌칠의 개라 이거냐? 망둥이가 뛰니까 꼴뚜기도 뛴다고, 너희들이 바로 그 꼴이렷다. 내 오늘 너희들에게 본때를 보여줘야 되겠다."

괴한들은 상대가 의외로 만만찮게 나오자 눈치만 살폈다. 그러나 그들은 수적으로 우세했다.

"명을 스스로 재촉하는군! 우리를 원망하지 마라!"

괴한들이 칼을 휘두르며 덤벼들었다. 그러나 태학에서 체계적인 정통검법을 연마한 의태의 상대는 되지 못했다.

의태는 이들이 살검을 펼쳐오자 칼에 사정을 두지 않았다. 도탄에 신음하는 백성의 아우성 소리를 모른 척해야 했던 자괴감에서 벗어나 두우를 심판하는 심정, 바로 그것이었다. 괴한 중의 둘은 벌써 가슴팍과 어깻죽지에 각각 상처를 입었다. 그러자 이들은 안 되겠다 싶었는지, 슬금슬금 눈치를 보고는 뒤꽁무니를 빼고 달아났다.

싸우다 상처를 입은 젊은이가 간신히 몸을 지탱하며 감사를 표했다.

"이 은혜를 어떻게 갚아야 할지……."

"은혜는 무슨 은혜라고 그럽니까? 당연히 해야 할 일을 했을 뿐인데……."

"우리 때문에 저들과 대적하게 되었으니, 이제 그들이 가만히 있지 않을 것인데……."

"그건 걱정하지 마오."

촌가 부부와 미모의 처녀는 아직도 겁에 질려 부들부들 떨고 있었다. 의태가 그들을 바라보다가 다시 젊은이에게 물었다.

"그런데 저자들이 왜 행패를 부린 겁니까?"

의태의 물음에 청년은 한숨을 쉬며 그에 얽힌 내막을 얘기해 주었다.

청년은 국성을 수비하는 병사로 촌가 부부의 딸과 혼인을 약속한 사이였다. 촌가 부부의 살림은 궁색했는데, 작년에 흉작을 거둬 살아가기가 더욱 막막하였다. 그런데 어느 날 어떤 사람이 찾아와 값싼 이자로 돈을 빌려주겠다는 것이었다. 그 사람은 고맙게도 농사를 지으면서 차차 갚으라고까지 했다. 그래서 그 사람을 은인으로 알고 돈을 빌려 쓰게 되었는데 그것이 덜미가 되었다.

기한이 되자 그 사람은 돈을 갚으라고 요구했다. 그가 제시한 돈은 이자의 이자까지 새끼를 쳐서 엄청나게 불어나 있었다. 애초의 약속과 달랐다. 그러나 올해에도 농사를 망쳐 그 돈을 마련할 수가 없으니, 기한을 조금 연장해 주면 갚겠다고 호소했으나, 막무가내로 그 돈을 갚지 못하겠으면 딸을 대신 내놓으라고 협박했다. 혼인할 사람이 있으니 한 번만 사정을 봐달라고 빌었으나 소용이 없었다. 알고 보니 헌칠 장군이 촌가 부부의 딸이 미인이라는 소문을 듣고, 그 딸을 차지하기 위해 치밀하게 꾸민 일이었다. 그래서 할 수 없이 짐을 싸 들고 도망치게 되었는데, 여기서 그만 발각되어 경을 치르게 되었다는 것이다.

헌칠이 호색한이라는 소문은 이미 국성에서 알만한 사람은 다 알았다. 국성의 수비부장을 맡고 나서부터는 한동안 잠잠했는데, 국성 수비대장직에 있다 보니 이제는 두려울 게 없어 아예 내놓고 그 짓을 하는 모양이었다.

'그놈이 못된 색마의 본성을 갑자기 버릴 리 만무하지.'

젊은이의 얘기를 들은 의태의 가슴은 처참하게 일그러졌다.

"이제 어디로 가실 작정이오?"

"어디로 가야 할지 모르겠습니다. 다만 국성에서 멀리 벗어나려고 합니다."

오갈 데 없는 청년과 촌가의 처지가 참으로 딱해 보였다.

"그러면 어서 가시구려. 지체하다간 또 어떤 낭패를 당할지도 모르니……. 내 더 이상 도와주지 못해 죄송하오이다."

의태는 한시바삐 국성을 빠져나가려고 힘든 몸을 이끌며 걸어가는 그들의 처연한 모습을 오랫동안 지켜보았다. 그것은 그의 눈에 집과 고향을 등지고 떠돌다가 쓰러져가는 백성들의 행렬로 보였다. 흉작 때문에 생계도 막막한데 도와주기는 고사하고, 그것을 이용해 성욕을 채우려 하는 헌칠의 학대가 저 사람들을 끝내 거리로 내몬 것이다. 그 애비에 그 자식이었다.

이 일을 겪고 난 의태는 참을 수 없을 정도로 분노가 치밀었다. 지금껏 혜성의 강경한 요구에 어쩔 수 없이 따르고 있었지만, 이제는 참지 못하게 되었다. 그래서 그는 몇 날을 고민한 끝에 혜성을 찾아가 따져 물었다. 이제 더는 지켜보고 있을 수만은 없고,

뭔가 행동해야 한다는 판단 때문이었다.

"백성들은 굶주림 때문에 사방으로 헤매고 있는데도, 두우 일당은 제 뱃속만 채우고 있사옵니다. 올겨울을 이 상태로 맞이한다면 어떻게 될지 생각만 해도 끔찍하옵니다."

"……."

"그런데 기다리라고만 하시니 도대체 그때가 오기는 오는 것이옵니까? 백성들이 다 죽어간 다음에, 때가 오면 무슨 소용이 있겠사옵니까? 이제 더는 기다릴 수 없사옵니다. 결단을 내려주시옵소서."

혜성은 분을 토하는 의태를 물끄러미 바라보았다. 강직한 얼굴은 두우를 향해 당당히 싸우고자 하는 결의에 차 있었다.

"그래. 네 말이 맞다. 이제 때가 되었으니 준비를 하자꾸나."

"에-예? 지금 분명 때가 됐다고 그리 말씀하셨사옵니까?"

그토록 완강했던 혜성이 너무도 쉽게 수긍하자 의태는 자기 귀를 의심하였다. 상황은 별반 달라진 것이 없고, 도리어 더 악화되기만 하는데 갑자기 준비라니? 의태가 무슨 말인지 얼른 알아듣지 못하고, 의아해하는 표정을 짓자 혜성이 다시 얘기해 주었다.

"그동안 고생이 많았다. 이제 담덕 태자님과 청년장수들이 국성으로 곧 돌아올 것이니, 우리도 이와 때를 같이해 움직이자꾸나. 우선은 백성들을 안착시킬 방법부터 찾아야 할 것이다."

혜성은 이미 담덕과 청년장수들이 국성에 올라올 시기를 예측하고 있었다. 그것을 확인이라도 해주듯 부살바로부터 서찰이 도착했다. 거기에는 그들이 평양성과 남평양성을 튼튼한 기지로 꾸리면서 군사를 정예 강군으로 키워 왔으며, 10월경에 국성으로 올라갈 것이라고 적혀 있었다. 그래서 혜성은 그들이 도착하면 국성의 청년들과 협력해 백성의 곤궁한 처지부터 먼저 해결할 참이었다.

"알겠사옵니다. 그것이라면 걱정하지 마시옵소서."

의태는 혜성이 다시 확인해주며 설명까지 곁들여 주자, 그동안 싸인 온갖 시름이 순식간에 사라지는 듯했다. 두우 일당에게 분통만 삭히고 지낼 것으로 여겼는데, 이제 당당하게 그놈과 싸울 때가 되었다고 생각하니 힘이 솟구쳐 올랐다.

의태는 기쁨에 넘쳐 어떻게 혜성의 방문을 뛰쳐나왔는지 모르게 집을 나왔다. 이 소식을 뜻이 같은 벗들에게 전해줄 것을 생각하니 몸이 먼저 달아오른 것이다.

그의 발걸음은 가벼웠고 힘이 넘쳤다. 두우의 가혹한 지배에서 벗어날 날이 머지않았다는 데서 오는 희망이었다. 너무나 어둡고 캄캄했기에 새벽이 오지 않으리라고 여겼는데, 바로 지척에서 밝아오고 있었다.

의태는 우선 길동에게 알려주기로 마음먹고 그의 집 쪽을 향했다. 빨리 소식을 전해주고 벗들과 함께 준비하려는 옹골진 생각만으로 가득 찬 그는, 아무것도 보지 못하고 걸음만 재촉했다. 그런데 난데없이 험상궂게 생긴 자가 그의 앞길을 가로막고 나섰다. 그 뒤에는 무장 차림새의 한 무리가 따르고 있었다.

"누군데 함부로 남의 앞길을 막는 것이냐?"

"나—아, 뇌도라고 한다."

비아냥거리는 목소리로 대답하며 인상이 험악하게 생겨먹은 자가 앞으로 나섰다. 눈꼬리가 치켜 올라가 있었고 짙은 살기가 풍겼다.

뇌도는 두우의 경호를 담당하는 자였다. 그의 출생 이력을 아는 자는 별로 없었다. 단지 강호를 전전한 타고난 싸움꾼이라는 것만 알려져 있었다.

그의 무술은 아주 뛰어났다. 그가 창안한 검법이 회오리검법이라고 하는데, 그 검법이 펼치고 지나간 자리는 거의 초토화되었다. 아직껏 그의 검법을 막아 낸 자는 아무도 없었다. 그에게 한번 걸리면 누구도 살아난 자가 없었기에 모두들 그를 겁냈다.

두우는 뇌도란 자의 소식을 듣고 1년 전에 그의 신변을 보호하는 경호무사로 삼았다. 두우가 가는 곳에는 항상 그가 그림자처럼 따라다녔다.

두우는 자기 말을 듣지 않는 자가 있으면 뇌도를 시켜 은밀하게 암살하게 하였다. 그래서 두우와 뜻이 맞지 않은 자 중에 행방이 묘연한 사람도 여럿 나왔다. 그런데 그가 오늘은 헌칠의 요청으로 의태를 잡으려고 온 것이다.

헌칠은 그 처녀를 탐닉할 것만 고대하고 있었다. 그런데 공들여 왔던 일이 수포로 돌아가게 되었다. 처녀의 행방을 찾아 데려

올 찰나에 알 수 없는 자가 나타나 훼방을 놓은 것이다.

다 잡은 고기를 놓쳐 버린 것이 못내 아쉬웠다. 그러나 그것보다 그의 권위에 도전하는 놈이 있다는 것에 더욱 화가 치밀었다. 수하들에게 그놈을 당장 잡아들이라고 호령했다. 그놈을 찾아야 분풀이도 하고 처녀의 행방도 알아낼 수 있었다.

수하들로부터 그놈이 국성의 대로를 걸어가고 있다는 보고가 들어왔다. 그는 즉시 사병을 보내어 그놈을 체포하라고 명령하려 했으나, 그자의 무술이 상당하다는 수하의 말을 떠올리고는 놓치면 안 되겠다는 생각에 특별히 뇌도에게 부탁한 것이다.

무리 속에서 한 사람이 뇌도 곁으로 다가왔다. 의태가 보니 얼마 전에 헌칠의 부하를 자청하며, 처녀를 납치하려 한 치한 중의 한 놈이었다.

"저놈이 틀림없사옵니다. 분명하옵니다."

"네가 빚을 갚지도 않고 도망치는 자들을 체포하려는데, 군사들의 공무를 방해하며 행패 부렸다면서? 그게 사실이냐?"

"남의 약혼녀를 첩으로 삼으려고 납치하려는 자를 혼내 준 적은 있으나, 군사들에게 행패 부린 적은 결단코 없다."

"이놈이 아직도 정신을 못 차리고 있구나. 여봐라! 이놈을 당장 체포해라."

뇌도의 명령에 무장한 사병들이 의태를 둘러쌌다. 그러나 의태가 칼을 뽑고 대결 자세를 취하자 주춤거렸다.

"어허! 뭘 꾸물대는 게냐. 당장 저자를 체포하지 못할까?"

뇌도의 불같은 호령에 사병들이 마지못해 서서히 죄어들며 의태를 공격했다. 사방에서 날아오는 칼날을 향해 의태의 칼이 번뜩였다. 그들의 공격 속에서 의태는 상처를 입으면서도 자세를 바로 세웠다. 그의 다부진 자세에 다수의 사병도 그를 쉽게 제압하지 못했다.

"멈춰라! 이런 등신 같은 놈들. 저런 놈 하나 잡지 못하고 쩔쩔매다니……."

뇌도의 싸늘한 외침에 싸움이 일시에 멎었다.

"제법이구나. 그러나 나에게 걸려든 이상 달아날 수는 없다."

뇌도가 무리를 물리치고 홀로 칼을 뽑아 들었다.

"네놈의 악독한 행패를 언젠가는 응징하려 했다. 오늘 그 기회가 왔으니 네놈을 심판하여 죄 없이 죽어간 수많은 영혼을 달래주겠다. 자, 덤벼라!"

긴장의 끈이 팽팽하게 당겨지며 두 사람의 날카로운 칼끝이 상대방의 심장을 겨냥했다. 그러다가 한순간에 수합의 칼날이 오갔다. 순간 잠잠해지며 의태의 무릎이 굽혀졌다. 몸 곳곳에는 피가 흘러내렸다.

"이자를 끌고 가라."

의태는 헌칠의 처소로 압송되었다. 피로 얼룩진 그의 몸은 고문대에 단단히 결박 지어졌다.

헌칠은 수하들을 물리치고 조용히 물었다.

"그들을 어디에다 숨겼느냐?"

"나는 모른다."

"어서 말해라. 그러면 목숨만은 살려 주겠다."

"설사 내가 안다고 해도, 너 같은 놈에게 말할 것 같으냐."

"뭐야! 네까짓 게 감히 나하고 맞서겠다는 게야."

헌칠의 발길이 의태의 면상을 갈랐다. 그러나 의태는 눈을 부릅뜨고 헌칠을 노려보았다.

"네놈이 어디까지 버티는지 한번 보자. …… 여봐라!"

헌칠이 큰 소리로 외치자 수하들이 신속하게 그 앞에 대령했다.

"이놈이 아직 맛을 제대로 못 본 모양이니 주리를 더 세게 틀어라. 이놈의 입을 찢어서라도 기필코 실토케 해라."

의태는 입을 악물었다. 응징할 때가 다가오고 있는데 도리어 이놈에게 잡히다니 분했다. 그렇더라도 굴복할 수는 없었다. 그는 신음 소리 하나 내지 않고 버텼다.

"저런 독한 놈. 더 세게 틀어라. 저놈의 입에서 살려달라는 말이 나올 때까지 매우 틀어라!"

의태의 눈동자는 희미해져 갔다. 그의 눈에는 이제 때가 되었으니 백성들의 피폐된 삶부터 우선 해결하자던 혜성의 얼굴이 떠올랐다.

"허—억, …… 이 나쁜 놈들……먼저 가……꼭 응징…….."

혼자 중얼거리는 말이 끝나기도 전에 고통과 분노로 일그러진 입이 꽉 다물어지면서 눈이 감기고 있었다.

21

11월, 국성의 기류는 겉으로는 평온하였다. 그러나 이면에는 팽팽한 긴장이 형성되고 있었다. 담덕이 청년장수들과 함께 국성으로 귀환하면서 조성된 형세였다.

지금껏 두우 세력과 황실은 서로 보이지 않게 대립하고 있었다. 여기서 두우는 아들 헌칠을 국성 수비대장으로 임명하여 국성을 장악하는 방법을 선택했고, 반면에 담덕은 백제를 제압한 후 평양성을 본거지로 삼아 기반을 마련하는 길을 걸었다. 이제 두 세력이 국성에서 조우하게 되었으니, 충돌은 피할 수 없는 양상이 되었다.

두 세력의 대결은 우선 기선 싸움부터 시작되었다. 두우는 태자에 대한 예를 갖춰 담덕을 영접하기보다는 간단한 의식으로 끝내려 하였다. 민심이 들끓고 있는 상황에서 환영 행사를 크게 벌이는 것이 가당치 않다는 주장이었다. 그 이면에는 담덕을 무시하려는 태도가 역력했다.

두우의 의견에 따라 의식은 조졸하게 치러졌다. 두우는 몸이 아프다는 핑계로 아예 얼굴도 내밀지 않고 헌칠을 대신 내보냈다. 태자를 맞이하는 것치고 옹색하기 그지없었다. 이런 면모로 보아 일단은 두우가 기선을 제압한 셈이었다.

그러나 담덕은 두우의 그러한 대접에도 아랑곳하지 않고 조금도 위엄을 잃거나 당황하지 않고 끝내 태연자약하게 행동하였다.

담덕이 이끌고 온 군사들은 위풍당당했다. 위용을 자랑하며 도열하는 군사들은 하나같이 일당백의 군사로 단련된 모습이었다.

이보다 더 놀라운 것은 담덕의 변모였다. 앳된 티를 다 벗지 못하고 국성을 떠난 그가 기골이 훤칠한 대장부로 장성하여 돌아온 것이다. 위엄이 서린 얼굴로, 기골이 장대한 청년장수들을 이끌고 호령하는 모습은 벌써 제왕의 면모를 드러내고 있었다.

숨죽이며 군사들의 국성 행진을 바라본 사람들은 담덕의 힘을 실질적으로 체감하기 시작했다. 담덕의 등장으로 두우와 황실의 대립은 국상과 담덕이라는 분명한 대립각이 서게 되었다. 한판 격돌이 예고되는 가운데 국성은 아무 일 없다는 듯 고요한 정적만이 흘렀다.

이런 상황에서 국성의 기류와는 전혀 어울리지 않게, 국성의 서북쪽에 우람하게 자리 잡은 장협의 집 밖에서는 때아닌 사람들로 바글거렸다. 장협이 창고를 털어 양곡을 나눠준다는 소식에, 사람들이 이른 아침부터 구름 떼처럼 모여든 것이다.

장협이 자신의 창고를 열기로 한 것은 새롭게 형성된 정세를 분석하고 이해득실을 따진 계산된 행동이었다.

그는 담덕과 청년장수들이 평양성으로 간 이래 그들을 계속 주시했다. 권력의 저울추는 그들에 의해 좌우될 공산이 컸기 때문이었다.

두우의 세력이 여러 곳에 똬리를 틀고 있다고 하나 미래는 태자 편이었다. 태자가 화를 입지 않고 버텨낸다면 두우는 언젠가

궁지로 몰리게 되어 있었다. 두우가 제아무리 뱃심이 좋다고 해도, 어릴 적 담덕의 면모를 보면 담덕 또한 결코 호락호락하게 당할 인물이 아니란 것을 장협은 잘 알고 있었다. 더구나 그 곁에는 청년장수들이 있고, 그들은 평양성에서 정예군을 이끌고 왔다. 그런 그가, 두우가 하는 대로 가만히 앉아서 보고만 있지 않으리라는 것은 쉽게 예상되는 바였다.

벌써 담덕은 평양성에 있을 때 창고를 열어 구휼미를 백성에게 나누어 주었고, 거기에 재력가들에게 재산까지 헌납하게 하여 백성들에게 나눠주었다. 이런 시책을 이미 펼쳤으니, 그가 국성에서도 그와 똑같은 방법으로 민심을 휘어잡으려 할 것은 불을 보듯 명확했다.

백성들의 처지는 세금은 고사하고, 내년 봄을 맞이하기도 전에 무더기로 떼죽음을 당할 만큼 비참했다. 산과 들에는 나무뿌리와 풀뿌리를 찾아 헤매는 사람들로 넘쳐나고 있었다.

그렇지만 지금까지 두우 일파는 말로는 국가적인 대책을 세운다고 했으나, 정작 실행에 옮긴 것은 아무것도 없었다. 도리어 이를 악용해 국가 재산을 착복하고 사적인 욕망을 채웠다. 그러면서도 국고의 재정이 바닥났으니, 이를 마련해야 한다고 주장하는 등 백성들의 삶에는 아랑곳하지 않았다.

두우에 대한 원성이 자자했다. 더구나 그의 아들 헌칠이 정혼한 처녀를 노리갯감으로 삼으려, 이를 가로막은 의태 청년을 잡아들여 고문해 죽였다는 소문은 사람들을 분노케 하였다. 민심을 잃은 두우는 국성의 안전을 도모한다는 명목으로, 군사들을 풀어 방비케 하여 그의 지위를 지탱하고자 했다.

하지만 이제 담덕이 막강한 군대를 대동하고 국성에 돌아오자 상황은 달라지고 있었다. 두우의 군사들은 청년장수들의 등장에, 예전처럼 거리에서 맘 놓고 활개 치지 못하고 위축되었다. 벌써 담덕은 국성의 새로운 실력자로 떠오르고 있는 셈이었다.

장협은 이런 정국을 꿰뚫어 보며 활로를 모색했다. 어떻게 하면 입지를 넓히면서 권세를 틀어쥘 수 있는가 하는 점이었다. 그러나 그게 만만찮았다. 그래서 홍덕의 의견을 물었다.

홍덕은 태학에서 장협의 심복으로 일하고 있는 자였다. 그의 의도를 정확히 알고 수행하는 둘도 없는 충복이기도 했다. 그에게 청년들이 필요하다는 것을 알고는 태학에서 인재들을 끌어모아 이끌고 있었다. 더구나 일 처리는 빈틈이 없어서 장협은 그에게 중요한 일을 맡기고 있었다.

"한 동굴에 호랑이 두 마리가 웅거할 수는 없사옵니다. 조만간 국상과 태자는 격돌하게 될 것이옵니다. 그때까지 지켜보는 것이 상책일 듯싶습니다."

"어부지리를 취하자는 것인가?"

홍덕의 말에 장협이 되물었다.

"그러하옵니다."

"일리 있는 말이네. 허나 지금은 그게 아닌 것 같네."

장협이 고개를 저으며 다시 말을 이었다.

"고래 싸움에 새우 등 터진다는 말이 있지 않은가? 두 세력이 첨예하게 대결을 벌이게 되면 중간은 설 자리가 없네. 결국 승자의 부속물로 전락하고 말 것일세."

"그렇더라도 두 세력이 다투지 않으면 파고들 틈새가 없지 않사옵니까?"

"바로 그것이 문제네. 서로 타협해도 안 되지만 이판사판으로 피 터지게 싸워도 안 되고…… 어느 쪽도 완전한 우위를 차지하지 못하고 끊임없이 서로 물어뜯으며 싸우게 해야 하는데……."

장협이 뭘 고민하는가를 파악한 홍덕이 다시 조심스럽게 입을 열었다.

"그거라면 이미 담덕 태자께서 시행한 정책을 차용하면 되지 않을까요? 백성 구제책이라면 국상과 태자가 서로 티격태격하게 만들 수도 있고, 또 우리가 먼저 실시하면 그 알맹이를 차지할 수도 있지 않겠사옵니까?"

장협의 얼굴이 환해졌다.

"참으로 기막힌 묘안이로세. 지금 백성들은 태자를 바라보며 무슨 대책이 시행되기를 고대하고 있지를 않은가? 이것을 우리가 해낸다면 일거에 대세를 장악할 수 있을 것이네. 이거야말로 명분과 실리를 다 얻을 방안이 아닌가?"

"하지만 여기에는 또 다른 가능성도 배제할 수 없사옵니다. 만약 두우가 우위를 점하게 되면……. 태자의 손을 들어주는 격이 되니 국상 쪽에서 불쾌하게 여길 것인데, 그러면 그 불똥이 어떻게 될지……."

아직 담덕과 두우를 맞상대할 정도로 힘이 없는 조건에서, 두 세력 중 어느 한 편에 합류하려다가 상황이 반대로 기운다면, 곤욕을 치를 수밖에 없는 그들의 처지를 반영한 말이었다.

"그것은 걱정하지 않아도 될 것이네. 어차피 백성들의 실정을 보면 양곡을 풀어야 할 판이네. 두우도 언제까지 이를 거부할 수는 없을 것이고. 그런데다 태자는 엄청난 기세로 떠오르고 있지 않은가? 이를 쉽게 두우가 가로막지는 못할 것이네."

"하긴 명분이 태자에게 있다면 관철될 가능성이 더 높겠지요. 그러시다면 정말 창고를 먼저 여실 작정이시옵니까?"

"그래야지. 선수를 쳐야지. 내가 태자의 부속물이 될 수는 없지 않은가? 내가 곡식을 나눠준다고 백성들에게 널리 알리게."

이런 말이 오간 후, 홍덕은 은밀히 사람들을 동원해 국성의 곳곳에 장협이 곳간을 열어 양곡을 나눠준다는 소문을 퍼뜨렸다. 그 말은 마른 장작더미에 불이 타오르듯 삽시간에 입소문을 타고 사방으로 번졌다. 굶어 죽어가는 판에 양식을 주겠다고 하니, 그 희소식은 삽시간에 국성 안팎으로 번져갔다.

한편 장협은 이 말이 퍼져 나간 후 담덕의 움직임을 면밀히 지켜보았다. 담덕이 이를 명분으로 두우에게 압력을 가하리라고 판단한 것이다. 그의 예측대로 담덕은 부살바를 대동하고 국상을 찾아갔다.

두 사람의 대면은 긴장 속에서 이뤄졌다. 특히 담덕을 따라간 부살바와 두우의 호위병인 뇌도의 신경전은 살벌했다. 서로의 눈이 부딪치자 불꽃이 튀겼다. 서로 한 치도 물러서지 않으려는 기세였다. 그러나 담덕과 두우의 담판은 의외로 싱겁게 끝났다.

담덕이 두우에게 재산을 국가에 기부하여 백성을 구제하는 모범을 보인다면, 백성들이 국상을 중심으로 따를 것이라고 얘기하자 두우가 쉽게 수긍했다. 담덕의 말을 반박하기에는 백성들의 삶이 말이 아닌 상태였다. 대신에 두우는 궁여지책으로 군사적 주도권을 놓지 않기 위해, 백성들의 행동이 사납고 거치니 군사로 하여금 계속 대비케 해야 한다고 덧붙였다.

장협은 그리 예상은 했지만, 담덕이 두우를 간단히 주무르는 것을 보고, 그가 만만찮음을 다시 한번 실감했다. 두우보다도 그가 더 강력한 적수가 될 것이라는 생각이 떨쳐지지 않았다. 그러나 이것은 당장 염려할 문제는 아니었다. 먼저 국상이 제거되어야 하고, 그것도 담덕의 손을 빌려서 처리해야 했다. 두우가 무력화되어야 그 자리를 차지해 실질적 권력에 접근할 길이 열리는 것이다.

장협은 두려움이 일면서도 우선은 담덕과 행보를 함께할 수밖에 없었다. 하루빨리 입지를 넓혀야 했다. 그것이 활로였다. 백성들로부터 강력한 지지를 얻어내는 것이 바른 지름길이었다.

이제 담덕과 두우가 합의한 이상 꺼릴 것도 없었다. 재물을 토해내고도 남의 공으로 만들 수는 없었다. 선참으로 거창하게 재물을 나눠주면 담덕과 두우의 공으로 돌아갈 몫도 자신이 먼저

고스란히 챙길 수 있었다. 한마디로 재주는 곰이 넘고 돈은 되놈
이 받는 격이었다.

여기에서의 승부는 사람들을 얼마나 모으느냐에 달려 있었다.
장협은 여기에 모든 심혈을 기울여 왔다. 그리고 마침내 그날이
온 것이다.

"자, 줄을 서시오! 줄을……."

끝을 알 수 없는 수많은 사람이 계속해서 장협의 대문 앞으로
몰려들었다.

모여든 사람들의 차림새는 궁색하기 짝이 없었다. 먹지 못해
비쩍 말라비틀어진 몸에 걸친 입성이라곤 허름한 여름옷을 몇
겹씩 껴입었지만, 그것마저도 제대로 걸치고 있는 사람은 드물
었다. 곧 혹독한 겨울이 다가올 터였다. 입지도 먹지도 못한다면
영락없이 굶어 죽는 수밖에 없을 것 같았다.

"정말 주기는 주는 겁니까?"

여전히 긴가민가하며 의심의 눈초리를 보내는 사람들이, 지나
가는 장협의 하인들을 붙들고 물었다. 태자가 국성에 돌아온 이
래, 곤궁한 백성들을 위한 시책이 펼쳐질 것이라는 소문이 나돌
았으나, 그건 떠도는 풍문에 불과했지 무엇 하나 믿을 수 있는 것
은 없었다.

"아ㅡ. 그럼요. 장협 대인이 어떤 분이신데, 그런 빈말을 하시
겠소? 걱정 꽉 붙들어 매고, 어서 줄이나 서구려. 어서……."

너스레를 떨며 자랑스럽게 대답하는 장협의 하인들은 한결같이 장협의 공을 앞세웠다. 사람들은 이들의 말에 따라 줄을 서기 시작했다.

이런 상황을 유심히 지켜보던 홍덕은 만족스러운 얼굴로 안채로 들어갔다. 그리고는 수하들을 불러 마당에 대기하도록 이르고 장협을 찾았다.

"대인 어른!"

홍덕이 부르는 소리에 장협이 안채의 문을 열고 마루로 나왔다.

"밖의 상황은 어찌 되고 있는가?"

"발 디딜 틈도 없을 정도로 엄청나게 모였사옵니다. 대성공이옵니다."

"그래. 자네의 노고가 많았네그려. 나갈 채비도 다 되었는가?"

"물론이옵니다. 모든 것이 완벽하게 준비되었사옵니다."

"역시 자네의 일 처리는 믿을 만하구먼. 그럼 슬슬 나가볼까?"

마당으로 나오자 도열해 있던 장협의 수하들이 예를 취하고는 그들을 안내했다. 수하들의 호위를 받으며 장협은 밖으로 나섰다.

"장협 대인께서 나오신다. 모두들 조용히 해라."

앞장선 장협의 수하가 크게 외치자 웅성웅성하는 소리가 일순간 멎었다.

장협은 운집한 사람들을 내려다볼 수 있게 설치된 연단으로 곧장 올라갔다. 그러자 그를 따르던 수하들이 재빨리 몸을 움직이며, 무대 주위를 겹겹이 에워쌌다. 감히 범접할 수 없는 위세가 느껴졌다.

굶주린 눈동자들이 장협의 입으로 모아졌다. 양식을 줄 것인가 말 것인가가 그의 입에 달려 있었다.

이런 와중에 연단 앞에 있던 몇몇 사람들이 "장협 대인 만세!"를 열렬히 연호하는 분위기를 연출하였다. 그러자 다른 사람들도 얻어먹으려면 어쩔 수 없다는 듯 엉거주춤 "장협 대인 만세!"를 따라 외쳤다.

장협은 사람들을 둘러보았다. 이들은 사람이 아니었다. 짐승 같은 알거지들이 우글거리고 있는 것 같았다. 일순 그의 눈초리가 일그러졌다. 그러나 이내 언제 그랬냐는 듯, 인정 많고 인자한 표정으로 재빨리 안면을 바꾸었다.

"연이은 흉년으로 얼마나 고생들이 많았소이까?"

장협이 말을 시작하자 사람들은 숨을 죽였다.

"나는 여러분들의 고통을 누구보다도 잘 알고 있소이다. 참으로 가슴 아픈 일입니다. 그래서 나는 결단을 내렸습니다. 비록 많은 것은 아니지만, 곳간을 열어 여러분에게 나눠주기로 결심했소이다."

사람들 속에서 함성과 박수 소리가 거세게 터져 나왔다. 먹을 것을 나눠준다는 말에 일제히 환호하였다. 이들에게는 백 마디 성현의 말보다 오직 나눠준다는 그 한마디가 절실했다.

사람들은 계속 소리치며 들뜬 표정으로 장협을 우러러보았다.

환호 소리가 가라앉자 장협이 만족한 표정으로 다시 말을 이었다.

"추위가 몰려오는데 양식은 부족하고 …… 힘들지만, 우리 모두 이 고비를 이겨 냅시다. 서로 돕고 합심한다면 기필코 극복될 것입니다. 그럼 많지는 않지만, 순서대로 양식을 받아 가시기 바랍니다."

몇몇 사람이 다시 '장협'을 외치자 처음과는 달리 자발적으로 장협을 외쳤다. 장협의 수하와 하인들이 앞사람부터 차례대로 양식을 나눠주기 시작했다. 그러자 사람들의 함성 소리가 더 크게 울렸다.

모두들 이제는 살았다는 표정이었다. 기뻐하는 사람들의 모습에 장협도 덩달아 즐거웠다. 그 기분에 취해 장협은 연단에서 내려와 사람들이 있는 곳으로 다가갔다. 그러자 사람들은 위인을 우러러 받들 듯 부복했다.

"대인 어른! 감사하옵니다."

"대인 어른을 충심으로 받들겠사옵니다."

굶주림을 면하게 해주는 장협은 이들에게 있어서만큼은 구세주였다.

"일어들 나십시오. 모두가 합심하여 서로 돕는다면 이 어려운 고비를 반드시 극복할 수 있을 것입니다. 나, 장협은 이 어려움을 여러분과 함께할 것입니다. 좋은 날이 올 때까지 용기를 잃지 맙시다. 모두 힘을 내어 살아갑시다."

"장협 대인!"

장협의 말에 몇몇 사람들이 감동하며 소리쳤다. 그러자 그 구호는 연창으로 이어졌다. 이들이 외친 함성은 국성의 중심을 향해 멀리 퍼져 나갔다.

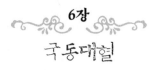

6장
국동대혈

22

고국양왕 7년(390년) 3월, 대지에도 봄기운이 스며들었다. 황궁
에도 예외 없이 따스한 봄바람이 살랑살랑 불어왔다. 혹독한 겨
울이 지나고 백성들의 생활도 서서히 봄기운에 살아나듯 활기를
되찾고 있었다.

황후는 방안을 서성거렸다. 담덕을 들게 하라는 하명을 내린
지 촌각도 지나지 않았건만, 조급한 마음에 몸이 달아올랐다. 자
식 하나 제대로 지켜주지 못한 어미라는 마음에, 그녀의 가슴은
항상 죄인의 심정이었다.

국상과 조정 대신들은 강력한 힘을 바탕으로 약해진 황실을 좌지우지하려 들었다. 그런 그들은 담덕을 그대로 내버려 두지 않고 해코지만 하려 들었다. 담덕은 이들에 의해 어려서부터 전장을 전전해야 했다.

아들의 방패가 되어 주지 못하고, 고난의 행군을 떠나는 자식을 바라만 봐야 하는 어미의 심정은 언제나 아픔 그 자체였다. 그러나 담덕은 그때마다 그것을 의연히 딛고 일어서서 성장의 발판으로 삼았다.

백제 출전 이후, 오히려 의젓한 사내대장부가 되어 돌아왔다. 그 주위에도 내로라하는 영웅호걸들을 거느린 모습을 보니, 대견스럽게 여기지 않을 수 없었다. 하지만 그것으로 모든 것이 끝나지는 않았다.

지난겨울, 극심한 기근으로 쓰러져가는 백성들을 구제하는 방법을 두고, 국상을 비롯한 조정 대신들과 담덕은 명분상 같은 입장을 취했지만, 그 이면에는 서로 다른 위치에 서 있었다. 장협의 지원으로 태자의 주장이 관철되기는 했지만, 이들이 언제 다시 반격할지 알 수 없었다.

황후는 그것이 걱정이었다. 그것을 해결하려면 태자가 하루라도 빨리 안착해야 했다. 그러려면 우선 태자의 혼사를 매듭지어야 했다. 태자비를 간택하면 태자의 위치는 더욱 다져질 것이었다.

이런 생각 때문에 태자비를 간택하는 문제만큼은 어미 된 도리로 말끔하게 처리해 주고 싶었다. 인물로 보나 기상으로 보나, 어디 하나 손색이 없는 태자였다. 그가 원대한 뜻을 펼치게 하려면 배필을 잘 골라야 했다.

이제야 태자비의 간택 문제를 꺼낸다는 것이 너무 늦은 감도 있지만, 상황이 여의치 못했다. 태자로 책봉될 때 해결하려고 했는데, 태자의 안위는 물론 황실조차 위협받는 상황에서 한가하게 그런 것을 거론할 수는 없었다.

이제 태자도 장성했고, 그 주위에 듬직한 청년장수들이 보필하고 있으니, 더는 미룰 수 없는 문제였다. 황후는 태자비 간택 문제만 해결하면 한시름 놓을 수 있을 것 같았다. 이런 생각 때문에 황후의 마음은 더욱 다급해졌고, 가만히 앉아 기다릴 수가 없었다.

"마마, 태자 저하시옵니다."

"어서, 들라 해라."

"어마마마! 부르셨사옵니까?"

"이리로 앉으세요."

열두 살 이후부터 어미의 품을 떠나다시피 한 담덕에게 황후의 애정은 각별했다.

담덕이 황후에게 예를 취하고 자리에 앉았다. 이미 어엿한 사내대장부로 성장한 담덕의 얼굴은 범접하기 어려운 기상이 묻어났다. 그러나 어쩐지 오늘은 그늘진 표정이었다. 담덕이 근심 어린 목소리로 말했다.

"아바마마의 용체가 걱정되옵니다."

태자로서 국사를 처리하면서도 부모를 지극 정성으로 섬기는 그였다.

"그게 걱정입니다. 하루빨리 건강을 되찾으셔야 하는데……."

고국양왕은 이미 병상에 누운 지 오래였다. 그러나 대내외적인 혼란과 황실의 앞날을 위해 그 사실을 감추고 하루하루 버티고 있었다. 국사는 대부분 태자와 국상이 의논하며 처리하고 있었다. 국상으로서도 그것은 하등 손해날 게 없었다. 문제는 태자였다. 국상은 늘 태자를 경계하고 있었다. 그들 간에 원만한 타협이 이뤄지지 않는다면 언젠가는 회오리바람이 한바탕 불 것은 자명한 이치였다. 그래서 태자비의 간택은 태자에게 크나큰 후원 세력을 얻는 의미가 있었다.

그것을 잘 알고 있는 황후는 태자비의 간택이 절실했기에 은밀히 서두르고 있었다. 고국양왕은 자신의 건강을 걱정하며 황후에게 물었다.

"혹시 맘에 두고 있는 규수라도 있소?"

태자비 문제를 고심하는 것은 고국양왕도 마찬가지였다. 황위를 안정적으로 이어받기 위해서도, 국정을 안정적으로 주도하기 위해서도 시급한 사안이었다. 몸만 허락한다면 직접 나서서 처리해 주고 싶었다.

"딱히 점찍어 둔 것은 아니지만 장협 대인의 여식 주홍이 어떨지……."

"주홍이라……."

주홍은 이미 대신들 사이에서 회자되고 있었다. 그래서 고국양왕도 그녀에 대해 이미 알아보았다. 크게 나쁠 것은 없었다. 하지만 그 아비 장협이 미덥지 못했다.

"인물도 괜찮고 행실도 단정하다고 하옵니다."

"그렇다고 들었습니다. 허나 장협 대인이……."

"왜 그러십니까? 장협 대인은 지금껏 황실에 협조한 충신이 아니옵니까?"

"충신이라니……. 글쎄요. 그렇게 말할 수 있을지……."

고국양왕이 가당치 않다는 표정을 지었다.

고국양왕은 태자가 백제 원정을 성공적으로 끝내자 국성으로 귀환시키려고 하였다. 그때 두우의 편을 든 장협의 행위를 결코 잊을 수가 없었다. 또 이번에 태자가 백성의 곤궁한 처지를 풀어주고자 할 때도, 그가 먼저 양곡을 나눠주어 민심을 독차지하려 한 것을 보면 괘씸하기 짝이 없었다. 두우가 양보한 이유야 태자의 힘과 기세가 뒷받침되어 있기 때문이라는 것은 세상이 다 아는 일이었다. 태자를 보필해야 할 사람이 도리어 그 성과물을 가로채려 하다니, 그런 사람을 믿을 수 있겠는가 하는 의문이 맴돌았던 것이다.

"장협 대인을 믿지 못하시겠다는 뜻이옵니까?"

황후가 당황스러워하며 조심스럽게 여쭈었다.

"딱히 그런 것은 아닙니다만."

"그러시면……. 아무래도 여식이 태자비로 간택되면 장협 대인도 황실에 더 충성하지 않겠사옵니까?"

황후의 말에 고국양왕은 대답하지 않았다. 황후의 말처럼 주홍
이 태자비가 되면 황실에 더 충성할지 모르겠지만, 어쩐지 믿을
수 없다는 느낌이 끝내 사라지지 않았다. 오히려 외척임을 빌미
로 두우와 같은 행패를 부릴지도 모를 일이었다.

"폐하의 심기를 불편하게 해 송구하옵니다."

마땅찮아 하는 고국양왕의 표정에 황후가 미안해했다.

"아닙니다. 황후의 뜻을 내 어찌 모르겠소? 그런데 태자의 의
견은 물어보았습니까?"

"아직은……."

"태자와 상의해 보는 것이 좋을 듯하오. 그래도 자기 반려자를
맞이하는 일인데, 태자의 의견이 중요하지 않겠습니까?"

고국양왕이 황후에게 말하고는 눈을 스르르 감아버렸다.

황후가 황실의 안정을 염두에 두고 태자비를 고민하고 있다는
것을 고국양왕도 알았다. 장협이 황실 편에 선다면 국상 세력을
누를 수 있었다. 황후는 그 점을 염두에 둔 것 같았으나, 장협에
대한 의심이 쉽사리 떨치지 않았다.

황후는 담덕이 부황의 환후를 걱정하는 모습을 보고 태자비의
간택 문제를 직접 꺼냈다.

"이런 때일수록 황실을 안정시켜야 합니다. 그래서 폐하께서도
태자비를 하루라도 빨리 맞이하고 싶어 하십니다."

"……."

"이 어미가 못난 탓에 태자가 이토록 장성했는데도 그런 문제 하나 해결치 못하고 있으니……."

"아니옵니다. 그 마음을 헤아리지 못한 소자의 불찰이옵니다. 소자를 책망하여 주시옵소서."

"그렇지 않아요. 그것이 어찌 태자의 잘못이랍니까? 어쨌든 늦었지만, 지금이라도 빨리 서둘러야겠습니다. 태자의 혼사는 나라의 경사인데, 어설피 할 수는 없는 일이지요. 생각만 해도 이 어미의 마음이 설레는군요."

혼사 문제가 나오자 담덕의 머릿속에는 누리의 얼굴이 가득 들어왔다.

'지금은 어찌 지내고 있는지.'

담덕은 누리에게 조만간에 국성으로 데려오겠다고 약속하고 평양성에 남겨두고 왔다. 기근을 해결해야 하는 중대한 과제가 기다리고 있었다. 두우 세력이 그의 해결 방안을 거부할 수도 있었기에 국성의 정세는 예측할 수 없게 급변할 수 있었다. 한가롭게 누리를 데려갈 수 없던 처지였다.

누리는 담덕의 말을 듣기도 전에 이런 상황을 알아차리고 평양성에 남겠다고 자청했다. 그러면서도 다른 무엇보다 백성의 곤궁한 삶을 해결해 달라고 요청했다. 그런 누리의 마음이 예쁘고 미더웠다. 하지만 막상 헤어지니 이별이 아쉬웠다.

누리 생각에 담덕의 얼굴이 붉게 상기되었다. 한 떨기 싱그러

운 연한 새순처럼 청순한 누리가 보고 싶었고, 그녀 생각만으로
도 즐거웠다.

황후는 상기된 담덕의 얼굴을 보며 다시 말을 이었다.

"그래서 말인데 태자, 이 어미가 봤을 때는 장협 대인의 여식
주홍이 어떨까 합니다. 대왕 폐하께도 그리 말씀드렸습니다."

말이 없는 담덕을 보고 쑥스러워 그러는 것이라 여긴 황후가
다시금 말을 이었다.

"사람됨도 괜찮고, 인물도 그만하면 빠지지 않는다고 합니다.
더구나 장협 대인은 충신 중의 충신이 아닙니까?"

"어마마마!"

"왜요? 말해 보세요."

"어찌 소자가 어마마마의 마음을 모르겠사옵니까? 어마마마의
헤아리심에 감읍할 따름이옵니다. 하오나……."

"어서 얘기해 보세요. 폐하께서도 태자의 의견이 중하다 하셨
습니다."

"소자는 이미 장래를 약속한 사람이 있사옵니다."

"그래요? 이런……. 진작 말씀하시지 그랬어요."

"미처 여쭙지 못해 죄송하옵니다."

"이 어미가 괜한 짓을 했나 봅니다. 그런 줄도 모르고……. 그
래, 어느 댁 처자, 누구인가요?"

"누리라고 하오며, 소자의 사형되는 이의 동생이옵니다."

"그래요, 그래! 부모님은 누구신가요?"

"옛날 백제와의 전쟁으로 돌아가셨사옵니다. 하오나 다기라는 오라비는 한 시대를 풍미할 정도로 인재인 데다 지난 백제와의 전쟁 때 큰 공훈을 세운 장수이기도 하옵니다."

"아—아! 남매가 아주 훌륭합니다. 태자가 맘에 들어 한다니 물어보지 않아도 알 만합니다. 그러나 집안이……."

황후가 말을 하려다 말고 긴 한숨을 내쉬었다.

집안의 내력보다는 사람을 먼저 보아야 한다는 것쯤은 그녀도 잘 알고 있었다. 그러나 황실의 현실은 그렇지가 않았다. 만약 황후 자신이 든든한 가문 출신이었다면 태자가 그 어린 나이에 전장을 전전하지 않아도 되었을 것이다. 이것을 알기에 황후는 자신의 미력한 출신 배경을 늘 가슴 아파했다. 그래서 태자비만큼은 든든한 가문 출신의 규수를 염두에 둔 것이었다.

"어마마마, 심려하지 마시옵소서. 누리 낭자는 소자에게 큰 힘이 될 것이옵니다. 어마마마께서도 만나보시면 분명히 맘에 들어 하실 것이옵니다."

황후는 담덕의 자신 있는 태도에 더 얘기할 필요가 없다고 판단했다. 지금껏 담덕은 옳다고 생각한 바를 위험하거나 힘들다고 해서 포기한 적이 없었다. 물론 황후는 그런 담덕을 막으려 하지 않았고, 도리어 믿어주었다.

"태자가 이리도 자랑하시니 이 어미도 샘이 나는구려. 어디 얼마나 아리따운 규수인지 빨리 보고 싶구려."

"황공하옵니다. 하루라도 빨리 데려와 인사 올리도록 하겠사옵니다."

황후는 담덕의 모습을 가만히 내려다보았다. 누리 낭자를 얘기하는 그의 얼굴에 은은한 홍조가 들어 있었다. 그런 담덕을 보니 누리라는 여인을 생각하는 담덕의 마음을 알 것도 같았다.

23

5월 말, 나라는 축제 분위기였다. 담덕과 누리의 혼례가 치러졌기 때문이다. 조정에서는 태자의 혼례를 계기로 대대적인 사면 조치를 내렸다. 백성의 세금을 탕감하거나, 혹은 면제하거나 유예시켰다.

잠시나마 국성의 공기 또한 환호하고 들뜬 분위기였다. 담덕을 지켜본 사람들은 이제 뭔가 달라질 조정의 정치를 기대했다. 하지만 이런 기운과 달리 돌벼의 마음은 심란하기만 했다. 한 치 앞을 내다보지 못한 한심한 놈이라는 자괴감마저 엄습했다.

그는 담덕이 평양성으로 쫓겨 간 이래 두우의 세상이 올 것이라고 굳게 믿었다. 하지만 그 예측은 완전히 빗나가 버렸다. 담덕이 권력의 중심으로 서서히 떠오르면서 두우의 세력은 밀려나고 있었다. 그만큼 담덕은 정국의 거대한 물줄기를 형성하고 있었다.

이것은 태자의 혼례를 계기로 확연히 드러났다. 태자비를 모시고 입성한 군사들은 보기만 해도 얼마나 숙련된 정예부대인지 한 눈에 알 수 있었다. 쫓겨난 줄 알았는데 호랑이가 되어 입성한 모양새였다. 이들 정예군을 이끄는 지휘관들마저 하나같이 기골이 장대한 영웅호걸이라고 부르기에 손색이 없었다. 평양성의 청년 장수들과 국성의 청년장수들이 태자를 중심으로 해서 암암리에 힘을 합치니 그 위세가 실로 대단했다.

이런 상황이 올 것도 모르고 어리석게 두우 편에 선 것이 후회 막급이었다. 그러나 이대로 주저앉아 있을 여유가 없었다. 잘못 했다간 지금까지 유지해 온 가문의 영광이 한순간에 사라질 수도 있었다. 활로를 찾는 것이 급선무였다. 그러나 아무리 생각해도 그 활로가 보이지 않았다.

돌벼는 막다른 벼랑에 몰려 지푸라기라도 잡는 심정으로 둘째 아들 바우를 불러들였다. 바우는 그에게 두우와 가까이하지 말라 고 직언한 바 있었다.

"바우야, 나라의 향배가 앞으로 어떻게 흘러갈 것 같으냐?"

"그것을 소자가 어찌 알겠사옵니까?"

"그리만 말하지 말고……. 이 애비가 네 얘기를 듣고 싶어서 그 러니, 한번 얘기해 주려무나."

돌벼의 목소리는 풀이 죽어 있었다. 바우는 이런 아버지의 모 습에 마음이 편치 않았다. 그렇다고 그가 나설 문제도 아니고 해 서 정국의 형세만을 거론했다.

"앞으로 황실과 국상의 관계는 새롭게 정립될 것으로 보입니다. 그러니 둘 관계의 갈등이 어떻게 해결될지 좀 더 지켜보아야 하지 않겠사옵니까?"

"그렇게 추상적으로 두루뭉술하게 얘기하지 말고, 둘 중에서 누가 이길 것인지 구체적으로 말해 보거라."

"시간이 흐를수록 태자가 우세할 것이고……. 현재 태자의 군사력만 봐도 국상이 함부로 대적할 수 없을 정도라면 그 판단이야 말하지 않아도……."

돌벼도 그리 생각했지만, 그에게 불리한 말이 막상 바우의 입에서 터져 나오자 한층 더 얼굴이 굳어졌다.

"그렇다면 앞으로 어찌했으면 좋겠느냐?"

바우는 침울해하는 아버지의 모습이 측은해 보였다.

그는 담덕을 지켜보면서 고구려의 중흥을 점칠 수 있었다. 하지만 아버지는 가문을 위해 일하기를 바랐다. 그 심정을 이해하지 못하는 바는 아니지만 옳다고 여기지는 않았다. 그래서 그는 정치무대에 나서려 하지 않았다. 아버지를 따르자니 의롭지 못했고, 거역하자니 불효자의 길을 가야 했다. 곤경에 처하지 않으려면 아예 피해 버리는 것이 상책이었다. 그는 현실 정치에서 한발 물러나 자신을 수양하는 일에만 전념했다.

반면에 형 바기는 아버지의 성화에 못 이겨, 아니 집안을 위한 것이 자기 소임이려니 하고 따랐다. 그래서 형 바기는 아버지와 두우의 결탁으로 국성의 수비대 부장직을 맡고 있었다. 형이 아버지의 일을 도왔기에 그나마 집안의 기대에서 벗어나 자유로울 수 있었다. 형에게는 미안한 마음이었다.

그런데 아버지는 형을 불러 의논하지 않고 그의 의견을 들어보고자 했다. 그것도 가문을 지키려는 절박한 모습이었다. 아버지는 집안을 위해서라면 무엇이든지 가리지 않고 할 수 있는 분이었다.

마음 같아서는 태자에게 모든 것을 내맡기라고 말하고 싶었다. 그러나 자식 된 도리로 차마 그렇게 얘기할 수는 없었다. 그렇다고 그저 보고 있을 수만도 없는 노릇이었다. 고구려의 앞날을 위해서나, 가문이 화를 면하기 위해서나 우선 필요한 것은 두우와 자연스럽게 멀어지는 것이었다.

바우가 착잡한 심정으로 입을 열었다.

"장협 대인을 한번 찾아가 보시옵소서."

"그래? 찾아가서는……."

"뭐 특별한 것은 없사옵니다. 그저 장협 대인과 가깝게 지내시라는 것이옵니다."

"담덕 태자가 아니고 장협과 가깝게 지내라고?"

돌벼가 반문했다.

"아버님! 담덕 태자를 바로 찾아가시면 두우 국상과 척지게 되고, 또 사람들의 눈에 철새로 보여 믿음을 주지 못하옵니다. 그러니 순차적으로 하셔야 하옵니다."

"그러니까 장협과 가까이함으로써, 두우와 거리를 두고 있음을 암시하면서 태자와의 관계를 풀기 위한 절차를 밟으라는 것이냐?"

"그러하옵니다."

바우의 대답에 돌벼의 얼굴은 벌써 환해지고 있었다. 막막하게 보였던 앞길이 시원스럽게 뚫리는 것 같았다. 바우의 말이 계속 이어졌다.

"그러나 꼭 아셔야 할 것은 자기 힘을 가져야 한다는 것이옵니다. 장협 대인과 가까워졌다고 해서 또 추종하려 든다면 종당에는 결코 화를 면할 수 없을 것이옵니다."

돌벼는 바우가 현 정국은 물론이고 앞날까지 예견하고 있다는 것을 파악했다. 영민한 애라는 것은 알았으나 이 정도일 줄은 미처 몰랐다. 바우가 함께해 주면 가문을 크게 일으킬 수 있다는 생각마저 들었다.

"으-음! 알겠다. 그런데 바우야! 너도 이제는 아비를 도와야 하지 않겠느냐?"

"아니옵니다. 소자는 진정 그런 것엔 관심이 없고, 더더욱 출사는 하고 싶지 않사옵니다."

바우가 딱 잘라 거절했다.

"이제껏 수양했으면 이제 집안을 위해 일할 때도 되지 않았느냐?"

"아니옵니다. 아직도 부족하고…… 형님께서 잘하시고 있는데……. 자연을 벗 삼아 살아가는 것은 소자의 낙이옵니다."

돌벼는 바우의 고집이 못마땅했지만 더 이상 채근하지 않았다. 대신에 앞으로 차분하게 타일러야겠다고 마음을 바꿨다. 지금까지도 어떻게 하지 못했는데 말 몇 마디 한다고 해서, 따라올 애가 아니라는 것쯤은 이미 알고 있었다.

돌벼는 장협을 찾아갈 기회를 엿보고 있었다. 그리고 마침내 집을 나섰다. 더는 미적거리고 있을 시간적 여유가 없었다.

환한 하늘 아래, 대로에는 사람들이 자연스럽게 활갯짓하며 걷고 있었다. 간간이 웃음소리도 들렸다. 그가 생각했던 것보다 길거리는 활기에 넘쳐 있었다.

이런 분위기 탓인지, 그의 뇌리에는 두우와 가깝게 지낸 것을 담덕이 오해하면 낭패라는 생각만이 맴돌았다. 그러다 보니 지나가는 사람들의 시선과 동작이 마치 그에게 두우와 한패라고 손가락질하는 것으로 보였다.

쥐구멍이라도 숨고 싶은 심정에 어찌나 재촉했는지, 어떻게 장협의 집 앞에 이르렀는지를 모를 지경이었다. 그의 얼굴에는 흥건히 땀이 흘러내렸다.

장협의 집은 육중한 철대문이 가로막고 있어서인지 수도성의 거리와 달리 조용했다. 돌벼는 마음을 가다듬고 문을 두드렸다. 그러자 문지기가 그를 사랑채로 안내했다.

"아니 어쩐 일로 이리 발걸음을 다 하셨단 말입니까? 하하하! 어서 안으로 드시지요."

장협은 미리 기다렸다는 듯 한걸음에 달려 나와 맞이했다. 돌벼는 장협의 반가운 기색에 조금 안도하며 그를 따라서 안으로 들어갔다. 장협이 수하에게 술상을 내오라 지시하고는 자리에 앉았다.

"미리 기별하고 와야 했는데……. 불현듯 술 한잔 생각이 나서 이리 실례를……."

"실례라니요. 당치 않습니다. 마침 나도 술 생각이 간절하던 참이었습니다."

장협이 선선하게 나오자 도리어 돌벼가 어리둥절했다. 지금껏 장협과 척지고 살지는 않았지만 가까운 사이라고 말하기도 어려웠다. 더욱이 그가 두우에게 접근한 것을 장협이 모를 리 없을 터였다.

"그렇게 말씀해 주시니 뭐라 감사의 말씀을 드려야 할지……."

둘이 인사치레로 얘기하며 서로의 마음을 탐색하는 동안 어느새 술상이 들어왔다. 귀인을 대접하듯 푸짐한 주안상에 기분이 이상야릇했다.

"대접이 변변치 못하지만 넓으신 아량으로 봐주시지요."

"아니 별말씀을……. 예고도 없이 불쑥 찾아온 사람을 이처럼 환대해 주시니 감사할 뿐이지요."

장협이 먼저 돌벼의 잔을 채워주었고, 돌벼도 장협에게 술을 따랐다.

"드시지요."

"아니 이것은……. 술맛이 참으로 좋습니다."

그 술은 몇백 년 묵은 산삼으로 담근 술이었다.

"다행이구려. 나는 또 입에 맞지 않으시면 어쩌나 걱정했는데······. 술이 임자를 알아보는 모양입니다."

둘은 격의 없는 사이처럼 술을 마셨다. 그렇게 몇 잔의 술이 더 돌고 난 다음, 돌벼가 얘기를 꺼냈다.

"태자 저하의 혼사로 모처럼 황실의 시름이 덜어지게 되었습니다. 나라의 큰 경사지요."

돌벼가 황실과 가깝게 지내겠다는 의사를 에둘러 표현한 말이었다.

"그렇지요, 조정과 나라의 경사고말고요."

장협이 맞장구를 쳤다.

"태자 저하야 그렇다 치더라도 태자비도······."

돌벼가 말끝을 얼버무렸다. 태자비 문제는 장협에게 예민한 사안이었다.

항간에는 장협의 여식 주홍이 태자비로 간택될 것이라는 소문이 나돌았다. 그런데 막상 담덕은 이름도 없는 집안의 처자를 선택했다.

돌벼는 미안해하며 어쩔 줄 몰라 하는 표정을 지으면서도 예리하게 장협의 눈치를 살폈다. 돌벼는 이미 올 때부터 장협과의 관계를 돈독히 맺기 위해 아들 바우를 주홍과 맺게 하려는 뜻을 은연중 품고 있었다. 그래서 실수한 척하면서 장협의 의중을 탐지해 보고자 한 것이다.

"태자께서 결정하셨는데 어련하시겠습니까?"

말은 그렇게 하지만 장협의 심사는 그리 편치만은 않은 듯했다. 주홍이 태자비가 되었으면 그의 앞길은 손쉽게 열릴 판이었다. 그런데 이름도 없는 처자에게 태자비를 뺏기고 보니, 기분이 좋을 리 없는 것이다.

"흠-흠! 내가 괜한 말을 해서……."

돌벼가 장협의 심기를 불편하게 한 점에 사과했다.

"아닙니다. 다 지나간 일인데……. 괘념치 마시지요."

"그리 얘기하시니 마음이 놓입니다."

"아참……. 그러고 보니 대인의 둘째 아드님은 어떻게 지내고 있습니까?"

장협이 갑작스레 생각났다는 듯 바우의 근황을 물었다. 장협은 돌벼가 태자비 문제를 꺼낼 때부터 주홍에 대해 관심이 있다는 것을 알아차렸다. 돌벼와 사돈관계가 맺어지면 태자비만 못해도 큰 세력을 형성할 수 있으니, 그 또한 마다할 이유가 없었다. 세력을 넓히는 데 인척 관계를 맺는 것만큼 확실한 것은 없었다.

"뭐 달라진 게 있어야지요. 매양 수양한다고 그러고 있으니……."

돌벼가 시큰둥하게 대답하면서도 장협의 얼굴을 훑었다.

"그 애의 나이가 올해 몇이지요?"

"나이야 꽉 차고도 남지요. 장가 갈 나이가 넘었는데도 저러고만 있으니 참 걱정입니다."

"저도 나이가 들어서인지 자식이 걱정되는구려. 우리 주홍이도 혼기가 꽉 찼으니……."

장협이 이해한다는 듯 고개를 끄덕이며 걱정 섞인 목소리로 얘기했다.

"주흥이야 무슨 걱정이십니까? 미모와 지덕을 겸비한 훌륭한 규숫감인데…….."

"불민한 자식을 그리 봐 주시니…….."

돌벼와 장협의 눈이 마주쳤다. 그 순간 그들은 서로의 의중을 확인했다. 그것은 서로 힘을 합치자는 이해관계의 합의였다. 두우와 담덕에게서 각각 멀어진 이들에게는 무엇보다 서로의 힘이 필요했다. 그래서 자식들을 연줄로 돈독한 사이를 마련하자는 합의로 비약되고 있었다.

장협이 돌벼를 보며 조심스럽게 입을 열었다.

"이거, 우리 둘 다 자식 걱정이 이만저만이 아니구려. 허허허! 이럴 게 아니라, 이번 참에 아예 둘을 이어주는 게 어떻겠습니까?"

"허허! 저야 그렇게만 된다면 더 바랄 나위가 없지요."

돌벼가 기쁨에 넘쳐 대답하였다.

"그래요. 하하하! 까짓것 좋습니다. 그러면 우리는 서로 사돈이 되는구려."

"좋소이다. 사돈어른, 술 한잔 받으시지요."

"내 잔도 받으시지요, 사돈!"

두 사람은 들뜬 마음으로 잔을 주거니 받거니 하면서 거하게 술을 들이켰다. 이들의 화기애애한 웃음소리가 밖에까지 새어 나왔다. 국성에 또 하나의 큰 세력이 이렇게 형성되고 있었다.

24

고국양왕 7년(390년) 9월 초, 기승을 부린 무더위는 한풀 꺾여진 지 오래였으나 여전히 햇볕은 따가웠다. 그 틈을 타고 여름 내내 양분을 빨아들인 작물들이 풍성하게 열매를 맺어가고 있었다.

풍성한 가을의 초엽을 맞아, 담덕은 모처럼 만에 시간을 내어 궁궐의 뜰을 거닐었다. 그동안 그는 몹시 바쁜 나날을 보내었다.

그는 평양성으로 돌아온 이후에도 무술 수련을 게을리하지 않고 단군검법을 더욱 높은 경지로 완성해 갔다. 검법만 연마한 것이 아니라 고구려의 주변 정세를 예의 주시하며 병법서를 비롯한 여러 서책들도 심도 있게 탐구했다. 특히 후연과 백제와의 싸움에 직접 참여한 경험을 바탕으로 고구려를 강국으로 만들기 위한 토대를 구상하고 있었다.

그러나 나라의 현실은 한가롭게 무예와 병법의 연구에 전념하도록 그를 놔두지 않았다. 조정의 실권을 완전히 장악하지 못한 상태에서 당장 부황을 대신해 국사를 풀어가야 했다. 소수림왕과 고국양왕이 병마에 시달린 관계로 황실의 힘이 약해진 반면 조정 대신들의 힘은 커진 상태였고, 그 우두머리 두우 국상은 극구 경계하며 그가 추진하고자 하는 정책에 사사건건 발목을 잡았다.

사방의 적이 눈을 번뜩이며 침략의 기미를 엿보고 있기에, 아이들 조막손이라도 빌려야 하는 판에 내정마저 튼튼하지 못하니,

내우외환을 동시에 풀어야 하는 어려운 과제가 그 앞에 놓인 셈이었다.

아무리 험난한 앞길이 그 앞을 가로막고 있다 할지라도 그는 회피할 생각이 없었다. 도리어 이런 어려운 처지에 처하면 처할수록, 강성한 대제국 건설의 의지는 더욱 굳어질 뿐이었다. 고구려처럼 많은 나라와 국경을 맞대고 있는 나라일수록 강한 힘이 필요하다는 것을 누구보다 잘 알고 있었다. 힘이 없는 평화는 언제 깨질지 모르는 질그릇과 같은 것이었다. 힘이 강하면 주도적으로 화평관계를 구축할 수 있지만, 힘이 약하면 온갖 침략 속에 굴욕을 당하는 것이었다.

그는 청년장수들에게서 큰 힘을 얻었다. 그들이야말로 진정한 담덕의 후원자였고 든든한 배경이었다. 그들이 없이는 감히 두우와 대적할 수도 없었다. 전장에서 생사고락을 같이한 그들이야말로 진정한 담덕의 힘이었다.

이를 누구보다 옆에서 지켜보며 잘 알았던 누리는 담덕과 혼례를 치른 후, 그간의 사정으로 혼기마저 놓치고 있던 부살바와 달래의 혼사 문제를 적극 나서서 해결하였다. 이렇게 청년장수들이 대의를 앞세워 실현하다가 그만 놓치고 있었던 그들 주변의 일들을 챙겨주는 것이 그녀가 담덕과 청년장수들을 돕는 것이고, 그게 그들의 신뢰 관계를 더욱 돈독하게 해줄 것이라고 믿었던 것이다.

'바야흐로 과일이 익어가는 계절이 왔어. 그렇다면……'

온갖 작물들이 여물어가는 것을 떠올리며 담덕이 홀로 읊조렸다. 그러면서 조만간 청년장수들과 자리를 마련해야겠다고 마음먹었다.

그동안 자연재해로 곤궁해진 백성들을 돌보느라, 한시도 짬을 낼 수 없는 상황이었지만, 이제는 어느 정도 해결이 된 상태였다. 이제야말로 내정을 더욱 안정적으로 이끄는 단계로 전진시켜야 했다. 그러자면 청년장수들의 도움이 더욱 필요했다.

담덕이 이런 생각을 하며 서성이고 있을 때 혜성이 찾아왔다는 소리가 들려 왔다.

"혜성 박사가 나를……. 뫼시어라!"

혜성과 마음이 어쩌면 이리도 잘 통하는지, 담덕은 놀라우면서도 또한 그것이 더욱 반가웠다. 그는 이미 혜성을 잘 알고 있었다. 둘은 직접 만나 얘기한 적은 없지만, 누구보다도 서로의 진의를 잘 읽었다. 그들의 일치는 말보다는 구체적인 실천 과정에서 이뤄졌다. 서로의 지향과 방법이 일치했기에 자연스럽게 움직임 또한 비슷했다. 백제 정벌에 청년장수들의 역할을 주문했던 경우뿐만 아니라, 평양성에 근거지를 구축하려던 생각, 백성에 대한 구제대책 등은 그야말로 두 사람이 한 사람 같은 모습이었다.

혜성이 안으로 들어서자 담덕이 귀한 사람을 맞이하듯 공손하게 대했다.

혜성의 눈빛은 그가 상상한 대로 총기가 흘렀으며 한없이 깊고

맑았다. 평온한 얼굴 속에는 뜨거운 열정이 흐르고 있었다. 모든 것을 전적으로 믿고 맡길 수 있는 사람의 모습이었다. 처음으로 대면하는 자리였지만, 서로를 바라보는 눈엔 이미 어떤 굳은 신뢰 같은 것으로 뭉쳐 있었다.

혜성이 찾아온 것은 청년장수들의 지도자로 담덕 태자를 믿고 따르려는 문제를 풀기 위해서였다. 그는 청년장수들 앞에서 정식으로 제기했다.

"우리들은 뭉쳐 있소. 그러나 아직 그것이 굳건하지는 못하오."

혜성의 말에 수라바가 고개를 갸웃거리며 되물었다.

"그게 무슨 말씀인가요? 내 알기로는 혜성 박사가 우리 청년들의 중심이 아닌가요? 그리고 담덕 태자께서 우리를 믿어주고 있는데……. 이 정도면……. 그런데 어찌 그런 말씀을 ……."

"그러게 말이오. 지금까지 해 왔던 것처럼 힘을 합쳐 나가면 되지. 뭐 다를 게 있겠소? 아니 그렇소?"

모두루가 동감을 표시하면서 모두들 이에 동조하는 눈치를 보였다.

"잘 얘기하였소. 지금까지는 별문제가 없었지요. 하지만 앞으로는 그렇지 않을 것입니다. 우리의 꿈을 현실로 만들기 위해서는 이제 새로운 각오와 준비가 필요하오. 하나의 중심으로 하나의 큰 원을 그려 나가야 합니다. 이제 드디어 이 문제를 풀어야 할 때가 되었다는 뜻이지요."

"이제 때가 되었다니……. 그리고 하나의 중심으로 하나의 큰 원을 그려 나가야 한다니 그게 무슨 말씀입니까?"

다기가 혜성의 의중을 명확히 확인하겠다는 듯 신중하게 물었다.

"여러분도 잘 알다시피 태자 저하는 품은 뜻이 원대하고, 또 출중한 능력과 인품을 갖추었소. 어느 것 하나 모자람이 없소. 그러니 우리는 담덕 태자를 중심으로 한 몸이 되어야 할 것입니다."

혜성의 제안에 모두들 하나같이 찬성의 표시로 고개를 끄덕였다. 이들은 이미 사실상 담덕을 그들의 중심으로 인정하고 있었다. 그런데다 혜성이 주저 없이 담덕을 추천하니 왈가왈부할 거리가 안 되었다.

"이미 우리는 태자 저하를 그렇게 믿고 있지 않았습니까?"

부살바가 당연하다는 듯이 혜성을 보고 묻는 말이었다.

"당연히 마음으로야 그렇지요. 그러니까 우리의 마음이 그렇다는 것을 더욱 담덕 태자께 보여 드려야 합니다. 그래야 태자 저하도 우리를 온전히 믿고, 우리도 태자 저하를 더욱 의지하고 따를 것이 아니겠소."

이때 모두루가 나섰다.

"아무리 우리의 생각이 그렇다고 해도 태자 저하의 복안은 우리와 다를 수도 있지 않겠소?"

혜성이 의미 있는 표정만을 지으며 답을 미루자, 부살바가 다시 나서서 입을 열었다.

"글쎄, 이 문제는 여기서 얘기하는 것보다는 혜성 박사께 일임하는 것이 어떻겠소?"

이에 모두들 흔쾌히 동의했다. 그래서 혜성은 이를 풀기 위해 담덕을 만나러 온 것이다.

담덕과 혜성은 서로 인사를 나눈 이후에 잠시 말이 없었다. 그렇지만 빛나는 눈동자 속에서 더 많은 말이 오고 갔다. 그런 가운데 혜성이 입을 열었다.

"태자 저하! 이번 초엿새 날에 저를 비롯한 청년장수들이 국동대혈에서 뵙기를 청하옵니다."

"국동대혈에서……"

담덕은 혜성의 말에 고개를 끄덕였다. 국동대혈이라는 암시에 그들의 뜻을 대략 짐작할 수 있었다.

국동대혈은 천자가 하늘에 제사 지내는 곳이다. 고구려는 동맹의식을 거행하여 매년마다 하늘에 제사를 올렸다.

후한서 고구려전에 10월이면 하늘에 제사 지내고 큰 모임을 갖는데, 동맹이라고 불렀다. 그 나라의 동쪽에 큰 동굴이 있어 수혈隧穴이라 부르는데, 10월에 제사를 지냈다고 기록되어 있다.

원래 조상을 섬기고 제사 지내는 것은 한민족 고유의 전통이었다. 그러나 하늘에 제사 지낼 수 있는 사람은 오직 하늘과 직접

적 연계를 가진 자손이어야 했다. 고구려 황실은 대대로 동맹의 식을 국가적 행사로 거행함으로써, 고구려가 천손의 혈통을 이어받은 나라임을 대내외에 천명하였다.

"그럼 그때 태자 저하를 뵙는 것으로 알고, 저는 이만 물러가겠사옵니다."

혜성은 청년장수들의 뜻을 전하고는 더 이상 별다른 말도 없이 곧장 자리를 떠났다. 구구한 설명 없이도 담덕이 이미 그 의도를 다 알아듣는 바였고, 또 그 얘기의 결말은 그날 해결할 수밖에 없기 때문이었다.

담덕은 혜성이 나가자, 문득 사부인 신 노인이 보고 싶었다. 바야흐로 자신을 따르는 청년장수들과 새로운 역사의 장을 펼쳐 보이려는 기쁜 소식을 가장 먼저 전해주고 싶은 마음이었다.

신 노인은 그에게 사부 이상의 존재였다. 검법을 가르쳐 주었을 뿐만이 아니라 고구려라는 나라를 뛰어넘어 단군족의 이상과 희망을 심어준 스승이기도 했다. 담덕은 사부를 극진하게 모셨고, 자신이 하고자 하는 일에 어려움이 있으면 스스럼없이 묻기도 했다. 그때마다 사부는 가르침을 내려주셨고, 그 속에서 담덕은 고구려와 단군족을 하나로 생각했다. 그리고 그런 큰 틀에서 나라의 문제를 해결하고자 하는 입장을 확고히 했다.

그러나 어찌 된 일인지 요즈음 사부님을 뵐 수 없었다. 그가 무술을 연습할 때마다 언제 왔는지 모르게 나타나 웃음을 머금고 대견해하던 사부가 통 보이지 않았다. 멀리 길을 떠난 것이 분명했다. 혹 영영 떠나신 것은 아닌지 불안했다.

그러는 와중에 청년장수들과 만나기로 약속한 날은 다가왔다. 담덕은 그림자처럼 따라다니는 오골승에게 유시 초엽에 국동대혈로 가는 길목에서 기다리라고 이른 후 무술 수련장으로 향했다. 저녁에 있을 청년장수들과의 자리를 뜻깊게 하기 위해서였다. 완성된 단군검법을 펼쳐 보고 싶었고, 그럼으로써 오늘의 만남을 그 자신의 삶에 큰 전환점으로 만들고 싶었다.

그는 무술 수련장에 이르러 곧장 검술을 펼쳤다. 손에서 검이 움직이기 시작하자 칼끝이 꿈틀거렸다. 연속해서 칼이 휘둘러지자 그 전의 위력에 다음 번의 위력이 가해져 검기가 순식간에 파도처럼 밀려갔다. 다시 검의 움직임이 격렬해지자 검기가 거센 파도처럼 격랑을 일으켰고, 마침내 담덕의 몸이 천지인이 하나가 되는 것처럼 하늘과 땅과 일체가 되었다. 그 순간 집채만 한 바윗덩어리가 산산조각이 나며 사방으로 흩어졌다. 하늘과 땅이 놀란 듯 흔들렸다. 그와 동시에 휘황한 빛을 내는 한 자루의 검이 파열음을 내며 하늘로 치솟더니 담덕을 향해 날아왔다.

그는 즉시 다시 땅을 박차고 하늘로 뛰어 올라 그 검을 잡았다. 검집에 박힌 청순한 보석이 빛을 뿜고 있었다. 담덕은 검집에서 서서히 칼을 뽑았다. 칼을 뽑자마자 그 검은 절로 춤을 추듯 움직였다. 칼에 이끌리듯 그는 그 칼에 맞추어 검법을 전개했다. 그러자 방금 시술한 위력보다 훨씬 배가 된 검법이 펼쳐지며 하늘과 땅을 진동시키더니, 검의 움직임이 조용히 잦아들었다. 직감으로 보검임을 알 수 있었다. 분명 처음 잡아보는 검이건만 아주 손에 익은 것 같았다.

그 검을 살펴보니, 무게는 대략 100근이 넘어 보였고, 강철을 수없이 담금질해 만든 것이 분명했다. 예리하기는 빛을 잘라버릴 정도였고, 양날에서 뿜어 나오는 검의 기세는 감히 누구도 범접지 못하게 했다. 단군검법을 펼치기에 알맞게 다듬어진 칼이었다.

그의 눈이 잠시 한곳에 머무르더니 이내 곧 놀라움으로 변했다. 그 검의 칼날에는 용광검이라는 글자가 뚜렷이 새겨져 있었다.

용광검은 단군조선의 천제가 친히 사용했던 검으로, 이 검을 쥔 자가 앞으로 천손의 나라를 세워 단군족을 이끌게 된다는 전설이 전해져오고 있었다. 하지만 단군조선의 거수국들이 분립한 이래 검의 행방은 묘연했다. 그런데 그 검이 그의 손에 들어오게 된 것이다.

단군고기에는 단군 해모수가 오우관烏羽冠을 쓰고 용광검龍光劍을 차고 오룡거五龍車를 타고 다녔다고 한다.

담덕은 주변을 살폈다. 어디서 이 검이 날아왔는지 궁금했다. 그러나 주위에는 아무런 인기척이 없었다. 그가 이상하게 여기며 고개를 갸웃거릴 때, 귀에 익은 목소리가 귓가에 들려 왔다.

"장하십니다, 장해요!"

"사부님!"

사부였다. 신 노인이 사뿐히 담덕 앞으로 다가왔다. 여느 때와 달리 사부의 몸에서 광채가 뻗어 나오고 있었다.

"보시다시피 그 검이 무슨 검인지 아시겠지요. 바로 용광검입니다."

"이 검의 주인이 사부님이셨사옵니까?"

"어찌 감히 제가 주인이겠습니까? 그 주인은 아무나 될 수가 없습니다."

"아무나 될 수 없다니요?"

"이 용광검의 주인을 찾는 데 무려 수 세기가 흘렀습니다. 이제야 주인을 찾게 되어 소신 얼마나 기쁜 줄 모르겠사옵니다."

"사부님! 제자에게 왜 이러시옵니까? 말씀을 낮추시옵소서."

"아닙니다. 제가 사부라고 하지만, 이제 태자 저하는 그저 단순히 고구려라는 일국의 태자가 아닙니다. 용광검의 계승자로서 천손의 나라를 세우시고 단군족을 이끌어 나갈 지도자이십니다."

"무슨 말씀이시옵니까? 용광검의 계승자라니요? 사부님이 계시는데 어찌 제가……."

"아닙니다. 저는 용광검을 지키는 수호무사에 불과합니다."

"허나 어찌 제가, 어떻게 용광검의 주인이 될 수 있다는 말씀이십니까?"

"태자 저하도 용광검의 전설을 익히 들었겠지요. 그것은 전설이 아니라 사실입니다. 용광검은 하늘의 아버지 한인(환인)께서 천지인의 기운을 하나로 모아 만들어 한웅(환웅)께 하사한 칼로서, 한웅 천제는 그 칼로 신시개천 하셨으며, 그걸 이어받은 단군 천제는 천손의 나라를 세우셨습니다. 그리고 그 칼은 천손 대왕의 징표로서 대대로 대왕에 의해 전승되었습니다. 하지만……."

신 노인은 긴 숨을 내쉬더니 차분한 목소리로 말을 이어 나갔다.

"단군조선(고조선)의 거수국이 난립하면서 용광검은 자취를 감췄습니다. 그러다가 지금으로부터 5세기 전에 다시 모습을 드러냈답니다. …… 당시 단군조선의 거수국 중 하나였던 위만조선은 한나라의 침략을 받았는데, 우거왕은 이에 대항하여 용감하게 잘 막아냈습니다. 그때까지도 용광검의 주인을 못 찾은 단군조선은 여러 거수국들로 난립하고 있었는데, 어찌 된 일인지 용광검이 바로 그곳에 있었던 게지요. 하지만 천지인의 기운을 하나로 모을 수 있는 사람만이 용광검을 사용할 수 있기에, 단군조선의 거수국인 위만조선에서는 그 누구도 그것을 사용할 수 없었습니다. …… 이런 사실을 몰랐던 한나라는 용광검이 있다는 소리에 겁을 먹고 무력으로는 안 되겠다 싶었는지 내분을 일으켜 용광검을 뺏으려 했고, 이를 안 우거왕은 용광검을 대신 성기成己로 하여금 지키게 하고 방비를 튼튼히 하도록 하였습니다. 그러나 결국 우거왕은 반역자 상相 노인路人과 상相 한도韓陶 등의 함정에 빠져 목숨을 잃었고, 대신 성기가 도착했을 때는 이미 늦었습니다. …… 대신 성기는 우거왕의 유지를 받들어 단군조선의 거수국으로서 나라를 이어가려 하였습니다. 그리고 그 주인이 다시 나타날 때까지 군사 무도에게 용광검을 지키도록 하였지요. 그러나 대신 성기 또한 또 다른 반역자 장辰 등에 의해 살해되고, 마침내 위만조선은 그 막을 내리게 되었습니다. 그때 군사 무도는 온갖 힘을 다해 싸웠으나, 한나라 군사와 그들과 내통한 반역 세력을 막아내지 못했습니다. 그래서 군사 무도는 용광검을 들고 단신으로 성을 빠져나왔습니다. 이때 한나라 군사와 배신자들이 용광검을 빼앗기 위해 혈안이었으나 끝내 찾아내지 못했습니다. 이에 세상 사람들은 용광검이 어디론가 사라졌다고 하였지요. 하지만 군사 무도는 용광검을 들고서 그 주인을 찾기 위해 한반도와 만주, 대륙 곳곳을 찾아 나섰습니다. 그러다가 뜻을 이루지 못하고 대대로 제자에게 유지를 물려주게 되었고, 오늘날 저에게까지 내려오게 된 것입니다."

신 노인은 옛날의 이야기를 단숨에 토해내고, 비단으로 싼 궤를 담덕 앞에 내놓으며 다시 말을 이었다.

"용광검의 주인이 사라진 이래, 그 주인을 찾기 위해 수 세기 동안 선인들은 각고의 고생을 마다하지 않았습니다. 이제 그 염원을 이루게 되었으니 기쁘기 한량이 없습니다. 이 궤 안에는 단군고기를 비롯한 단군조선의 사상과 역사, 전통 등이 기록된 고서가 들어 있습니다. 어서 받으시옵소서. 단군족의 영광이 이제 태자 저하의 두 어깨에 달려 있사옵니다."

"어찌 제가 용광검을 받을 수 있다고 하십니까? 용광검의 주인은 천손의 나라를 세워 단군족을 이끌어 나갈 지도자인데, 어찌 제가 그런 막중한 소임을 감당할 수 있겠사옵니까?"

"그럼 조금 전에 용광검을 자유자재로 다뤘던 것은 무엇입니까?"

"그것은 사부님으로부터 단군검법을 배웠기 때문이 아닙니까?"

"잘못 아신 겁니다. 용광검은 검법만으로 다룰 수 없습니다. 오직 그 주인의 손에서만 움직이기 때문입니다. …… 태자 저하께서도 백제의 대황제 근초고왕을 아실 겁니다. 천손을 자처했으며, 오늘날 백제가 융성 번영하도록 토대를 닦으신 분이시죠. 그래서 저의 스승님이셨던 선인께서는 혹여 그분이 그 주인이 아닐까 하고 찾아뵈었습니다. 하지만 그분은 대국을 지향하기는 하였으나, 단군족을 통합할 그릇은 아니었기에 용광검을 제어하지 못했습니다. 왜 그랬을까요? 한인(환인)께서 용광검을 만드실 때 천지인의 기운을 모아 만드셨기에, 하늘의 때와 땅의 기운과 인간의 뜻을 하나로 모은 사람만이, 그런 운명을 타고나신 분만이 용광검의 주인이 될 수 있기 때문인 겁니다. 그래서 용광검의 계승자만이 천손의 나라를 세울 수 있다고 하는 것이옵니다. 자, 이제 그만 사양하시고 어서 받으시옵소서."

"제자, 아직 그런 준비가 되어 있지 못하온데, 어찌 저보고 받으라고만 하시옵니까? 용광검을 받을 수가 없사오니, 제발 이러지 마시옵소서."

담덕은 신 노인의 요구를 거절하고, 그가 들고 있던 용광검마저 신 노인에게 바쳤다. 그러나 신 노인은 물러서지 않았다.

"태자 저하는 용광검의 주인이십니다. 어찌 하늘의 뜻을 거역하려고 하십니까? 천손의 나라를 세울 지도자로서 고구려 백성은 물론이고 모든 단군족의 영광을 위해 나서야 합니다. 그것을 저버려서는 아니 됩니다. 어서 빨리 용광검을 받으시옵소서. 그리하여 분열에 처한 단군족을 하나로 모아 위대했던 단군조선의 옛 영화를 되찾는 길에 나서시옵소서."

"사부님의 뜻대로 저는 단군족의 번영과 행복을 위해 온 힘을 다 기울일 것이옵니다. 하지만 사사로운 것이 아니기에 용광검은 더더욱 받을 수가 없사옵니다. 더는 권하지 마시옵소서."

담덕이 단호히 거부하는데도 신 노인의 요청은 계속되었다. 담덕은 안 되겠다 싶어 그 자리를 빠져나왔다.

담덕은 사부의 요구를 들어줄 수 없어 착잡했다. 한순간의 격정에 휩싸여 용광검의 주인으로 수행해야 하는 막중한 임무를 덜컥 받아들일 수는 없었다. 마음 같아서는 용광검을 부여잡고 천손의 나라를 이 세상에 펼쳐 보이겠노라고 소리 높여 외치고 싶었다. 하지만 그러려면 실질적인 힘이 준비되어야 했다. 그러나 아직 부족함을 인정하지 않을 수 없었다.

'오늘은 사부님의 명을 받아들일 수 없지만, 다음에는 꼭 그 명을 따를 수 있도록 노력하겠사옵니다.'

담덕의 얼굴은 사뭇 결의에 찼다. 용광검을 눈으로 보고 그 내력을 들으면서 단군조선과 단군족에 대한 자신의 결의를 다시 한

번 더 굳건히 다졌다.

그가 국동대혈로 가는 길목에 이르자 오골승이 기다리고 있었다. 오골승이 그의 심상치 않은 얼굴을 보고 물었다.

"무슨 일이 있었사옵니까?"

"아— 아니오. 어서 국동대혈로 갑시다."

담덕의 간단한 대답에 오골승은 더 묻지 않았다.

어느덧 해가 서산으로 뉘엿뉘엿 넘어가며 그림자가 제법 길어지더니, 금세 어둠이 몰려와 길이 희미해졌다.

국동대혈의 어귀에는 몇몇 군사들이 사위를 경계하고 있다가 담덕을 보더니 예를 올렸다. 담덕은 군사들에게 고개를 끄덕이며 곧바로 국동대혈로 들어섰다. 그곳은 족히 100여 명을 수용할 수 있는 평지가 있었다.

담덕은 곧장 수신隨神을 맞이하는 통천동通天洞으로 올라갔다. 동굴 안은 넓고 쭉 트이었으며, 들어서자마자 하늘로 오를 듯한 혈의 기운을 느낄 수 있었다.

"태자 저하, 어서 오시옵소서."

횃불로 환하게 밝혀진 국동대혈 안에서 청년장수들이 담덕이 오는 것을 알고 맞이하는 소리였다. 혜성과 부살바, 다기, 모두루, 창기, 수라바는 벌써 준비를 마치고 그가 오기만을 기다리고 있었다.

담덕이 의자에 앉으며 이들을 지긋이 응시하였다. 하나같이 믿음이 가는 장수들이었다. 이들의 어깨에 이 나라의 미래가 달려 있다고 생각하니 감개무량했다. 그들도 의미심장한 눈으로 담덕을 바라보았다. 국동대혈 안은 잠시 고요함이 깃들었다. 이윽고 혜성이 정적을 깨고 입을 열었다.

"태자 저하! 저희들의 청을 받아들여 여기까지 와 주시니 얼마나 황송한지 모르겠사옵니다. 아시겠지만 국동대혈은 천제가 하늘에 제사를 지내는 곳이옵니다. 이곳에서 저희들은 앞으로 저희들을 영도할 지도자로 태자 저하를 받들어 모시고자 이렇게 여기 모였사옵니다. 무례한 청인 줄 아오나, 저희의 간절한 소망을 들어주시옵소서."

담덕이 바라보니 그들의 얼굴들은 추호의 흔들림이 없었다. 하나같이 빛을 발하는 눈동자가 대의로 뭉친 사나이의 열정을 말해 주고 있었다.

"나는 이 나라의 태자입니다. 그런데 어찌 한낱 무리일 수도 있는 사람들의 지도자가 되라고 하는 게요? 고구려의 황위 계승자라는 사실을 잊은 것은 아니겠지요?"

"송구하옵니다. 저하! 다만 저희가 바라는 것은 고구려의 태자 저하로서가 아니라, 단군조선의 웅지를 세우려는 저희들의 영도자로 우뚝 서시라는 것이옵니다."

혜성이 눈 하나 깜짝하지 않고 뚜렷한 어조로 대답했다. 이것은 듣기에 따라, 태자이기에 앞서 단군조선의 자손으로서, 단군조선의 고토를 회복하고 흩어진 단군족을 하나로 통일하는 일에 앞장서라는 강요나 다름없었다. 만약 태자의 비위가 상하기라도 한다면 목이 온전하게 남아 있을 수 없는 말이었다.

그러나 그 순간 담덕은 태자의 지위 때문이 아니라, 뜻을 함께 하는 사람으로서 신뢰를 얻고 있음을 확인한 듯 기뻤다. 세상에서 둘도 없는 소중한 동지들을 얻었다는 기쁨이 그대로 얼굴에 묻어났다. 모두루가 다시 나서서 간청하였다.

"태자 저하! 여기 사람들은 한마음 한뜻으로 대의에 뭉친 사람들이옵니다. 이를 누구보다 잘 알고 계시는 태자 저하께서 저희들을 이끌어 주시옵소서."

"그리시옵소서. 태자 저하를 받들어 모시고자 하는 것은 저희 모두의 뜻이옵니다. 아니 고구려 백성과 모든 단군족의 요구이기도 하옵니다. 부디 그 뜻을 외면하지 마시고 수락하여 주시옵소서."

부살바가 나서서 재차 촉구했다.

"수락하여 주시옵소서."

모두루의 선창에 모두가 따라 외쳤다. 그 소리가 멎고 마침내 담덕이 입을 열었다.

"으—음! 나를 그렇게까지 여겨 주니 기쁘기 한량없습니다만, 나는 그런 막중한 책임을 맡을 능력이 없습니다. 다만 여러분의 뜻이 고상하고, 또 평소 존경하는 분들이고 하니, 평생을 함께할 혈맹동지의 연을 맺었으면 합니다."

"혈맹동지의 연을 맺자 하시니 황공할 뿐이옵니다. 그러나 저희들의 지도자로 추대하는 것 또한 부디 사양치 마시고 들어주셔야 하옵니다."

창기가 다시 나서서 얘기했으나, 담덕은 여전히 사양했다.

"나는 태자로서 황위를 이어받을 수는 있을 것입니다. 그러나 여러분이 요구하는 그런 지도자의 중책을 맡기에는 부족합니다. 더 갈고 닦고 배워야 할 사람입니다."

이번에는 다기가 나섰다.

"아니옵니다. 저하께서는 이미 그 능력을 저희들에게 보여주셨사옵니다. 지난날 저하께서 소장의 우둔함을 깨우쳐 주시고 단군족의 단합을 위해 나서게 하지 않았사옵니까? 소장은 저하를 믿고 따르고 있사옵니다."

"맞사옵니다. 저희들의 지도자로 추대하여, 고구려 역사와 단군족의 역사에 희망찬 내일을 기약하고자 하는, 저희들의 뜻을 부디 사양하지 마시고 받아들이옵소서."

수라바까지 나서서 간청하는데도 담덕이 받아들이지 않자 일제히 부복하며 외쳤다.

"저하! 청을 받아주시옵소서."

이들을 바라보는 담덕의 마음에 잔잔한 파문이 일었다. 겁난에 빠진 이 나라를 구하기 위해 한목숨 걸고 나서는 사나이들 간의 뜨거운 의리였다. 이들의 순수한 열정과 충심을 더는 거부할 수가 없었다. 아니 이들과 함께해야만 사부의 뜻대로 용광검을 받아들이고 천손의 나라를 세우는 그날을 빨리 앞당길 수 있을 것 같았다. 담덕이 떨리는 음성으로 그의 뜻을 밝혔다.

"알겠습니다. 내 부족한 것이 많지만, 여러분의 순수한 충정을 기꺼이 받아들이겠습니다. 언제까지나 여러분과 생사고락을 함께할 것입니다."

"태자 저하!"

청년장수들이 일제히 환호성을 질렀다. 모두 한 덩어리가 되어 포옹을 나누었다. 새로운 역사의 시작이었다.

흥분과 격정이 교차되는 속에 그들은 다시 자리를 잡았다. 혜성이 뜨거운 기운을 감지하며 담덕을 위시한 청년장수들을 바라보았다. 이들은 혈맹의식을 준비하라는 뜻으로 그에게 고개를 끄덕여 주었다. 이내 혜성의 또랑또랑한 목소리가 고요함을 깨고 울려 나왔다.

"오늘 우리는 난국에 처한 이 나라를 구하고 단군족의 영광과 고구려 기상을 세우기 위한 일념으로, 태자 저하를 우리의 지도자로 받들어 모시고 평생을 함께하는 혈맹동지의 연을 맺기 위해 이 자리에 섰습니다. 오늘의 이 맹세는 앞으로 영원히 지켜져야 할 맹약입니다. 이를 위한 징표로 서로의 피를 나누는 의식을 갖도록 하겠습니다."

혜성의 선언이 이어지자, 함성과 박수 소리가 국동대혈 안에 오랫동안 요란하게 울려 퍼졌다. 그 소리는 단군족과 고구려의 역사에 그들의 웅지를 아로새기려는 아름찬 포부의 표현이었다.

잠시 후 혜성이 맑은 술이 든 청동 뿔잔을 담덕 앞으로 내밀었다. 담덕은 청년장수들을 돌아본 후, 손으로 칼날을 꽉 쥐어 피를 떨어뜨렸다. 이를 이어받아 부살바, 다기, 모두루, 창기, 수라바가 똑같이 했고, 마지막으로 혜성이 행한 다음 탁자 가운데에 놓았다.

담덕이 다시 나섰다.

"고구려의 역사와 단군족의 역사에 새 지평을 열기 위해, 오늘 우리는 혈맹동지의 연을 맺습니다. 생사를 같이하는 동지로서 우리는 굳은 신심을 가지고 단군조선의 위대한 옛 영화를 되찾을 것이며, 만백성을 이롭게 하는 데 심혈을 기울여야 할 것입니다. 그리고 오늘은 바로 단군조선을 계승한 고구려대제국을 건설하는 뜻깊은 역사적인 첫걸음이 될 것입니다."

담덕의 말에 다기가 감격에 겨운 듯 큰 소리로 외쳤다.

"단군조선을 계승한 대제국 고구려를 건설하자!"

힘찬 구호가 한목소리가 되어 울려 퍼진 후 부살바가 일어났다.

"다른 어떤 분도 아닌 태자 저하를 우리들의 지도자로 모시게 되었으니 이 얼마나 기쁜 날입니까? 태자 저하께서 말씀하셨듯이, 오늘 이 자리가 고구려는 물론 단군족의 역사에 새로운 이정표를 세운 역사적인 자리가 되도록, 우리 모두 태자 저하를 충심으로 받들어 모십시다. 그리만 한다면 오늘의 이 자리는 역사에 길이 남은 대사건으로 기록되고 말 것입니다."

"태자 저하 만세! 단군조선 만세! 고구려대제국 만세!"

모두루의 선창에 우렁찬 함성이 국동대혈에 울려 퍼졌다. 역사에 당당히 새 장을 장식하고 말리라는 그들의 당찬 의지가 천지 사방으로 울려 퍼졌다.

청년장수들의 눈은 충혈되고 있었다. 누가 먼저랄 것도 없이 서로의 손을 굳게 맞잡았다.

혜성이 떨리는 목소리로 담덕 태자에게 서로의 피가 한데 섞인 청동 뿔잔을 건네며 드시라고 권했다. 담덕이 들고 나서 부살바, 다기, 모두루, 창기, 수라바, 마지막으로 혜성이 마셨다.

동지의 사랑을 나눈 피는 목줄기를 지나 심장으로 흐르면서 힘차게 요동쳤다. 드디어 청년장수들의 가슴에 용솟음치는 의기는 온전히 하나가 되었다.

단군조선의 거수국들이 난립한 가운데 그중의 하나였던 위만조선이 망한 지 5세기가 되어 가는 시점에서, 단군조선의 옛 영광을 꿈꾸는 청년들이 세상의 중심을 향해 둥지를 튼 것이다. 바야흐로 용광검이 세상에 그 모습을 드러내기 시작했고, 청년장수들의 의기가 하나로 모여 담덕을 지도자로 모신 혈맹동지의 연이 맺어진 것이다. 세상의 중심이 국동대혈 안에서 새롭게 세워지고 있었다.

25

어둠이 짙게 깔리는 시각에 황궁의 동북쪽은 긴장감이 감돌았다. 무장을 한 병사들이 어둠 속에서 소리를 죽이며 발걸음을 재촉했다. 그들이 향한 곳은 황성처럼 웅장한 두우의 집이었다.

거리의 어둡고 조용한 저녁 풍경과는 달리, 석벽으로 둘러쳐진 두우의 집 안쪽은 횃불이 환하게 밝혀져 있는 가운데, 훈련된 병사들이 일사불란하게 대오를 맞춰 빠르게 움직이고 있었다. 그들은 모두 두우가 직접 지휘하는 정예부대였다.

군사들이 대오를 맞춰 정렬하고 있는 동안, 두우의 거처 앞에는 무장한 장수들이 도열한 채 두우가 나오기를 기다리고 있었다. 참모 바리를 비롯해 호위대장 뇌도도 보였다. 두우는 아직 나오지 않고 있었다.

두우는 부인 석씨의 도움을 받으며 갑옷을 입고 있었다. 찰갑札甲을 걸치고 있는 두우의 얼굴에는 비장감이 감돌았다.

두우는 이번 거사를 결단하기 전까지 여러모로 고심에 고심을 거듭했다. 성공하면 더할 나위 없는 영광이지만, 실패할 경우 가문이 몰살당하는 운명이기 때문이었다. 전체를 얻느냐, 전체를 잃느냐 하는 한판의 도박이었다. 그것이 권력의 생리였다. 신중에 신중을 기해야 했다.

그러나 생각에 생각을 거듭할수록 담덕과의 한판 승부는 결코 비껴갈 수 없다는 판단은 점점 명징해졌다. 한번 밀리면 살아도 사는 게 아닐 수 있었다. 게다가 권력도 권력이지만 이건 자존심의 문제이기도 했다. 이날까지 살아오면서 자신을 이토록 궁지에 몰아넣은 사람은 없었다. 소수림왕도, 고국양왕도 크게 문제될 게 없었다. 그런 자신이 지금 어리디어린 놈을 상대로 밀리고 있다는 것이 문제였다. 그러니 진짜 문제는 때를 언제로 잡는가 하는 것뿐이었다.

'지금인가, 후일을 기약해야 하는가?'

담덕의 세력은 계속 커가고 있었다. 여기서 주저한다면 다음 기회는 없을 것 같았다. 하지만 청년장수들과 호랑이 같은 진마저 대거 올라와 있는 지금의 시기는 좋지 않았다.

그동안 두우는 담덕의 세를 의식하면서 그를 견제하기 위해 달삼과의 협력을 더욱 돈독히 해야겠다고 판단했다. 지금 상황에서 장협은 그렇다 치더라도, 돌벼마저 담덕을 의식하고 그와 거리를 두었다. 돌벼를 계속 잡아 두어야 했는데 그게 그리되지 못했다. 상황이 이러하니 달삼과의 굳은 협력이 더욱 절실했다. 달삼이 함께한다면 아직은 담덕을 충분히 견제할 수 있었다.

하지만 두우는 달삼을 찾아갔다가 놀라운 광경을 목격했다. 담덕이 달삼의 집에서 나오는 것을 목도한 것이다. 벌써 담덕이 달삼에게마저 손을 뻗쳤다고 생각하니, 사방에서 적들이 자신의 목을 조여오고 있는 듯 느껴졌다.

두우는 담덕이 나오는 것을 보고 달삼을 만날 것인가 말 것인가 망설였으나, 그와 달삼을 갈라놓으려는 담덕의 시도를 어떻게든 막는 것이 절실했다. 그래서 달삼을 만나 얘기했다.

"우리가 젊은 혈기 하나만으로 뛰어다닌 시기가 엊그제 같은데, 벌써 이 나이가 들었으니……."

"그렇지요. 세월이 참 빨리 흘러갔지요."

"머리가 희끗희끗해지니, 떠오르는 것이 사람의 우정이라는 생각이 듭니다."

"우정이라……. 우정이라는 말도 옛말이 되었는가 봅니다."

"옛말이라니요? 우정이야 변치 말아야지요. 안 그렇습니까?"

두우가 달삼의 답을 요구하듯 물었다.

"그래야지요. 우정을 저버리면 사람이 아니지요. 그런데 국상 대인……."

"왜 그러십니까?"

"우리의 우정이 오래가기를 바라신다면 국상께서 조금 양보해야 할 듯……."

달삼이 조심스럽게 꺼낸 말이었다.

"양보라니요?"

두우가 당황하며 되물었다.

"이제 나이가 들어 몸이 예전만 같지 않으니……. 후진들에게 맡길 때가 된 것 같아서 하는 말입니다."

두우가 달삼을 찬찬히 살폈다. 달삼은 담덕의 힘이 커지자 벌써 두려워하고, 그에게 달라붙어 살길을 찾아보자는 심사를 내보이고 있었다. 담덕이 적대하지 않으면 결코 해치지 않겠다고 암시했음이 분명했다.

두우는 달삼의 처세에 속이 뒤집혀 자리를 박차고 나오고 싶었다. 그러나 담덕을 상대로 싸우자면 지금 그의 힘이 절대적으로 필요하기에, 어떻게 해서든지 자기편으로 주저앉혀야 했다.

"글쎄요. 때가 되면 맡겨야지요. 그러나 사람의 마음이라는 게 뒷간 갈 때와 나올 때가 다른 것이 인지상정이 아닙니까?"

"그래요? 그런 뒷간이라면 나는 앞으로 가지 않기로 했습니다."

달삼이 두우의 말에 당황하지 않고 대꾸했다. 도리어 화가 난 표정이었다. 달삼은 지금껏 두우를 적극적으로 밀어주었는데, 두우는 권력을 나눠 가지려고 하지 않았다. 그래서 비위가 상해 있었다.

"그게 어디 안 가고 싶다고 해서 사람 맘대로 되는 일입니까? 의지로 될 문제가 아닌 듯싶소이다. 게다가 입술이 없으면 이가 시리다는 명언도 있고……."

두우의 협박이었다.

"으─음. 나야 이미 늙어 이가 빠지고 없는데, 새삼스레 입술이 사라지는 것을 염려하겠습니까?"

두우는 달삼의 얘기에 할 말을 잃었다. 달삼은 이미 담덕에게 기울어져 담덕과 적대하지 않는 것이 상책이라고 판단한 모양이었다.

두우는 달삼의 변해 버린 마음을 되돌릴 길이 없다는 것을 느끼며 그의 집을 나왔다.

'담덕이 무슨 언질을 주었기에 저 달삼마저 등을 돌린단 말인가?'

담덕에 대한 두려움이 엄습해 왔다. 지금까지 결코 느껴보지 못한 공포였다.

'벌써부터 담덕에게 주도권을 뺏기고 고립되어 가다니…….'

두우는 자신의 처지가 어려워지고 있다는 판단이 들자, 달삼에 대한 분노가 들끓어 올랐다.

'빠른 시기에 처리한다면 능히 혼자서도 담덕을 상대할 수 있다. 그때 달삼 네놈의 상판대기를 한번 봐주마!'

이때부터 두우는 마음속으로 담덕과 언제 승부수를 띄울 것인가를 그렸다. 그런 상황에서 담덕과 청년장수들의 움직임이 심상치 않다는 보고가 올라왔다.

"태자와 청년장수들이 의기투합해 일대 전변을 꾀할 것이라는 첩보가 들어왔사옵니다."

두우는 마른침을 삼켰다.

'언젠가는 격돌해야 할 테지만 지금이 그때란 말인가.'

두우는 쉬이 판단을 내릴 수 없었다. 이 문제를 숙의하기 위해 그의 참모인 바리와 아들 헌칠을 불렀다.

"저들의 동태가 심상치 않다는데, 그 소식은 들었는가?"

"들었사옵니다. 하오나 더 면밀하게 파악해야 할 것으로 사료되옵니다. 태자는 기습적으로 공격할 위인이 아니옵고 아마 저희들끼리 뭔가 하려는 듯한데……. 그게 무엇인지는 정확히는 모르겠사오나, 지금까지의 행동 양태로 보아 음모를 꾸며 우리를 음해하진 않을 듯싶……. "

바리의 말은 좀 더 신중할 필요가 있지 않겠냐는 여운이 있었다.

"뭐가 어째요? 음해하지 않는다고요? 뭐 기습 공격을 하지 않을 것이라고……. 그걸 말이라고 하는 겁니까? 그럼 왜 혼례를 빙자하여 무장한 군사들까지 대거 대동하고 국성에 올라왔겠습니까? 그런데 어떻게 공격을 안 한다고 장담할 수 있겠소이까? 태자가 무슨 일을 꾸미고 있는 것이 분명하옵니다."

바리의 말에 헌칠이 화난 소리로 반박했다. 헌칠은 담덕의 등장에 꽤 위협을 느끼고 있었다. 어떻게든 담덕을 제거해야 안전하다고 믿었다.

"헌칠 장군의 말도 일리가 있사옵니다. 하지만 태자는 결코 소인배 같은 행동을 하지 않을 위인이옵니다. 그가 평양성에서 올라와 구휼미를 풀자고 할 때도, 직접 우리를 찾아와서 담판 짓지 않았사옵니까?"

"말 한번 잘했소이다. 그러니까 드러내 놓고 소문을 퍼뜨리고 있는 것인지도 모르지요."

"차라리 그쪽에서 우리의 선제공격을 유도하고 있는지도 모르옵니다. 신중하게 판단하셔야 하옵니다."

"신중은 무슨 신중? 보나 마나 우리를 어떻게 제거할까 궁리하고 있을 것이 뻔하지 않소? 이들이 모략하여 공격해 오기 전에 먼저 선수를 쳐야 한단 말이오. 아버님! 우물쭈물할 때가 아니옵니다. 저들보다 먼저 앞서서 쳐야 하옵니다."

헌칠은 바리의 말을 못마땅해했다. 그런데도 바리는 신중론을 폈다.

"이기느냐 지느냐는 단 한 번의 기회밖에 없사옵니다. 거듭 말

씀드리지만 면밀히 타산한 후에 준비해도 늦지 않사옵니다. 지금
은 시기가 좋지 않사옵니다. 섣불리 움직였다가는 낭패 보기……."

두우가 이들의 대화를 중지하며 마침내 결론을 내렸다.

"그만들 두시오. 지금부터 언제든지 군사들이 출병할 수 있도
록 만반의 준비를 갖추어 놓도록 하시오. 그리고 저들의 일거수
일투족을 빠짐없이 감시하고 보고하도록 하시오."

두우는 그날 이후로 담덕과의 대결을 염두에 두었다. 그러나
나이가 들어서인지 심지가 흔들렸고 자주 밤잠을 설쳤다. 이런
일을 여러 번 겪고 나니 마음을 굳게 먹으려 해도, 담덕이 너무나
크게 다가오는 것을 느끼지 않을 수 없었다. 그럴수록 그의 마음
은 더욱 초조해졌다.

두우는 오늘도 입맛이 없었다. 어제저녁에는 담덕이 그의 목
을 겨누는 악몽을 꾸어 잠을 설쳤다. 기분이 묘했다. 자신도 모르
게 두려움이 몰려오고, 사뭇 몸이 떨리기까지 하였다. 마음 한편
에는 패배감이 스며들었다. 담덕과 화해를 모색해 볼까 하는 약
한 마음이 들기도 했다. 그에게 화해하는 자세를 보이면 죽이지
는 않을 것 같았다. 하지만 두우는 약해진 마음을 다잡았다.

'나 두우는 건재하다. 그런데 아직 머리에 피도 안 마른 애송이
가 감히 대적해 오다니, 살려두지 않겠다.'

두우는 이렇게 마음을 다지며 오후를 보냈다. 그런데 해가 저
물 무렵 파발이 긴급하게 연속적으로 도착하기 시작했다.

"청년장수들이 하나둘씩 움직이고 있사옵니다."

"태자를 제외한 모든 청년장수들이 국동대혈로 갔사옵니다."

"태자도 국동대혈로 합류할 것이라 하옵니다."

두우는 보고를 받고서 희심의 미소를 지었다.

'하늘이 이 두우를 도와주는군.'

담덕 일당이 국동대혈에 한꺼번에 모인다니, 이들을 선제공격하면 일망타진할 수 있을 것 같았다.

'담덕! 네놈이 아무리 날고 기어도 오늘은 빠져나갈 수 없을 것이다. 이제 때가 되었구나.'

두우는 마음을 가다듬듯 혼잣말로 되뇌었다. 그리고 명령을 내렸다.

"모든 군사들은 집결하여 출동 태세를 갖추어라. 제 장수들은 한 사람도 빠짐없이 집결하여 명을 기다려라!"

두우는 명을 내리고 나서 방으로 들어가 나직한 음성으로 불렀다.

"흑무!"

"대령하였사옵니다."

검은 물체가 그 앞에 소리 없이 나타나 부복했다. 흑무는 두우가 정적을 제거하기 위해 비밀리에 키워온 암살단의 우두머리였다.

"가라!"

흑무는 고개를 숙임과 동시에 사라졌다. 흑무는 두우로부터 이미 상세한 지시를 받고 대기하고 있었던 것이다.

이윽고 두우는 아무 일도 없었다는 듯 갑옷을 입기 위해 내실로 들어갔다. 그곳에는 부인 석씨가 기다리고 있었다. 석씨는 벌써 상황을 예측했음인지, 그 옆에서 찰갑을 착용하는 것을 거들어 주었다.

두우는 석씨가 거들어 주는 대로 맡기며 석씨를 바라보았다. 그가 하는 일이 옳건 그르건, 언제나 항상 옆에 있어 주던 부인이었다. 만약 이번 거사가 실패로 돌아가면 석씨의 인생이 어떻게 될지는 뻔히 보이는 일이었다.

"부인, 오늘은 내 생애에서 가장 어려운 일을 치러야……."

"아무 말도 하지 마시옵소서."

두우는 더 말하지 않았다. 지금까지 수없이 갑옷을 걸쳐 입었으나, 이런 감상에 젖은 적은 한 번도 없었다. 어쩌면 이미 나이가 들었다는 징후인지도 몰랐다. 그만큼 이번 결전이 그리 쉽지 않으리라는 것을 그 자신도 잘 알고 있었다. 그가 이걸 알면서도 결행한 것은 이번 기회밖에 없다고 판단하기 때문이었다.

찰갑을 걸치고 무장을 마치자, 두우는 그 옛날의 힘찬 기운이 되살아났다. 누가 뭐래도 그는 한때 전장을 누비던 사람이었다.

"다녀오겠소."

"승리하고 오소서."

석씨는 애써 나오는 눈물을 참는 듯 얼굴을 외면하였다. 그런 석씨를 뒤로하고 두우는 밖으로 나왔다. 벌써 제 장수들은 무장한 채 대기하고 있었다. 두우는 이들을 보며 말했다.

"자, 가자!"

두우의 명령에 휘하 장수들이 뒤를 따랐고, 두우는 앞장서서 군사들이 집결해 있는 곳으로 향했다.

두우가 군사들 앞으로 나서자 병사들이 그를 연호하였다. 그는 횃불을 들고 도열해 있는 군사들을 살펴보며 비장한 각오로 입을 열었다.

"나, 두우는 고구려의 평화를 유지하기 위해 노력하였다. 이로 인해 여러 전란의 과정을 겪기도 하였으나, 지금은 태평성대를 구가하고 있다. 그러나 담덕 일당은 이웃 나라와 전쟁을 일삼아 백성을 도탄에 빠뜨리려 하고 있다. 지금 담덕 일당은 이를 위해 국동대혈에서 공모하고 있다. 그들은 이 나라를 또 다른 위기로 빠져들게 하고 있다. 나 두우는 이런 위기를 맞아 내 한목숨 기꺼이 바치고자 한다. 이들을 제거하여 나라의 안위와 만백성의 행복을 지켜내고자 한다. 자! 이 성스러운 대업을 성사시킬 자, 나를 따르라!"

"담덕 일당을 제거하여 나라의 안위와 만백성의 행복을 지키자!"

헌칠이 선창하자, 나머지 장수들과 군사들도 크게 소리쳤다. 어둠을 뚫고 함성 소리가 힘차게 울려 퍼졌다. 이윽고 함성이 멈추자 두우가 단호한 어조로 명령을 내렸다.

"헌칠은 국동대혈을 포위하여 담덕과 청년장수들을 잡아들이도록 하라. 어떤 경우에도 놓쳐서는 안 된다. 문태 장군은 지금 당장 황궁을 포위하도록 하라."

"명을 받자옵니다."

두우의 명령이 떨어지자 군사들이 재빨리 움직이기 시작했다. 가히 두우가 고구려의 최고 정예 군사들이라고 자랑할 만큼 그들의 움직임은 기민했다. 얼마 되지도 않는 시간에 그렇게 많던 군사들이 속속 두우의 집을 빠져나갔다.

시간이 지날수록 깊은 밤의 어둠은 더욱 깊어만 가고, 바야흐로 전운의 폭풍이 그 어둠 속에서 한 치 앞을 알 수 없는 운명처럼 일렁이고 있었다.

– 계속 –